DÖRLEMANN

Yorck Kronenberg

Yorck Kronenberg

MONDARIZ

Roman

DÖRLEMANN

Dieses Buch ist auch als Dörlemann eBook erhältlich.
eBook ISBN 978-3-03820-975-1

Umschlaggestaltung von Mike Bierwolf, unter
Verwendung einer Grafik von ducu59us/Shutterstock
Frontispiz: Porträt Yorck Kronenberg,
© Barbara Dietl (www.dietlb.de)
Satz: Dörlemann Satz, Lemförde
Druck und Bindung: CPI – Clausen & Bosse, Leck
ISBN 978-3-03820-075-8
www.doerlemann.com

Nach einer Seefahrt von Punta del Este aus erreichten wir im Morgengrauen des fünften Tages von Osten her die Insel Mondariz. Außer dem Bootsführer und mir waren nur zwei ältere Männer an Bord, deren Funktion mir nicht klar war. Sie trugen verschlissene Arbeitskittel und hielten Schraubenschlüssel in Händen, drehten sie in den Fingern und hielten sie sich hin und wieder vor die Augen. Die meiste Zeit aber saßen sie zurückgelehnt an der Reling, die Beine hochgelegt, die Lider halb geschlossen: Die See war ruhig und ließ das gleichmäßige Rattern des Motors und die daraus entstehende eigene Bewegung schnell vergessen. Die Nächte waren warm und sternklar, die Tage weitgespannt wie das Meer. Ich las Reiseberichte von Melville und Bruce Chatwin. Immer wieder zog ich auch das stockfleckige Manuskript aus der Tasche, als müsse das veränderte Licht mir Einzelheiten der Partitur offenbaren, die mir bisher entgangen waren.

Einmal, als das Papier in einer leichten Brise zu flattern begann, stellte ich mir vor, es würde zwischen meinen Fingern hindurchgleiten und vom Wind in die Höhe gehoben – die Blätter würden im Meer versinken und selbst ich, der vielleicht einzige Mensch, der sie studiert hatte, würde mich bald kaum mehr an Einzelheiten erinnern. Nur eine vage Ahnung würde bleiben, dass es den Zyklus jemals gegeben hatte: Klaviervariationen über ein eigenes Thema, verfasst von José Diego Coimbra. In der rechten oberen Ecke des Titelblattes stand das Datum: Mondariz, 8. Mai 1862. Ich umfasste das Manuskript mit einer Festigkeit, die das Papier zwischen meinen Fingern in Wellen legte. Mit gehaltenem Atem packte ich das Bündel zusammen und verstaute es in meiner Reisetasche. Erst dann lehnte ich mich zurück und überließ mich wieder dem leichten Schwanken des Bootes.

Die Insel sah im Dämmerlicht vor Sonnenaufgang aus wie eine einzige düster aus dem Meer aufragende Klippe. Erst im Näherkommen zeichnete sich die Siedlung am Hafen ab, darüber der Hang, dessen Grasbewuchs jetzt freilich von aufsteigendem Dunst verhüllt war. Als wir in das kleine Hafenbecken einfuhren, wurden die Gipfel vom ersten Licht des Tages erfasst. Wenig später tauchte die Sonne aus dem Meer auf, zwei vor Anker liegende Fischerboote warfen schwankende Schatten auf die zum Marktplatz hin ansteigende Kaimauer. Wie zu unserer Begrüßung begannen im Dorf die Kirchenglocken zu läuten.

Miguel wartete auf mich. Er ist älter geworden. Auf den ersten Blick bemerkte ich ihn in der Gruppe der Schaulustigen, die sich am Geländer zum Hafenbecken zusammengedrängt hatten, nicht einmal. Erst als er mich ansprach, verband sich das Bild des lächelnden Herrn mit meiner

Erinnerung und trat noch im Moment daraus hervor wie ein klar artikuliertes Wort, das einen verblassenden Gedanken zusammenfasst.

Vielleicht hättest du ihn gleich erkannt, ging mir durch den Kopf.

Er wohnt noch immer in seinem Blockhaus am Waldrand, das jetzt, im strahlenden Licht des Morgens, wie aus einer anderen Sphäre auf das Dorf herabzublicken schien.

»Wie lange ist es her, dass Sie auf Mondariz waren?«, fragte er und legte mir die Hand auf die Schulter.

»Bald zehn Jahre«, gab ich zurück.

Ich sah mich um. Fischer mit Netzen und Angeln gingen über den Marktplatz auf den Hafen zu. Das Pflaster aus sandfarbenen, ungleichmäßig geformten Steinplatten dampfte im Sonnenlicht und selbst die Fassaden der hohen Gebäude, die den Platz einfassen, schienen von der Nacht taubeschlagen zu sein. Vereinzelte Fenster waren geöffnet, aus einem Hotelzimmer im dritten Stock blickte eine junge Frau auf den Platz. Das ganze Dorf wirkte trotz der unterschiedlichen Architektur homogen, als hätte man den felsigen Untergrund Quader für Quader abgetragen und dann in Form der Häuser und Gassen neu aufgeschichtet. Eine Möwe landete auf dem Platz und pickte nach einem fallengelassenen Köder. Ein Fischer drehte sich um und trat nach ihr, beugte sich dann aber nicht einmal hinab, um das Stück Fisch aufzuheben.

Ich wohne in einem Ganghaus in der Via Umbria. Die Gasse läuft in südlicher Richtung auf jenen Strandabschnitt zu, von dem aus wir damals häufig schwimmen gingen. Erinnerst du dich an unsere Begegnung mit den drei Jugendlichen, die dir hinterherschwammen und dich am Strand nach deiner Telefonnummer fragten? Ich hatte den Nachmittag über arbeiten wollen und kam genau in dem Moment dazu, als einer der drei anbot, dir das Schiffswrack im Westen der Insel zu zeigen. Er wurde verlegen, beugte sich hinab und strich eine Alge von seinem Oberschenkel – wahrscheinlich wollte er meinem Blick ausweichen. Du nahmst mich in den Arm, was seine Verlegenheit noch vergrößerte. Wir sind ihm später noch mehrfach begegnet und machten uns einen Spaß daraus, uns bei den Händen zu nehmen oder Arm in Arm an ihm vorbeizugehen. Wir waren verliebt.

Der Junge von damals wohnt nur wenige Häuser von mir entfernt, ich erkannte ihn sofort, als er in der engen Gasse auf mich zukam, die schlanke Gestalt, das schmale Gesicht mit den versonnen schwarzen Augen. Er hielt inne, durchwühlte die Hosentaschen nach seinem Schlüssel. Er musterte mich mit seltsam unbestimmtem Blick, hob dann halb die Hand, ohne sich aber zu einem wirklichen Gruß durchringen zu können. Als er Miguel hinter mir sah, rief er ihm einen Satz zu, den ich nicht verstehen konnte. Dann wandte er sich um und schloss eine Tür auf.

Später war aus dem Innern des Hauses Klavierspiel zu hören.

Das Haus, das Miguel mir zur Verfügung gestellt hat, ist schmal, kaum breiter als fünf Meter. Es besteht aus drei übereinanderliegenden Räumen: Im Erdgeschoss befindet sich die Küche mit Esstisch, außerdem ein kleines Badezimmer; darüber ein Arbeitszimmer mit aufklappbarem Sekretär, Sofa und großem Schrank. Unterm Dach steht das Bett, wie die übrigen Möbel aus massivem, zum Teil wurmstichigem Holz gezimmert. Die Räume sind besonders hoch. Wie Miguel mir erklärte, sind bei selber Höhe des Gesamtgebäudes in anderen Häusern bis zu fünf Stockwerke untergebracht.

In eine Straßenkarte zeichnete er mir verschiedene Sehenswürdigkeiten ein und markierte einen Lebensmittelladen. »Wenn Sie Fragen haben, kommen Sie bei mir vorbei«, sagte er. »Ich helfe Ihnen gern.«

Ich erkundigte mich nach Coimbra, nach Zeitzeugnissen, nach seinen Kompositionen. »Wird Coimbras Nachlass auf der Insel verwaltet? Ist überhaupt noch etwas überliefert?« Kurz hatte ich die Befürchtung, Miguel werde mit einem Zucken der Schultern, mit einem einzigen Lächeln meiner Hoffnung ein vorzeitiges Ende setzen.

»Kommen Sie erst einmal an«, sagte er dann aber nur und hob beschwichtigend die Hand. »Wie lange werden Sie auf Mondariz bleiben?«

»Das Postschiff soll in zehn Tagen wieder in Mondariz sein. Ich habe mit dem Bootsführer ausgemacht, dass er mich beim nächsten Anlaufen der Insel gegen Mittag erwarten soll. Ich reise beruflich nach Bolivien weiter.«

Er nickte. »Kommen Sie erst einmal an«, wiederholte er.

Ich brachte die Koffer nach oben. Erst als ich mich auf das Bett gelegt hatte und die Augen schloss, bemerkte ich, dass der Boden noch immer unter mir schwankte. Wieder tauchte das Bild der Insel als düster aus dem Meer aufragender Block vor mir auf, eine einsame Klippe, die in alle Richtungen bis zum Horizont von der Endlosigkeit des Meeres eingefasst wird. Manchmal gingen diese Bilder in Traumeindrücke über, indem ihre Proportionen zu schwingen und flirren begannen und Teil eines Spieles wurden, dessen Ende und Sinn sich mir nicht erschlossen. Möwen kreisten über dem Boot und brachen ohne Anlass in gemeinsames Kreischen aus.

Vorhänge bauschten sich im Wind. Das Bettgestell knarrte leise, wenn ich mich umdrehte. Ab und zu waren Stimmen oder Schritte von der Gasse zu hören. Die Luft war frisch und kühl wie auf dem Meer.

Ich schreckte erst auf, als mein Mobiltelefon, das ich aus Gewohnheit neben mich auf den Nachtschrank gelegt hatte, zweimal laut piepte.

Ich hielt mir den Kopf, rieb mir den Schlaf aus den Augen. Wie ein Schmerz durchfuhr mich einmal mehr die Erkenntnis, dass wir nicht mehr zusammen sind, dass unsere gemeinsame Zeit vorbei ist. Vor zehn Jahren wäre ein solches Ende undenkbar gewesen, auf Mondariz sprachst du von Kindern, einer Familie, es war kein Entschluss, der uns aneinanderband, unsere Zusammengehörigkeit war jene Gegebenheit, die für uns beide nicht hinterfragbar war.

Warum habe ich dir überhaupt von meiner nochmaligen Reise erzählt? Die wenigen noch ausstehenden Aufträge für den Rundfunk habe ich verschoben. Es ist fraglich, ob ich noch einmal nach Berlin zurückkehren werde; seit dieser Saison bist du als Schauspielerin am Theater Dortmund unter Vertrag. In diesem Moment kam es mir vor, als hätte ich mich verirrt, als sei ich aus der Zeit gefallen, als gebe es niemanden mehr, der sich noch an mich erinnerte. Zehn Jahre lebt man miteinander und bemerkt die Veränderung nicht, lebt zehn Jahre lang immer auch den Beginn der gemeinsamen Zeit. Nach dem Bruch ist man mit einem Schlag zehn Jahre älter, reibt sich die Augen, Fremde behandeln einen nicht mehr wie den Jugendlichen, der man immer zu sein glaubte. Das Ende einer Liebe ist wie eine Zeitmaschine, dachte ich. Ich musterte die hohe Leiste am Fuß des Bettgestells und spürte, dass mir Schweiß auf die Stirn trat. Sonnenlicht zeichnete auf den Parkettboden neben mir ein helles Viereck.

Die Textnachricht lautete: »Bist Du gut angekommen? Premiere war sehr anstrengend. Hab Fehler gemacht, aber ok. Schön fragil. Pass auf dich auf. Schönen Tag auf unserer Insel! J.«

Unvermittelt hatte ich den Gedanken, dass mich kein Mensch mehr im Krankenhaus besuchen würde, sollte mir etwas zustoßen. Gab es auf Mondariz überhaupt ein

Krankenhaus? Ich strich über den Boden und war erleichtert, als meine Hand gegen die Tasche mit der Partitur stieß. In diesem Moment kam es mir vor, als seien die Blätter das Einzige, was mir geblieben war.

Es war früher Abend, als ich das Haus verließ. In einigen Häusern brannte schon Licht, durch ein Erdgeschossfenster in der Via Inmaculada sah ich eine Familie am Tisch essen, die Kinder ließen die Beine baumeln, während der Vater mit großer Kelle aus einer Schüssel Suppe schöpfte. Die historische Schmiede ist zur Kneipe umgebaut worden, aus der offenstehenden Tür war Stimmengewirr zu hören, ein Mann am Tresen sang. ›Chirinos‹ steht auf einem über der Tür baumelnden Schild. Undeutlich erinnerte ich mich daran, dass Miguel uns damals von einem Schmied dieses Namens erzählte, der im sechzehnten Jahrhundert lebte und durch seine Visionen zur Inselberühmtheit wurde.

Ich überquerte den Marktplatz und ging auf das hell erleuchtete Hotel zu. Rafael de Hostos, der Wirt, begrüßte mich mit Handschlag und bot mir Schnaps an: »Ihre Rückkehr muss gefeiert werden!«

Ich bat ihn, einen Tisch nach draußen zu stellen, ich wollte auf dem Marktplatz zu Abend essen. Die wenigen Passanten sahen mich neugierig an, hielten sich aber in einiger Entfernung. Einmal wurde auf der gegenüberliegenden Seite des Platzes ein Fenster geöffnet, es zeigte sich aber kein Gesicht zwischen den Vorhängen. Die Schatten wurden länger, endlich versank die Sonne hinter dem Berg. Eine Möwe landete auf dem Pflaster. Ich warf ihr ein Stück Brot hin.

Der Wirt servierte selbst. Er ist ein kleiner kräftiger Mann. Er trug zu seiner schwarzen Hose ein blendend weißes Hemd, er war glattrasiert, seine schwarzen Haare glänzten feucht und waren über der Stirn streng nach hinten gelegt. Breitbeinig blieb er neben dem Tisch stehen.

Was mich erneut herführe, fragte er. Sein Spanisch ist klar und verständlich, er ist den Umgang mit Fremden gewöhnt.

Ich erzählte ihm von dem Manuskript, das damals in meinen Besitz gekommen sei und das ich erst jetzt, nach all den Jahren, zum Ausgangspunkt einer Recherche machen wolle.

»Haben Sie mit Señor Gomez schon gesprochen?«, fragte er.

Ich nickte.

»Don Miguel wird Ihnen helfen.«

Ein prüfender Blick streifte mich, als er mir Wein einschenkte. »Arbeiten Sie für eine Universität?«

Ich schüttelte den Kopf. Ich führte das Glas zum Mund. Der Wein schmeckte fruchtig, hatte dabei aber eine ganz eigentümlich harzige Note.

»Wir bauen den Wein selbst an«, erklärte der Wirt. Er lächelte breit. »Es werden pro Jahr nur ein paar Fässchen davon auf Mondariz gekeltert.«

Als er das nächste Mal nach draußen kam, zeichnete

sich am Himmel schon der Mond ab, während der ansteigende Hang von rötlich gefärbten Federwölkchen eingefasst wurde. Ich versuchte, Miguels Blockhaus auszumachen, konnte aber zunächst nicht einmal den Waldrand erkennen, so unterschiedslos düster war die Fläche. Rafael de Hostos lachte. »Warten Sie noch eine Weile, bis der Mond ganz aufgegangen ist. In manchen Nächten ist das Licht so hell, dass man sogar Don Miguel erkennen kann, wie er vor seinem Blockhaus auf der Bank sitzt. Nur die Farben wirken gegenüber dem Tag verändert, gedämpft, ausgebleicht.«

Er stellte das Essen auf den Tisch. »Werden Sie Ihre Forschungen zu Mondariz veröffentlichen?«

Er beugte sich über den Tisch und strich mit flacher Hand die Decke zurecht.

Wenn andere Werke des Komponisten hielten, was meine Partitur versprach, so konnte meine Arbeit durchaus von Bedeutung sein. Coimbra ist anderswo völlig unbekannt. Sein Leben stellt einen Sonderfall dar, muss es sich doch in weitgehender Isolation und abgeschnitten von den kompositorischen Strömungen der Zeit vollzogen haben.

Ich nickte. »Natürlich denke ich über eine Veröffentlichung nach. Es ist aber noch nichts definitiv.«

Im Lächeln des Wirts zeichnete sich der Stolz des Insulaners über das Eigene ab, eine fast kindliche Freude.

»Diese Arbeit ist der Grund, warum ich hier bin«, sagte ich.

Er wünschte mir einen guten Appetit und stieg die Freitreppe zum Hotel hinauf.

Es war schon Nacht, als ich den Heimweg antrat. Der Himmel war mit Sternen übersät, glitzerte und funkelte aus allen Tiefen, aus allen Zeiten in meine Gegenwart hinauf, machte mich selbst zum körperlosen Beobachter, die Insel zu einem Punkt im Ozean. Am Horizont waren Blitze zu sehen. In einigen Häusern brannte Licht, insgesamt aber war die Siedlung still, viele Häuser wirkten unbewohnt. Ich zog das Telefon aus der Tasche. Kein Empfang. Es war keine neue Nachricht eingegangen.

Ich ging früh schlafen, wurde aber oft wach. Der Himmel hatte sich zugezogen über Mondariz, das Licht von Blitzen, zum Teil reflektiert durch gegenüberliegende Fenster und die Fassade des Nachbarhauses, erleuchtete mein Schlafzimmer für Momente so hell, dass mir der Eindruck noch Sekunden später vor Augen stand, als das gewaltsame Durchbrechen des Donners die Insel erfasste. Ich machte die Fenster zu. Das Einsetzen des Regens löste die Spannung.

Ich ließ mich in die Kissen zurücksinken und schloss die Augen.

Deine Großmutter war seit Jahren verwitwet, eine kleine, dicke, aber besonders agil wirkende Frau. Ich mochte sie gern, habe sie aber nur während eines einzigen Besuches in ihrem Bergdorf an der österreichisch-slowenischen

Grenze kennengelernt. Sie sprach so starken Dialekt, dass ich sie kaum verstand. Ich glaube, es war ihr achtzigster Geburtstag – zur Feier war die Familie aus Deutschland, aus Österreich, ein Cousin deiner Mutter mit Frau und Kindern sogar aus Amerika angereist. Das Haus, von deinem Großvater nach dem Krieg errichtet, wirkte baufällig. Dielen knarrten, durch die Fenster strich der Wind, an der Decke waren an mehreren Stellen Schimmelflecken zu sehen. Ich hatte kaum Kontakt mit ihr – während der Mahlzeiten setzte die alte Frau sich nicht etwa an den sorgsam gedeckten Esstisch, sondern zog sich nach dem Auftragen der Speisen gleich wieder zurück. Es sei in dieser Gegend so üblich, erklärte mir deine Mutter. Nur zum Festessen am Abend ihres Ehrentages nahm sie am Kopf der Tafel Platz und lächelte verschmitzt, als dein Vater einen Trinkspruch ausbrachte und die Versammelten auf ihr Wohl die Gläser hoben. Neben ihr saß ein dürrer Mann in zerschlissenem Sakko, den sie der Familie bis zu ihrem Ehrentag vorenthalten hatte: Konrad war ihr neuer Freund. Die beiden kannten sich seit zwei Jahren. Konrad wohnte im Altenheim im Nachbardorf. Bei schönem Wetter machten die beiden Spaziergänge miteinander. Zu ihrem Geburtstag hatte er ihr eine Reise geschenkt: Sie würden zusammen nach Wien fahren. So eingeschüchtert Konrad angesichts der Festgemeinschaft war, so strahlten seine Augen doch, sobald deine Großmutter seine dürre Hand nahm. Er strich sich verlegen über das stoppelige Kinn. Mehrmals hörte ich, wie er ihr zärtlich das Wort

»Wien« zuflüsterte. Er war sein ganzes Leben lang niemals in der Hauptstadt gewesen.

Wir verlebten ausgelassene Tage. Kurz vor der Abreise nahm die alte Frau mich beiseite. »Ich war schon als junge Frau verheiratet und unsere Ehe dauerte Jahrzehnte. Aber ich war niemals so glücklich wie heute.« Sie vertraute ihr Geheimnis nur mir an. Vielleicht sah sie das eigene späte Glück im Glück des jungen Liebespaares gespiegelt, in unserem Glück. Es war das einzige Mal, dass sie mich ansprach.

Wenige Wochen später erfuhren wir von ihrer Krankheit. Zu ihrem Geburtstag muss der Krebs schon in einem fortgeschrittenen Stadium gewesen sein. Wir hatten darüber nachgedacht, ebenfalls nach Wien zu fahren und die beiden wie zufällig in einem Caféhaus zu überraschen.

Die Reise wurde abgesagt.

In dieser Nacht träumte ich ein Wiedersehen: In einem hell erleuchteten U-Bahn-Schacht stand deine Großmutter neben dem Fahrkartenautomaten, auf den ich zuging, wie damals winkte sie uns zu, sie trug Schwarz. »Dass wir uns endlich wiedersehen«, rief sie in der ihr eigenen Mischung aus Herzlichkeit und Ironie. Ihr Freund stand etwas abseits neben einem übergroßen Koffer, mit gesenktem Kopf und fallenden Schultern. Wie in einem Sog glitt ich auf sie zu und schreckte noch in der Bewegung aus dem Schlaf hoch. Ich hielt mir den Kopf, mein Atem ging in Stößen. Wie lange sie schon tot ist?, dachte ich immer, das Zimmer lag in tiefem Dunkel. Ich wischte mir die Stirn. Ich schlug die Decke zurück. Ich ging zum Fenster, tastete nach dem Griff. Der Regen hatte nachgelassen.

Ob Konrad noch am Leben ist? Was ist aus ihm geworden?

Als ich den Kopf hinausstreckte, schien es mir, als sei vom Ende der Gasse her neben dem Prasseln herabfallender Tropfen auch das pulsierende Rauschen des Meeres zu hören.

Der Tagesanbruch auf Mondariz vollzieht sich bei klarem Wetter in wenigen Sekunden: Die Sonne steigt aus dem Meer auf, Schatten der Nacht weichen Fanfaren von Licht, die den Osthang und die Siedlung noch im Moment erfassen. Beugt man sich weit genug aus dem Fenster meines Schlafzimmers, kann man zwischen den Gebäuden hindurch das Meer sehen, kann den Rotschimmer erahnen, der dem Morgen vorausgeht, eine leichte Verfärbung der Wasseroberfläche am Horizont nur, die zu dem Moment des Aufflammens kaum in Beziehung zu stehen scheint – derart unausdenkbar und gewaltig ist das tatsächliche Hervorbrechen der Sonne. Wind zieht durch die Gassen, streicht über Dächer und um Hauskanten und fließt in einer einzigen umfassenden Bewegung wie über ein unbedeutendes Hindernis über die ganze Insel hinweg. Vom anderen Ende der Siedlung her ist das Läuten von Glocken zu hören.

Dann vielleicht das Schlagen einer Tür, Schritte, die von den Wänden widerhallen, irgendwo bellt ein Hund. Aus einem Fenster dringen Stimmen.

Ich ging in die Küche hinunter, machte Kaffee und trug Kanne und Tasse auf einem kleinen Tablett ins Arbeitszimmer. Saß am Schreibtisch, vor mir ein Notizblock und die Klaviervariationen Coimbras, die zu analysieren ich mir für die erste Zeit vorgenommen habe. Immer wieder ertappte ich mich dabei, wie mein Blick zu schweifen begann, über Minuten lag meine Hand reglos auf dem Papier. Ich sah die Fassade des gegenüberliegenden Hauses und die Fensterscheiben, in denen sich das eigene Fenster spiegelte, die Vorhänge, dahinter eine Andeutung meines Gesichts. Für ein paar Minuten kritzelte ich Taktzahlen auf ein Blatt und bestimmte funktionsharmonische Fortschreitungen. Nur die Musik hörte ich nicht. So gut ich die Stücke auch kenne, bildete sich jetzt nicht einmal die Andeutung einer Melodie in meinem Kopf.

In diesem Moment war es mir, als sei alles umsonst, und die Verzweiflung darüber trieb mir Tränen in die Augen.

Der Einkaufsladen befindet sich in der Via Nicolás nördlich des Marktplatzes, nur ein paar Schritte vom Hotel entfernt. An die Innenseite der Tür ist eine kleine Metallspirale mit Glöckchen genagelt – bewegt sich die Tür, ertönt ein helles Läuten. Regalreihen sind bis unter die Decke mit solch unüberschaubarer Fülle von Waren angefüllt, dass vor dem Auge des Eintretenden eher zufällig einzelne Gegenstände hervortreten: Konservendosen, Angelhaken oder Köder aus eingelegtem Fisch; Taschenmesser neben Eimern und Batterien; in einem Drahtgestell finden sich

Postkarten und schlecht gebundene Reiseführer, die vor Jahrzehnten verlegt wurden. Der Raum ist so überladen, dass schon allein dadurch jeder einzelne Artikel schäbig wirkt. Die oberen Borde sind mit einer dicken Staubschicht bedeckt.

Von einer Treppe im Hintergrund des Raumes waren Schritte zu hören. Gleich darauf trat Señora Batani hinter der großen mechanischen Kasse hervor in den Verkaufsraum.

»Was kann ich für Sie tun, Señor?«

Sie ist eine massige Frau mit dickem schwarzem Haarknoten am Hinterkopf, tiefschwarzen Augen und im Vergleich dazu auffällig bleicher Gesichtsfarbe. Sie trug Stoffpantinen und kaute – offenbar hatte ich sie beim Frühstück gestört. Sie nahm meinen Einkaufszettel entgegen und schritt die Regalreihen ab. Wieder und wieder spürte ich ihren neugierigen Blick auf mir.

Ich sah durch die großen Schaufenster hinaus aufs Meer. In der Auslage fiel mir eine geschnitzte Figur auf, die ich zunächst für eine Puppe hielt: Das Gesicht wirkte wie eine zu Holz gewordene Karikatur, pausbäckig, mit wulstigen Lippen, Stupsnase und kleinen Schweinsaugen. Der Körper steckte in einer genähten grünen Filzjacke, von den Händen blätterte Lack ab.

Ich erkundigte mich, was es mit der Figur auf sich habe.

Ich konnte ihr Spanisch kaum verstehen. Auf meine Nachfragen hin sprach sie langsamer.

Sie nannte die Figur *Kaya*, es handele sich um eine Art Talisman.

Sie lachte auf, als sie meinen angestrengten Gesichtsausdruck bemerkte.

In ihrem schwer verständlichen Dialekt schilderte sie ein Geistwesen, das aus Lust am Schabernack dafür sorge, dass der Schreiner am Morgen in der Haut eines Touristen erwache, während die Jungvermählte das Verhalten ihres Gatten nicht wiedererkenne.

»Verlieren wir uns nicht alle hin und wieder? Dieser Figur etwa am Abend eine Kerze anzuzünden stellt sicher, dass wir uns im Erwachen wiederfinden.«

Sie beugte sich über die Auslage nach vorn. Auf ihrer Strickjacke waren um den Kragen herum unterschiedlich große weiße Hautschuppen zu sehen. Sie sah mich fragend an.

Ich bedankte mich und schüttelte den Kopf.

Sie stellte die Figur in die Auslage zurück.

Gemeinsam gingen wir zur Kasse.

Sie nannte einen Preis.

»Bitte zahlen Sie in Dollar«, sagte sie.

Die Sonne stand jetzt etwa so weit über dem Meer, dass ihre Strahlen in Augenhöhe waagrecht auf mein Gesicht trafen. Wellen schlugen gegen die Kaimauer. Heftiger Wind wehte.

Ich machte einen Umweg über die Strandpromenade und ging von Süden her auf die Via Umbria zu. Der Sand schien vom Unwetter der Nacht noch immer feucht zu sein, an einigen Stellen aber war das Weiß bereits wieder so strahlend, dass es den Augen wehtat. Ein kleines Ruderboot lag auf dem Strand, zwei Männer hatten es umgedreht und untersuchten den Boden: fuhren mit den Handflächen über den deutlich hervortretenden Kiel und betasteten die davon wegstrebenden Spanten.

Ich blieb stehen und lehnte den Oberkörper gegen das Geländer.

Die Männer beachteten mich nicht.

Ich schloss die Augen. Das Geräusch der über den Strand auslaufenden Wellen erfasste mich so vollständig, dass ich vergaß, wo ich mich befand. Wind strich über meine Haut. Bei den ersten Hammerschlägen richtete ich mich auf; der Strand vor mir, das Meer, das Geländer, gegen das ich mich gelehnt hatte, tauchten so unvermittelt vor mir auf, als hätte ich während einer Redaktionssitzung die Augen geschlossen.

Die Männer ließen ihre Hämmer sinken, einer wies mit dem Finger auf mich. Die beiden tuschelten.

Ich nickte ihnen zu, hob meine Einkaufstasche vom Boden auf und bog in die Via Umbria ein.

Ich schrieb dir mit dem Mobiltelefon eine Nachricht und war selbst überrascht, dass das Gerät mir vollen Empfang anzeigte.

»Bin gut angekommen. Habe Miguel getroffen und den Jungen vom Strand, der Dir damals das Schiffswrack zeigen wollte. Erinnerst Du Dich? Heftiges Gewitter in der Nacht.«

Gleich darauf ging das Gerät aus. Als ich es wieder anschaltete, stellte sich keine Netzwerkverbindung her. Die Nachricht aber war verschickt.

Ich öffnete das Fenster.

Aus der Gasse war leise der Klang eines Klaviers zu hören.

Ich saß in der Küche am Tisch und blickte gedankenverloren auf das Bild an der Wand, als es an der Tür klopfte.

Zunächst dachte ich daran, das Pochen einfach zu ignorieren. Ich spürte die untergründige Panik, in der nicht allein mein Aufenthalt auf der Insel, sondern mein ganzes bisheriges Leben alle Richtung verlor. Ich dachte daran, wie häufig ich in Berlin an den Computer gehe, Nachrichten schreibe, telefoniere. Auf Mondariz habe ich nicht einmal einen zuverlässigen Internetanschluss.

Ich wollte arbeiten.

Als der Kessel auf dem Herd zu singen begann, stand ich auf und ging zur Tür.

Miguels dunkle klare Augen sind von tiefen Falten eingefasst, die Haut wirkt ledrig, wie gegerbt. Er trug ein weißes Hemd, das am Kragen offen stand und dessen Manschetten er umgekrempelt hatte.

Er hielt mir ein Päckchen entgegen.

»Für mich?«, fragte ich erstaunt.

»Für Sie.«

Wir gingen in die Küche.

Ich bot ihm einen Platz an und stellte zwei Becher auf den Tisch. Ob er letzte Nacht wach gewesen sei, wollte ich wissen.

Er nickte.

»Meist bleiben die Unwetter weit draußen«, erklärte er. »Von Mondariz aus kann man auch entferntes Wetterleuchten noch erkennen, Lichteruptionen, denen kein Donner folgt und die den Horizont nur zu streifen scheinen. Letzte Nacht lag das Zentrum des Gewitters über der Insel: Ich machte mir Sorgen. Gewitter können sehr heftig sein in dieser Gegend. Manchmal ziehen sie Springfluten nach sich.« Es entstand eine Pause. »Ich schloss erst nach Mitternacht die Fensterläden. Als ich erwachte, zirpten schon die Zikaden am Hang.« Er lächelte. »Wie haben Sie geschlafen?«

Ich erzählte von meinem Traum.

Es sei normal, dass Fremde auf Mondariz intensiv träumten, entgegnete er, vor allem in der Anfangszeit. Davon habe er oft gehört. »Vermissen Sie Deutschland schon?«

Ich zuckte mit den Schultern.

Miguel hat mich kein einziges Mal ausdrücklich nach dir gefragt, seit ich hier bin.

Über dem Tisch hängt ein Kruzifix; an der gegenüberliegenden Wand ein Ölgemälde, das so dunkel ist, dass man bei oberflächlicher Betrachtung keine Einzelheiten ausmachen kann.

Das Bild ist kaum größer als eine Miniatur, etwa so lang wie meine Hand. Die Leinwand wirkt wie rußbedeckt, als sei sie im Laufe von Jahrzehnten durch Küchendampf und Rauch angeschwärzt worden.

Ich bemerkte, dass Miguels Blick immer wieder zu dem Gemälde zurückkehrte. Nach einer Weile fiel auch mir der zarte Rotschimmer auf der Leinwand auf, eine Einfärbung wie von Wellen am Bildrand. Es sind nur Andeutungen, die aber die Düsternis noch im Moment in eine sehr konkrete und lebhafte Vorstellung überführten. Ich beugte mich vor und erkannte in dem Bild die Darstellung der Insel vor Tagesanbruch. Der Eindruck war so stark, dass ich unwillkürlich einen Schritt zurücktrat.

»Es ist die Ansicht von Westen auf die Insel«, kommentierte Miguel. »Sie sind von Osten gekommen bei Ihrer Anreise.«

Ich nickte.

»Ich kenne das Bild seit meiner Kindheit«, erzählte Miguel. »Mein Großvater hat es gemalt. Später hat er keinen Pinsel mehr angerührt. Er habe das Malen überhaupt nur aufgenommen, um diesen einen Eindruck aus seiner Jugend festhalten zu können, erklärte er, den Anblick der Insel nach schwerem Sturm. Großvater war mit einem Freund hinausgefahren. Der war bei dem Versuch, eindringendes Wasser abzuschöpfen, von Wellen über Bord gerissen worden. Großvater versuchte, ihn mit einem Tau zu retten: Der Seegang hob das Boot so hoch, dass der aus dem Wellental aufragende Arm schon im nächsten Moment im Wasser versank. Für eine kurze Zeit war es Großvater, als könne er durch den Schiffsrumpf das Pochen und Schlagen seines Freundes hören. Gischt schlug ihm ins Gesicht. Eine Welle riss das Boot zur Seite. Über Stunden klammerte Großvater sich an die Ruderpinne, bald auf die Planken gekauert, bald halb aufgerichtet, um das Schwanken des Untergrundes auszugleichen. Als sich das Boot Mondariz näherte, war die See glatt, der Sturm, der auch im Dorf schweren Schaden angerichtet hatte, einer völligen Windstille gewichen. Kein Laut war zu hören. Es war der 18. April des Jahres 1891.«

Ich zündete eine Kerze an und stellte mich neben das Bild.

»Sie haben recht, die Wand ist auch tagsüber eigentlich zu düster«, sagte Miguel. »Andererseits hat mein Großvater die Stelle selbst ausgesucht. Ihm gefiel das Licht und auch die Nähe zur Kochnische. Ich kann mich noch gut an die Gestalt meiner Großmutter erinnern, die in der Ecke stand und Obst einkochte. Ich hatte das Gemälde schon unzählige Male gesehen, an diesem Morgen aber fragte ich sie, ob Mondariz wirklich so ein gefährlicher Ort sei. Sie sah mich verwundert an. Später beugte sie sich selbst über das Bild. ›Es ist ein Wunder, dass es uns überhaupt noch gibt‹, murmelte sie. Das weiß ich noch wie heute.«

Ich goss Tee ein.

Ob er das Päckchen öffnen solle, das er mitgebracht habe, fragte Miguel.

Ich reichte ihm ein Messer. Er durchschnitt die Kordel.

»Damit Sie einen Ausgangspunkt für Ihre Arbeit haben«, sagte er.

Ich beugte mich über den Tisch.

Die Kerze begann zu flackern.

»Was ist das?«, fragte ich.

»Mehr ist von Coimbra bis heute nicht gedruckt worden«, erklärte Miguel. »Was Sie hier sehen, ist sein gesamtes publiziertes Werk. Es existieren noch ganze Kisten voller Handschriften. Das meiste aber dürfte unwiederbringlich verloren sein.«

Ich griff nach dem Packen von Partituren und zog sie an mich.

»Ist Coimbra wirklich ein so origineller Komponist, wie manche sagen?«, fragte Miguel. »Schon zu Lebzeiten wurde er von manchen zum Genie erklärt, während andere ihn als Plagiator oder Dilettanten abtaten. Es gab keine Instanz auf Mondariz, gibt sie bis heute nicht. Was meinen Sie?«

Für einen Moment konnte ich meinen Enthusiasmus nicht zügeln. Ich legte Miguel die Hand auf die Schulter, während ich mit der anderen bereits Papiere durchzublättern begann. Es waren Stücke in verschiedenen Besetzungen, Lieder, Kammermusik, Orchesterwerke. Das unerwartete Geschenk schien mir wie eine Antwort auf meine Zweifel, wie jener entscheidende Impuls, der mich vorantreiben würde.

»Ich will mehr erfahren«, sagte ich. »Es gibt in der Musikwissenschaft weltweit eine Tendenz, sich auf die Suche nach Randfiguren zu machen, nach Kleinmeistern, durch deren Werk sich dem Bild, das wir uns von einer Epoche machen, neue Facetten hinzufügen lassen. Tatsächlich zeugen die Klaviervariationen, die ich kenne, von einem autodidaktischen, ungestümen Zugriff. Dabei verfügt Coimbra über eine sehr klare Vorstellung der eigenen Mittel – nirgends wirkt der Klaviersatz überladen oder effekthascherisch. Er ist konzentriert, verknappt. Wer weiß? Vielleicht wächst sich meine Arbeit am Ende noch zu einer großen Monographie aus …«

Miguel lächelte. »Wollten Sie nicht gerade Tee machen?«

Ich fingerte ungeschickt am Teesieb herum, verbrühte mir die Finger.

Über Jahre hatte das Manuskript der Klaviervariationen in einer Schublade gelegen. Erst als du dich von mir zu entfernen begannst und ich unsere Gegenwart immer häufiger der gemeinsamen Vergangenheit gegenüberstellte, zog ich die Partitur wieder hervor. Jahre nach unserem gemeinsamen Mondariz-Besuch war sie zu einem Zeugnis unserer Beziehung geworden, einem Andenken. Ich fing an, den Zyklus zu üben, wollte dich eines Tages mit meinem Spiel überraschen.

Dann zogst du aus.

Inzwischen beherrsche ich die Stücke gut.

»Erkennen Sie Vorbilder?«, fragte Miguel.

Zunächst hatte mich die Stimmführung an Schumann, die Harmonik in ihrer Schroffheit an Mussorgsky erinnert. Solche Ähnlichkeiten sind aber eher zufällig und schwächen sich mit zunehmender Kenntnis des Werkes ab. Was die Komposition auszeichnet, ist die ungewöhnliche Architektur. Das Thema, nur wenige Takte lang, ist von äußerster Schlichtheit: eine einfache, getragene Melodie. In den bald kaum mehr voneinander abgesetzten Variationen entwickelt sich ein impulsives Wuchern verschiedener Stimmen, die sich oft bereits nach wenigen Tönen wieder zurückziehen und verklingen, während andere sie überlagern und in den Hintergrund schieben. Eine Polyphonie entsteht, deren Einzelglieder das übergeordnete Gesetz nicht zu kennen scheinen: Linien drängen einander gegenseitig ab wie Gedankensplitter, wie Auswüchse, die dem Licht entgegenstreben und bald selbst abgedrängt werden. Bei alledem baut die Musik sich immer mehr auf, der Satz wird dichter, immerwährendes Crescendo. An einer Stelle hat der Komponist über den schon ins Choralhafte gesteigerten Klaviersatz das komplette Sopranthema des Beginns geschrieben, nicht aber in das Klaviersystem, in das rechte und linke Hand notiert sind, sondern in eine eigene Notenzeile darüber. Es bleibt offen, ob dieser melodische Rückgriff gleichsam virtuell, also nur ›gedacht‹ zu bleiben hat, eine außerhalb der Wahrnehmbarkeit nur für den Interpreten aufscheinende Idee. Oder soll der Pianist singen? Mit zwei Händen spielen lässt sich die Stelle jedenfalls nicht. Dabei markiert sie den Höhepunkt des Stückes, den Übertritt von der Welt des Klangs ins Ideelle oder Transzendente. Die Geisterstimme verstummt nach wenigen Takten und taucht im Folgenden nicht mehr auf. Ein über Seiten andauerndes Decrescendo schließt sich an, ein Rückzug der Musik in sich selbst. Das Ende spiegelt die Schlichtheit und Trauer des Beginns – bis zum fast beiläufig wirkenden Verklingen zweier Stimmen auf dem Ton c.

Ich stellte die Kanne auf den Tisch.

»Ich kann diese Musik bisher schwer einordnen«, sagte ich. »Mir fehlte der Hintergrund, das Wissen über das Umfeld, dem sie entstammt.« Mein Blick glitt über die Notenblätter, die Miguel mir mitgebracht hatte. »Das ist es …«, stammelte ich. »Sie wissen nicht, wie sehr Sie mir geholfen haben.«

Ein Freund von mir hatte schon nach kurzem Blick auf die Klaviervariationen erklärt: »Es ist das Wesen des Dilettanten, nicht um die Grenzen zu wissen.« – »Ist es nicht visionär, sie zu missachten?«, hatte ich gefragt. Worauf er lachend entgegnet hatte: »Ich wusste gar nicht um deine Vorliebe für das Skurrile. Die Insel wird sich hoffentlich als interessanter herausstellen als ihr Komponist …«

Ich saß auf dem Marktplatz vor dem Hotel, die gedruckten Partituren lagen vor mir auf dem Tisch. Miguel hatte mir geraten, doch einmal Antonio zu besuchen, das ist der

Junge, der damals in deiner Gegenwart verlegen wurde. Er selbst will mir in den nächsten Tagen das Haus des Komponisten zeigen, dort stehe bis heute ein Klavier, das aber alt und lange nicht mehr überholt oder gestimmt worden sei. Vielleicht könne man gar nicht mehr darauf spielen.

In der Mitte des Platzes war ein langer schwerer Holztisch aufgebaut, auf dem in Plastikwannen Fisch angeboten wurde. Auf einem weiteren daneben lagen Brote und verschiedene Käsesorten aus. Fischer schleppten vom Hafen schwere Holzkisten über den Platz und luden sie neben den Tischen ab. Sie wurden von den Umstehenden lautstark begrüßt, man klopfte einander auf die Schultern, schüttelte Hände, wie es gegangen sei, ob man das Gewitter gut überstanden habe … Einer der Fischer, ein junger Mann mit Dreitagebart und schief sitzender Schirmmütze, zog aus der Jacke ein Fläschchen und trank. Señora Batani stand am Brotstand. Sie öffnete einen Pappkarton und verteilte Gläser.

Rafael de Hostos erschien auf der Freitreppe und kam auf mich zu. Er begrüßte mich, indem er eine leichte Verbeugung andeutete. Ob ich schon gewählt hätte.

Ich schlug die Karte auf.

»Haben Sie Don Miguel noch einmal getroffen?«, fragte er.

Ich nickte. »Er will mir das Coimbrahaus zeigen.«

Der Wirt lächelte. »Gut. Ich dachte mir, dass er Ihnen helfen würde.«

Ich bestellte Fisch.

»Wollen Sie ihn selbst aussuchen?«, fragte Rafael. »Oder wollen Sie vielleicht ein Überraschungsmenü? Guten Freunden bietet unsere Küche diesen besonderen Sevice an. Schließen Sie die Augen. Lassen Sie sich von der Schönheit des Ortes verzaubern. Lehnen Sie sich zurück. Ihr leibliches Wohl ist bei uns in den besten Händen.«

»Ich suche selbst aus«, sagte ich.

Anstatt ins Innere des Hotels zu gehen, führte er mich zum Fischstand. Wir wurden von den Umstehenden durchgelassen und beugten uns gemeinsam über den Fang der Nacht.

Die Stimmung auf dem Platz hatte inzwischen den Charakter einer *fiesta* angenommen: Man trank Schnaps, stieß auf die Heimkehrer an, auf den Fang, auf das Vorüberziehen des Unwetters.

Die massive Bauweise im Dorf ist auf die Angst vor Springfluten zurückzuführen. Die Häuser sind auf ihrer dem Meer zugewandten Seite verstärkt. Das Hotel ist als eines von wenigen Gebäuden unterkellert, im unterirdischen Gewölbe wurden schon im 16. Jahrhundert Weinfässer, Pökelfleisch und Fisch gelagert. An den Ecken mancher Fassaden finden sich verschiedenfarbige Striche, die die Scheitelpunkte von Flutwellen anzeigen. Die oberste dieser Markierungen ist am Hotel in fast fünf Metern Höhe aufgetragen: »Die große Welle von 1905«, erklärte mir Rafael. »Damals wurde das komplette Erdgeschoss des Restaurants zerstört, es dauerte Tage, bis das Kellergewölbe leergepumpt werden konnte. Das Hotel schloss und wurde erst vier Jahre später vom neuen Besitzer renoviert und wieder in Betrieb genommen. Zu dieser Zeit setzte ein erster Schub von Tourismus aus Amerika ein.«

Eine junge Frau drückte mir ein Weinglas in die Hand. Ob ich der Deutsche sei, der sich für den Komponisten interessiere.

»Haben Sie schon gewählt?«, fragte der Wirt.

Ich wies mit dem Finger auf einen im Sonnenschein silbrig glänzenden Fisch mit länglichem, dabei aber gedrungen wirkendem Körper.

»Ein *corvina*«, sagte Rafael de Hostos. Er signalisierte dem Fischer die Entscheidung und ließ sich das Tier in Papier einschlagen. »Exzellente Wahl.«

Ich hob das Glas und prostete der Frau zu.

Wir traten zur Seite.

»Ich habe selbst früher Klavier gespielt«, sagte sie. »Ich war nicht begabt oder so, aber ein paar Bach-Inventionen konnte ich irgendwann doch spielen. Ich wollte Stücke von Coimbra lernen, aber Onkel Alejandro meinte, ich solle meine Zeit nicht vergeuden. Er sei ja doch nur eine Kuriosität für die Amerikaner, die zu Besuch kämen. Ich kannte damals nur einen Amerikaner, und den mochte ich gern.« Sie lachte. »Trotzdem habe ich bald aufgehört zu spielen.«

»Gibt es noch mehr Musiker auf Mondariz?«, fragte ich.

Sie schüttelte den Kopf. »Ich hab es mir selbst beigebracht. Eine Nachbarin kam manchmal vorbei und gab Hinweise, sie beherrschte das Instrument aber selbst kaum. Es gibt nur einen Pianisten hier, und der war damals noch ein Kind.«

»Antonio?«, fragte ich.

»Ja«, sagte sie.

Maria ist eine schöne Frau mit aufmerksamem Blick und offenem gewinnendem Lachen. Sie hat langes dunkelblond gelocktes Haar, das ihr der Wind ins Gesicht wehte. Ich war mir nicht sicher, ob ich sie schon einmal gesehen hatte. Als ich sie fragte, ob sie manchmal selbst zur See fahre, zuckte sie mit den Schultern. »Beim letzten Mal war ich noch ein Kind.« Wahrscheinlich gibt es überhaupt kaum Frauen hier, die Männer auf ihren Fangzügen begleiten. »Ich habe zeitweilig in der Fischfabrik gearbeitet«, sagte Maria.

Ich sah sie fragend an.

»Im Westen der Insel, kennen Sie die gar nicht?«

Als ich mit dir auf Mondariz war, vermuteten wir im Westen nur Felder, Viehweiden und Sumpf. Das Schiffswrack, das vor der Küste auf Grund liegen soll, haben wir nie besichtigt.

»Was machen Sie jetzt?«, erkundigte ich mich.

»Manchmal helfe ich im Hotel aus oder im *Chirinos*. Meine Mutter hatte in meinem Alter schon zwei Kinder.« Sie lachte. »Inzwischen rät sogar Onkel Alejandro mir, im Ausland ein Studium zu beginnen. Viele junge Leute verlassen Mondariz, und die wenigsten von ihnen kehren später zurück. Haben Sie die Schilder gesehen? ›*A la venta*‹? Viele Häuser im Dorf stehen leer. Alejandro sagt, in fünfzig Jahren wird Mondariz so dünn besiedelt sein, dass ein Ausländer auf einen Schlag die ganze Insel kaufen kann. Wenn es sie dann überhaupt noch gibt ... Wollen Sie Mondariz kaufen?«

»Mit Fischfabrik?«

Sie lachte. »Können Sie sich vorstellen, dass meine Familie schon seit Generationen hier lebt? Manchmal wundere ich mich darüber, dass ich mich mit Fremden überhaupt noch unterhalten kann. Ich denke immer, unsere Sprache würde nur auf Mondariz verstanden.«

»Sie sprechen ja sogar Englisch«, wandte ich ein. »Wo haben Sie das gelernt?«

»Don Miguel war der einzige Lehrer auf Mondariz«, antwortete sie. »Er unterrichtete alle Fächer.«

Rafael de Hostos erschien in der Tür des Hotels und winkte mir von der Freitreppe aus zu.

»Wollen Sie mich zum Essen begleiten?«, fragte ich.

Der Fischer mit der Schirmmütze und dem Dreitagebart hatte Maria während unseres gesamten Wortwechsels nicht aus den Augen gelassen; jetzt trat er hinter dem Tisch hervor und stellte sich neben uns.

Sie schüttelte den Kopf.

Es war mir recht. Ich empfand Ungeduld, wenn ich an die bevorstehende Arbeit dachte.

Ich leerte mein Glas und ging über den Platz zu meinem Tisch zurück.

»Entspricht der Fisch Ihren Erwartungen?«, fragte Rafael de Hostos.

Am Nebentisch saß ein älterer Mann in weißem Hemd und beigefarbener Hose, auf die im selben Stoff unterschiedlich große Taschen aufgenäht waren.

Ich nickte. »Vorzüglich.«

Der Mann am Nebentisch bestellte Espresso. »Seit wann sind Sie hier?«, fragte er mich.

Ich überlegte einen Moment. Der Wirt kam mir zuvor. Zwischen den Feiernden auf dem Platz erkannte ich Maria, ihre Haare glänzten im Sonnenschein. Der Fischer mit der blauen Schirmmütze hatte den Arm um sie gelegt, mit einer Wendung des Oberkörpers machte sie sich von ihm los und blickte in unsere Richtung.

»Wohnen Sie im Hotel?«, fragte der Mann. Sein lockiges weißes Haar und das weiße Hemd kontrastierten mit der Bronzefarbe seines Gesichts. Die Nase war geschwungen, die Lippen scharf geschnitten, er sah selbst wie ein Reisender aus.

»Ich wohne in der Via Umbria«, antwortete ich.

Das Essen tat mir gut. In der Menge auf dem Platz hob ein Fischer den Arm und winkte lachend zu uns hinüber. Ich sah den Mann am Nachbartisch fragend an.

»Denken Sie sich nichts dabei«, sagte er. »Als Fremder gehören Sie hier nie dazu.« Er führte die Tasse zum Mund und trank. »Wissen Sie, wie man die Insel früher nannte? El Mundo. Es war wohl zunächst so etwas wie eine Abkürzung: Mondariz, Monda, Mondo. Mundo – die ganze

Welt. Es gab Familien, in denen sich über Generationen alles Leben auf diesem Fleck mitten im Ozean vollzog. Bevor der Tourismus einsetzte, bekamen Dorfbewohner ihr ganzes Leben lang keinen Fremden zu Gesicht.«

Der Fischer mit der Schirmmütze hatte Maria an sich gezogen und drehte sich mit ihr im Kreis. Die Umstehenden traten zurück und klatschten den Takt. Gesang und Gelächter tönten zu uns herüber.

»Kein Wunder, dass das Hotel inzwischen fast immer leer steht«, grummelte der Mann. »Die Einheimischen wollen keine Fremden hier. Sie wandern lieber ab, als dass sie Besuchern das Gefühl gäben, hier willkommen zu sein. Auf Mondariz fürchtet man bis heute, angegriffen oder erobert zu werden. Im 18. Jahrhundert nahmen für ein paar Monate Piraten Mondariz ein. Fragen Sie doch einmal Don Miguel danach, der kennt sich in der Inselgeschichte gut aus. Sie wohnen in seinem Haus, oder?«

Ich nickte.

»Aus der Angst vor Piraten wurde der Vorbehalt gegen Touristen. Wir sind eine eingeschworene Gemeinschaft auf Mondariz.«

Rafael de Hostos erschien an unserem Tisch. Er reichte mir die Dessertkarte. »Glauben Sie nicht, was Doktor Álvarez erzählt«, sagte er. »Er hat sich schon seit Langem in den Kopf gesetzt, das Hotel zu ruinieren.«

Die beiden Männer lachten.

»Keine Angst, Señor de Hostos«, entgegnete ich. »Ich habe von Mondariz mein eigenes Bild.«

»Sie waren in Begleitung einer Frau hier, das ist anders«, brummte der Arzt. »Sie waren jung.«

Ich sah ihn verblüfft an.

Der Wirt verdrehte die Augen.

Ich kann mich nicht daran erinnern, dem Inselarzt in deiner Gegenwart schon einmal begegnet zu sein.

Ich durchblätterte die alten Drucke in einem Gefühl von Ehrfurcht. Sie waren in Buenos Aires angefertigt, und ich malte mir aus, wie der Komponist von der Insel aus Verhandlungen geführt und endlich Geld transferiert hatte, um seine Werke ein einziges Mal im Leben verlegt zu sehen.

In diesem Moment nahm ich weit oben am Hang aus den Augenwinkeln eine Bewegung wahr – vielleicht hatte sich Miguel vor sein Blockhaus gesetzt. Vielleicht blickte er seinerseits hinab. Eine Windböe strich über den Platz und hätte den Brief beinahe fortgerissen, der zwischen den Seiten der Sinfonie steckte. Ich hielt ihn fest, legte ihn auf den Tisch. Ich beschwerte ihn mit einem Salzstreuer. Das Papier war vergilbt, an den Enden eingerissen. Die Sütterlinschrift aber, in Tinte auf das Papier getragen, war deutlich zu erkennen: »Wien, 18.12.1875«, stand dort in weit ausgreifenden geschwungenen Lettern.

Hochverehrter Herr Coimbra!

Bitte verzeihen Sie meine späte Antwort. Es ist ja in der Tat schon einige Jahre her, dass Sie mir Ihre Sinfonie zuschickten. Umzüge und Berge von Arbeit hielten mich da-

von ab, mich früher damit auseinanderzusetzen. Was für eine eigentümliche sprechende Musik ist das aber! Könnten Sie sich vorstellen, das Werk dem Wiener Publikum selbst vorzustellen? Ich würde mich, Ihr Einverständnis vorausgesetzt, für eine baldige Aufführung an der Akademie verwenden.

Hochachtungsvoll, Ihr Johannes Brahms

Ich sprang vom Tisch auf, winkte in einer einzigen großen Bewegung sowohl dem Wirt in der Tür des Hotels wie Miguel weit oben am Hang zu und packte währenddessen schon die Partituren zusammen. Gab es noch mehr Briefe? Vielleicht eine ganze Sammlung von Manuskripten, war es zwischen dem deutschen Komponisten und Coimbra zu einer weiterführenden Korrespondenz gekommen? Hatte Coimbra die späte Antwort auf ein mögliches Bittschreiben überhaupt noch selbst in Empfang genommen?

»Haben Sie es eilig?«, fragte Rafael de Hostos, als er mit der Rechnung an meinen Tisch trat.

»Ich muss Don Miguel besuchen«, sagte ich.

»Er wird sich freuen«, entgegnete der Wirt. »Ganze Tage über so allein am Hang, wie er nun mal lebt.«

Ich folgte der Via Inmaculada in nördlicher Richtung bis fast zu ihrem Ende, ging an der *Iglesia de San Nicolás*, der Dorfkirche, vorbei und stieg von dort aus den Hang hinauf. Der Weg windet sich in zwei weit ausholenden Serpentinen in die Höhe, kaum mehr als ein Trampelpfad.

Vom Gewitter der Nacht hatte er sich hier und dort halb aufgelöst. Die Wiese war noch immer feucht. Der Hang und Teile des Dorfes lagen im Schatten. Vor seinem Hotel baute Rafael de Hostos gerade die Sonnenschirme ab. Das Meer schimmerte in verschiedenen Blau- und Grüntönen, an manchen Stellen entlang der Küste war das Wasser so klar, dass ich von oben aus den abfallenden, von Geröll und Korallenbänken bedeckten Grund erkennen konnte.

Unter Miguels Blockhaus, nur einen Steinwurf entfernt, steht eine Villa. Als wir gemeinsam auf Mondariz waren, war sie glatt verputzt und weiß gestrichen. Heute blättert die Farbe ab, das Dach ist teilweise abgetragen, zerbrochene Ziegel liegen auf dem Boden und werden von Gras überwuchert. Wenige Handbreit unter dem Dachgiebel hat ein Samenkorn Halt gefunden: Ein Bäumchen reckt die Äste in die Höhe, Blätter flattern im Wind. Wie Miguel uns damals erzählte, wurde die *Casa Fuentes* von Kritikern als Beleg für den Ausverkauf der Insel angeführt: Bauverbot? Verbot, Land zu erwerben? Vielleicht hatte Miguel sein bescheidenes Haus am Waldrand nur deshalb errichten dürfen, weil die zehn Jahre zuvor erbaute *Casa Fuentes*, das bis dahin symbolträchtig höchstgelegene Gebäude der Insel, einem Ausländer gehörte. Über der noch immer fest verschlossenen Tür baumelt wie früher eine gusseiserne Platte: ›JMF‹. Damals saß Señor Fuentes auf der Veranda im Sonnenschein, ein dicker Mann mit Westernstiefeln und Cowboyhut, der missmutig den

Hang hinabblickte. Manchmal erschien eine blonde Frau am Fenster, sie nickte uns zu. Als du einmal auf das Haus zugingst, verschwand das Gesicht im Innern, das Fenster wurde geschlossen. Señor Fuentes schob den Hut in den Nacken und blickte dich an. Er lächelte herausfordernd. Er stand von seinem Stuhl auf und machte eine einladende Handbewegung. Du wandtest dich ab. In deiner Verlegenheit griffst du unwillkürlich nach meiner Hand.

Die Bank vor Miguels Blockhaus war leer. Ich ging hinüber und klopfte. Die Tür war angelehnt, ich blickte durch den Spalt hinein. Auf dem mächtigen Holztisch lagen aufgeschlagene Bücher und ein Stapel Papier. Auf dem Herd stand ein Kessel. Im Hintergrund war ein Bett mit grober Wolldecke zu erkennen.

Miguel war nicht zu Hause. Enttäuscht und vom Aufstieg erschöpft setzte ich mich auf die Bank vor dem Haus. Vielleicht war es der Blick, der mich ablenkte, das nach allen Seiten hin in der Ferne sich verlierende Meer. Wind wehte. Ich hob meine Tasche auf, zog aber keines der Blätter mehr daraus hervor. Ich öffnete die Tasche nur ein Stückchen, ließ den Finger über die Seiten der Partituren gleiten. Der Brief von Brahms klemmte zwischen den Seiten. Ich dachte an die Akademie in Wien. Der Name Konrad fiel mir ein.

Folgt man dem Weg in den Wald, ist die Siedlung schon nach wenigen Metern nicht mehr zu sehen. Der Berg steigt kaum noch an; nach einer Weile hat man eher den Eindruck eines leichten Gefälles. Die Bäume stehen dicht beieinander, auf dem Boden liegen Äste und Laub und immer wieder auch Müll: Zigarettenkippen, von der Witterung ausgebleichte Plastiktüten und Getränkedosen. Der Weg beschreibt einen Bogen und führt im Norden bis an den Geröllhang heran. Hier ist ein Geländer angebracht, von dem aus man das Meer betrachten kann, die Küstenlinie, im Osten einen Teil des Dorfes bis hin zum aufragenden Turm der *Iglesia de San Nicolás*.

Als ich mich über das Geländer beugte, begannen drüben die Glocken zu läuten. Ein kleiner Frachtkahn steuerte auf den Hafen zu. Der Hang vor mir fiel steil in die Tiefe, eine Anhäufung fast runder Gesteinsbrocken, gigantischer Kiesel, so kam es mir vor, die in prekärem Gleichgewicht einander vom Sturz zurückhielten. Ich trat nach einem Steinchen: In drei Sprüngen hatte es die See erreicht. Weit unten läuft der Hang in ein Geröllfeld aus, das gurgelnd und zischend von Wasser umspült wird. Mir wurde schwindlig davon.

Während unseres gemeinsamen Aufenthaltes säumte das Geländer noch den ganzen nördlichen Bogen des Weges. Inzwischen ragt die Barriere an einer Stelle meterweit über den Abgrund: Die äußerste Kante des Hangs ist abgebrochen und unter dem Geländer in die Tiefe gestürzt. Ein Schild verkündet in Signalfarbe: ›*¡Se prohibe el paso! Peligro de muerte!*‹ Nur wenige Schritte hinter dieser Warnung, dicht neben dem nun völlig ungesicherten Klippenabbruch, fand ich eine Feuerstelle. Daneben waren als eine Art neuer Barriere nah dem Abgrund leere Bierflaschen aufgereiht.

Der Weg führt bis zum Fuß des *cima*, des höher gelegenen Gipfelplateaus, durch den die Vulkanspalte verläuft.

Ich bog auf halber Strecke ab und folgte einem halb im Unterholz sich verlierenden Pfad zum Stausee.

Es begann zu dämmern, am Himmel zeichneten sich Sterne ab, als ich am Ufer stand. Die Stelle wirkt so abgeschieden, so entrückt, dass wir damals auch am Tag nackt schwimmen gingen. Als wir in der Sonne auf dem Steg lagen, erschöpft von unseren Spielen, die Hände ineinandergelegt, erschien eine Gestalt am anderen Ende des Sees zwischen den Bäumen. Du erschrakst, hobst den Kopf. Für einen Moment stand die Frau ganz reglos und blickte über das Wasser zu uns herüber. Ihre Lippen waren leicht geöffnet, blondes Haar flatterte um ihr Gesicht. Im Dorf oder am Strand war sie nie zu sehen. Verbrachte Señora Fuentes ihre Nachmittage im Wald, während der Mann im Cowboyhut abschätzig von der Veranda aus aufs Dorf blickte? Noch im Moment griff ich nach dem Handtuch unter meinem Kopf und bedeckte unsere Körper damit. Ihr Blick schien die ganze Szenerie in sich aufzunehmen, die Lichtung, den See, die beiden Menschen auf dem gegenüberliegenden Steg.

Ich hob die Hand.

Mit gleitenden Bewegungen wandte sie sich ab und verschwand zwischen den Bäumen.

In den Häusern des Dorfes brannte schon Licht, als ich vor Miguels Blockhaus wieder aus dem Wald trat. Die Tür war noch immer angelehnt. Ich stand vor der Bank und blickte hinab. Schatten in den Gassen, Umrisse von Menschen hinter den Fenstern, dunkle Gestalten hasteten über den Marktplatz.

»Don Miguel?«

Keine Antwort.

Meine Stimme hallte von der Fassade der *Casa* wider, vergitterte Fensterhöhlen starrten schweigend in meine Richtung. Mein Leben lag vor mir wie das Leben eines Fremden, während mich mit der eigenen Vergangenheit nicht mehr zu verbinden schien als eine mir schon selbst schal vorkommende Sehnsucht. Ich drückte mir die Tasche an die Brust.

Ohne mich noch einmal umzublicken rannte ich den Hang hinab.

Auch in den Gassen kam ich nicht zur Ruhe. Im Innern der *Iglesia* waren Schritte zu hören, die bemalten Kirchenfenster schimmerten in warmem Kerzenschein. Der Marktplatz war leer. Aus dem *Chirinos* drang Musik ins Freie. Eine Minute lang hielt ich unschlüssig den Türgriff in der Hand, blickte durchs Fenster hinein: Voll besetzte Tische, gedämpftes Licht, von der Decke über dem Tresen hing der überdimensional große Blasebalg der historischen Schmiedewerkstatt. Ein junger Mann glotzte mich an. Hinter dem Tresen erkannte ich Maria, die mit

Bierkrügen hantierte. In ihrer Anmut wirkte sie wie ein Fremdkörper.

Ich ließ die Tür los und rannte weiter.

In der Nacht strich der Wind durch die Gassen, rüttelte an Fensterläden und sauste stöhnend über die Giebel. Ich dachte an deine erste Theateraufführung. Du studiertest zu dieser Zeit noch Mathematik, hattest den Gedanken an einen Abschluss aber wohl schon aufgegeben. Ich arbeitete an ersten Rundfunkbeiträgen und an meiner Magisterarbeit.

Ihr hattet eine Halle angemietet, Teil einer stillgelegten Fabrik. Ich weiß noch, wie nervös ich war. Wenige Jahre zuvor waren wir auf Mondariz gewesen. Ich strich mir mit der Hand über die Jacke, als könne jeder Fussel dir Unglück bringen. Ich kaute auf einem Stofftuch herum. Über Wochen, über Monate hatten wir miteinander geübt, hatten miteinander bis in die Nächte hinein Dialoge gelesen, Gesten diskutiert, Handbewegungen vorausgeplant. Jetzt gab es nicht einmal eine Bühne, nur eine aus Kisten und Brettern gezimmerte Erhöhung. Die Stühle hatte einer der Schauspieler aus einer nahegelegenen Schule ausgeliehen. Wir waren jung. Und am Anfang war alles ein Spiel gewesen, unser eigenes Spiel, das uns miteinander verband. Manchmal träumte ich, du könntest fliegen. Und doch schienst du mir gerade in deiner Begeisterung auch verletzlich. Aber ich hatte dir nie abgeraten. Ich wünschte dir Erfolg. Die Proben mit dem Ensemble hatte ich regelmäßig besucht; deine Kollegen gingen mit mir um, als sei ich einer von ihnen.

An jenem Abend stürmte es, wegen umgestürzter Bäume waren mehrere S-Bahn-Linien gesperrt. Es war gut besucht. Trotz des Wetters waren etliche deiner Kommilitonen erschienen, manche mit dem Taxi, einige sogar zu Fuß. Man trank Wein und plauderte auch dann noch, als einer der Schauspieler das Licht ausschaltete. Auf der Bühne stand eine hohe Schirmlampe und ein grün bezogener Ohrensessel. Für das Spiel der anderen hatte ich keinen Blick. Ich fühlte mich an eine Schüleraufführung erinnert. Ich begann zu schwitzen. Als du endlich auf die Bühne kamst, fühlte ich mich für einen Moment erlöst. Aber deine Stimme klang seltsam spitz in dem überakustischen Raum, zugleich zu klein und zu groß, als könntest du sie gar nicht selbst führen. Es war eine Fistelstimme. Und einmal stolpertest du und wärst fast hingefallen.

Ja, es ist wahr: An diesem Abend habe ich mich geschämt.

Dann der Applaus. Während es draußen regnete und Wind durch die Gänge der Fabrik pfiff, hallte das Klatschen von den hohen Wänden wider. In einer Ecke der Halle waren Holzpaletten aufgeschichtet, dort hatten die Gäste auf einem großen Haufen ihre Jacken aufgetürmt. Ein Mädchen johlte, ein junger Mann warf sogar eine Rose auf die Bühne. Die Schauspieler strahlten.

Später wurde Musik aufgelegt und gefeiert.

Die Begeisterung war einhellig.

Nur in der Stimme einer älteren Frau in Samtkostüm und modischen Turnschuhen meinte ich feinen Spott wahrzunehmen: »Der Beginn einer Karriere?« Ich kannte die Frau vom Rundfunk. Ich hatte sie selbst eingeladen.

»Und – hat es dir gefallen?«

Wir saßen auf dem Rücksitz eines Taxis, das nach Rauch und dem Vanillearoma eines Duftbaums roch, der am Rückspiegel hing.

Regen hämmerte auf die Karosserie.

Ich hatte das Gefühl, vom Fahrer belauscht zu werden.

Ich weiß nicht mehr, was ich dir geantwortet habe. Ich sprach mit Bedacht so leise, dass du dich endlich ganz in meine Richtung beugtest. Auf eine unbestimmte Art – und ohne dass ich es hätte erklären können – fühlte ich mich von dir verraten. Als du nach meiner Hand griffst, zog ich sie zurück. Wir waren nicht mehr allein. Was hatte ich erwartet? Dass du dich in einem verlassenen Fabrikgebäude zur großen Künstlerin aufschwingen würdest? Dass deine Natürlichkeit so groß wäre, dass sie selbst unter Druck keine Spur von Prätention würde aufkommen lassen? Was lag schon daran? Ich reichte dem Fahrer einen Schein, wir stiegen aus. Wir rannten über die Fahrbahn. Die Wohnung, in der wir damals lebten, lag in einer dunklen Seitenstraße, im Treppenhaus war seit Wochen das Licht kaputt. Ich ging voran. Obwohl ich den Koffer mit Requisiten trug, nahm ich je zwei Stufen gleichzeitig und erreichte weit vor dir die Wohnungstür im Dachgeschoss.

Von weit unten war dein Keuchen zu hören.

Als wir auf dem Balkon im Regen standen, nahm ich dich in den Arm. Unter uns lag die Stadt, Dächer und Lichter und Straßen. Eine Sirene war zu hören. Für einen Moment waren wir wieder zu zweit.

»War ich wirklich so schlecht?«

Deine Stimme war die Stimme, die ich kannte, aber sie war sehr ernst. Es lag eine Bitte in dem Tonfall.

In den nächsten Tagen sprachen wir noch ein paarmal über die Aufführung, ruhig und leidenschaftslos. Viele Szenen waren gut gelungen, ein paar Versprecher waren der Aufregung geschuldet, du warst während des Abends zunehmend freier geworden. Aber wir spielten nicht mehr miteinander. Vielleicht dachtest du sogar, ich sei eifersüchtig, als du auch von professionellen Bühnen erste Einladungen bekamst. Wir hatten hohe Ansprüche, die wir beide nicht hätten definieren können.

In jener Nacht in Miguels Haus stand ich wieder mit dir auf dem Balkon. Ich sagte nicht mehr, dass du doch so viele unterschiedliche Möglichkeiten hättest, dass du in der Wirtschaft gerade ebenso viel leisten könntest wie in der Mathematik oder in der Kunst. Ich dachte an deine Großmutter und an ihr spätes Glück im Leben. Wir hatten das Leben vor uns. Wir waren glücklich.

Durch Rufe und Stimmengewirr, die von der Gasse heraufdrangen, wurde ich wach; es war mitten in der Nacht. Ich beugte mich aus dem Fenster. Ich konnte die Wortfetzen nicht verstehen und erkannte auch erst, als im gegenüberliegenden Haus Licht anging, einzelne Gesichter. Etwas abseits stand der Fischer, der mit Maria auf dem Platz getanzt hatte, Maria selbst drängte sich zwischen den Umstehenden durch, in deren Mitte, direkt vor meiner Haustür, ein Mann ausgestreckt am Boden lag.

Ich streifte eine Jacke über und lief die Treppen hinab.

Als ich unten die Tür öffnete, hatten sich einige der Betrunkenen schon abgewandt. Maria beugte sich über den Mann am Boden, der wie tot aussah. Ich wollte schon hineingehen, um Wasser zu holen und ein Tuch; plötzlich packte der vermeintlich Bewusstlose Maria und presste sie wie unter Krämpfen an sich. Ich griff nach seinen Händen, löste gewaltsam den Griff. Maria sprang auf. Der Fischer mit der blauen Schirmmütze trat auf den Mann am Boden ein, der sich vor Schmerz krümmte. Die Tritte waren so heftig, dass das Echo durch die Gasse hallte, sie trafen den Oberkörper, die Beine, das Gesicht. Ein Fenster weit oben öffnete sich: Eine Frau schimpfte. Es roch nach Alkohol und Schweiß. Dem Mann am Boden floss Blut aus dem Mund, ein roter Faden, der von der Unterlippe auf das feuchte Pflaster tropfte. Er hatte sich die Arme um den Kopf gelegt.

Maria zog den Fischer zurück. Sein Blick war trüb und stumpf, die blaue Mütze war verrutscht und hing ihm schräg in die Stirn. Er schnaubte in abgehackten Stößen.

Endlich ließ sie ihn los.

Er schien sich beruhigt zu haben. Seine Wut war einem Ausdruck von Verständnislosigkeit gewichen. Er glotzte zu Boden, wo der Mann am Boden leise wimmerte.

Endlich half er dem Verletzten auf.

Mir nickte er zu.

Arm in Arm wankten die beiden Männer die Gasse hinunter.

In den Nächten denke ich am meisten zurück. Dass du bei unserem gemeinsamen Aufenthalt an die unverbrüchliche Tiefe unserer Liebe glaubtest, mit aller Energie und Stärke, zu der du fähig bist, ist für dich heute wahrscheinlich nur der Beleg für die damalige Naivität. Dieser Gedanke schmerzt mich so sehr, dass ich im Mondschein durchs Zimmer gehe und mir die Finger in die Augenhöhlen bohre.

Ich sah Maria schon am nächsten Vormittag wieder. Sie stand schweigend am Ufer und blickte hinaus. In der Nähe der Küste ragen im Norden Felszacken aus dem Meer, auf denen Möwen sitzen und die Köpfe im Gefieder vergraben. Die Strandpromenade mündet an ihrem südlichen Ende in eine Straße, die das Dorf mit der Ebene im Westen verbindet. Zweimal am Tag fährt ein alter klappriger Bus die Strecke hin und her und bringt Arbeiter zur Fabrik oder wieder zum Dorf zurück.

»Geht es Ihnen besser?«, fragte ich aufs Geratewohl; offenbar hatte sie mich gar nicht bemerkt.

»O doch, ja«, sagte sie dann zerstreut. »Danke, dass Sie geholfen haben.«

»Was ist geschehen?«, wollte ich wissen.

»Javier vergisst sich selbst, wenn er besoffen ist.« Der Mann, der vor meiner Tür auf der Gasse lag, heißt Pedro.

»Sie sind zusammen aus dem *Chirinos* aufgebrochen?«

Sie nickte. Sie schien seltsam gleichmütiger, fast traumwandlerischer Stimmung zu sein, wie es Menschen bei Schlafmangel oder nach Unfällen manchmal sind.

»Sind Sie gut nach Hause gekommen?«, fragte ich.

»Das Haus liegt ja von Ihrem aus nur um die Ecke. Ich wohne unterm Dach. Mein Bett steht am Fenster direkt zum Meer.«

Ich nickte. Ich wollte nicht weiter in sie dringen. Wellen brachen sich an den vorgelagerten Felszacken, dass das Wasser schäumte. In diesem Moment kam es mir vor, als habe das Meer, so ruhig es weit draußen scheinen mag, an seinen Rändern doch immer etwas Hektisches, Aufgeregtes, selbst im Zurückweichen und Anlaufholen unabweisbar Aufdringliches.

Ich verabschiedete mich und ging die Strandpromenade zum Dorf zurück.

Ich habe angefangen, die Partituren durchzusehen, kann mir aber noch kein rechtes Bild machen. Je länger ich mich mit Coimbra beschäftige, desto unverständlicher kommt er mir vor.

Ich klopfte.

Eine dicke Frau um die fünfzig öffnete die Tür, sie trug eine Schürze und hielt ein Geschirrtuch in der Hand.

»Ist Antonio da?«, fragte ich.

Sie musterte mich nicht wirklich streng, wohl aber abschätzend. Dann rief sie mit greller Stimme ins Haus den Namen ihres Sohnes.

Als er neben ihr in der Tür erschien, wisperte sie ihm zu: »Du hast geschlafen letzte Nacht.« Dabei artikulierte sie jedes Wort so deutlich, dass ich alles verstehen konnte.

Ich stellte mich vor. Ich käme aus Deutschland und forschte über Coimbra. Ich hob die Partituren in die Höhe. »Don Miguel hat Ihren Namen erwähnt. Sie kennen die Variationen selbst gut?«

Der junge Mann trat zurück und machte eine einladende Handbewegung. Dabei sah er mich gleichermaßen scheu wie neugierig an. Ich stieg die drei Stufen zur Haustür hinauf.

Wir saßen in einem spärlich eingerichteten Wohnzimmer. Ein Sofa und ein runder Holztisch mit zierlich geschwungenen Beinen standen auf der einen, ein Stutzflügel auf der anderen Seite des Raumes. An der Wand hing ein Ölgemälde, auf dem eine Frau mit aufgesteckten dunklen Haaren zu sehen war. Ihr Gesichtsausdruck erinnerte mich entfernt an Antonio, doch war die Ausführung des Bildes so unsicher, dass ich seine Aussagekraft noch im Moment anzweifelte. Einmal kam Antonios Mutter herein und stellte auf das Tischchen eine Kanne und zwei Tassen. Süßer Duft verbreitete sich im Zimmer.

»Darf ich unser Gespräch aufnehmen?«, fragte ich. Antonio nickte. Ich stellte das kleine Aufnahmegerät auf den Tisch und richtete das Mikrofon aus. Statt selbst zu spielen, bat Antonio mich, die Klaviervariationen auf seinem Instrument zu probieren. Unwillig gab ich nach: »Mein Spiel ist für den Hausgebrauch. Ich habe den Wunsch, Musiker zu werden, früh aufgegeben.«

Ich verspielte mich häufig, kam aber bis zum Ende durch. Antonio beobachtete mich aufmerksam. Als ich geendet hatte, sagte er: »Ich habe noch nie einen Fremden Coimbra spielen hören. Ich glaube, die Tatsache allein hätte ihn gerührt.«

Ich fragte ihn, was er von der Musik Coimbras halte.

»Für mich ist sie ein Monument«, sagte er. »Sie können sich nicht vorstellen, was diese Musik für Mondariz bedeutet.«

Er las Zweifel in meinem Blick.

»Doch doch«, beeilte er sich zu sagen, »in dieser Musik ist die Insel, hier findet der Ort sich selbst. Meer, Fels, Wachstum und Verfall, Erde und Sonne. Es gibt eine Tendenz in seiner Musik, immer mehr Material in Traumstimmen, wie ich sie nenne, zu überführen, Melodien sollen gar nicht mehr laut erklingen. Trotzdem sind sie da: Andeutungen einer geistigen Expansion, die sich von der Umsetzung, von der Realisierung der eigenen Ideen zu lösen beginnt. Von Mondariz aus gesehen steht der Begrenztheit des Eigenen immer die Endlosigkeit des Meeres gegenüber.«

Ich hatte Antonio als verlegenen Jugendlichen in Erinnerung; jetzt sprach er sehr ernst Dinge aus, über die er sich wahrscheinlich mit niemandem auf Mondariz austauschen kann.

»Sicherlich hängt seine Scheu vor Festlegung, vor ausgearbeiteter Instrumentierung auch damit zusammen, dass ihm der Zugang zu Interpreten fehlte«, wandte ich ein. »Wie hat er überhaupt gearbeitet, wissen Sie das?«

Antonio zuckte die Schultern. »Er spielte ein paar Instrumente selbst. Er hat wohl auch Freunden das Erlernen verschiedener Instrumente nahegelegt – auf Orchestergröße ist das Ensemble aber nie angewachsen.«

»Wie erklären Sie sich, dass Coimbra als Komponist bis heute nicht anerkannt ist, nicht einmal hier?«

Er wiegte den Kopf. »So dringend man Selbstbilder braucht auf Mondariz, so sehr schreckt man auch immer wieder vor ihnen zurück. Im Alltag zeigt sich das kaum. In geistiger Hinsicht aber sind die Menschen unsicher und dadurch auf ganz eigene Art und Weise konservativ.«

Ich wusste nicht, was er meinte.

»Auf Mondariz lernt man von den Touristen. Die Erde kreist um die Sonne, der Mensch stammt vom Affen ab, die Menschheit fliegt zum Mond: Was unsere eigene Erfahrung angeht, könnte es auch anders sein. Bis vor zwanzig Jahren gab es nicht einmal Telefon hier. Man hielt mit aller Strenge am Papsttum fest und verehrte dabei Päpste, die in Wahrheit längst gestorben waren, ohne dass man davon erfahren hätte. Man fürchtete sich davor, den eigenen Impulsen ausgeliefert zu sein, der unsicheren Perspektive der Gemeinschaft. Man fürchtet sich selbst. Für Touristen ist die Insel ein Paradies. Auf Mondariz selbst aber lauerte stets untergründig eine sehr urtümliche Angst.«

Ich sah den jungen Mann erstaunt an. Auf dem Flügel lag ein Stapel Noten, daneben stand ein Bücherschrank. Als ich den Blick abwandte, entdeckte ich auf einer der unteren Buchreihen eine Bleistiftzeichnung: du. Das Gesicht war nicht zu verkennen. Wie damals blicktest du mit geneigtem Kopf aus großen Augen auf den Betrachter.

Ich rieb mir die Schläfe.

»Sie meinen also«, versuchte ich den Gesprächsfaden wieder aufzunehmen, »Sie meinen –« Ich stockte.

Es entstand eine Pause.

Antonio sah mich ruhig an.

»Sie meinen, die Reaktion seiner Landsleute auf Coimbra ist für die Mentalität der Insel ebenso charakteristisch wie seine Musik?«

Ein geradezu kindliches Lächeln bildete sich in seinem Gesicht. »Genau das.«

Er zog die Bleistiftzeichnung aus dem Schrank. Er stellte sie auf das Notenpult des Klaviers. Der Ausdruck des Gesichtes erzeugte für mich eine Intimität, die mich in dieser fremden Umgebung verwirrte.

»Wie geht es Ihrer Frau?«, fragte Antonio. »Wird sie nachkommen?«

»Nein«, antwortete ich.

Ich bedankte mich für den Tee und für seine Hilfe.

»Ich interessiere mich sehr dafür, was Sie schreiben werden«, sagte er.

Zum Abschied gab ich ihm die Hand.

»Kommen Sie bald wieder«, sagte er.

Ich verließ das Haus, ohne den jungen Mann auch nur einen Takt spielen gehört zu haben.

»Haben Sie von Pedro schon gehört?«, fragte Miguel. Wir saßen vor dem Hotel auf dem Marktplatz und tranken Kaffee.

»Was meinen Sie?«

»Er ist auf dem Weg durchs Dorf zusammengebrochen. Er hatte schon am Vormittag über Schwindel und Kopfschmerzen geklagt. Er ist seit Stunden bewusstlos.«

Ich brauchte einen Moment, bis ich den Namen zuordnen konnte.

»Er soll letzte Nacht in eine Schlägerei verwickelt gewesen sein«, fuhr Miguel fort. »Wissen Sie etwas darüber?«

»Ich bin vom Lärm in der Via Umbria geweckt worden. Als ich auf die Gasse trat, lag Pedro schon am Boden.«

Miguel wiegte den Kopf. »Gerade in den letzten Jahren haben viele junge Leute ihrer Heimat den Rücken gekehrt. Das erhöht den Druck auf die Zurückbleibenden. Vielleicht haben sie den Eindruck, sie müssten sich vor sich oder ihren Altersgenossen dafür rechtfertigen, dass sie noch hier sind, vor allem die Männer. Junge Frauen verlassen Mondariz häufiger. Manche gehen auf dem Festland studieren. Sie kehren höchstens für sporadische Familienbesuche zurück. Ich habe all diese Menschen unterrichtet in ihrer Kindheit, wissen Sie das?«

Ich erzählte ihm von den Partituren.

»Lassen Sie sich Zeit«, riet er. »Manche Ideen müssen sich entwickeln, sie wachsen wie Haare, wie Fingernägel. Setzen Sie sich nicht unter Druck.«

Ich wischte eine Feder zur Seite, die neben meiner Tasse auf der Tischplatte lag. Ich erzählte ihm von dem Schreiben von Brahms, das ich in der Partitur der Sinfonie entdeckt hatte.

Er lächelte. »Es hat lange kein Mensch mehr in diese alten Notenhefte hineingeschaut.«

»Finden Sie es gar nicht bemerkenswert, dass ein solcher Schriftkontakt bestand? Immerhin komme ich aus Deutschland, forsche über Musik, und finde ausgerechnet an diesem Ort eine Originalhandschrift von – Johannes Brahms?«

Er lächelte. »Im Coimbrahaus lagern ganze Kisten alter Briefe. In seinen mittleren Jahren hat Coimbra seine Partituren in alle Welt verschickt. Womöglich hat er sogar ein paar Fetzen Deutsch und etwas Französisch gelernt, um mit der Welt in Kontakt zu treten. Er hat die Insel aber meines Wissens nie verlassen.« Er kam meiner Ungeduld mit einer beschwichtigenden Handbewegung zuvor. »Ich freue mich für Sie. Haben Sie keine Sorge, ich werde Ihnen alles zeigen.«

Es entstand eine Pause.

»Haben Sie sich die *Casa Fuentes* angeschaut?«, fragte Miguel.

Ich sah auf. »Als ich das letzte Mal hier war, war das Haus bewohnt.«

»So lange ist Ihr Besuch schon her?«

»Mehr als zehn Jahre.«

Miguel weiß wenig über seine vormaligen Nachbarn. Man sagte, Señor Fuentes sei in Mexiko zu Geld gekommen. Von dort sei er ins südliche Patagonien übersiedelt, wo er sich mehrere Jahre lang als Viehzüchter betätigt habe. 1989 ging er in Begleitung seiner Tochter nach einer Reise auf dem Postschiff im Hafen von Mondariz an Land. Als einziges Gepäckstück führten die beiden einen kleinen Handkoffer mit sich.

Vater und Tochter lebten für annähernd zwanzig Jahre in fast völliger Zurückgezogenheit auf ihrem Anwesen. Eine Haushälterin erledigte die Einkäufe, über Wochen war von den beiden im Dorf nichts zu sehen, was immer wieder zu Spekulationen Anlass gab: Hatten die beiden sich von der kleinen Bucht an der Hangstraße aus längst wieder eingeschifft? Hielten sie sich für etwas Besseres? Hatten sie ohne das Wissen der Dorfgemeinschaft leer stehende Häuser gekauft, gehörte ihnen vielleicht schon der ganze Hang, auf den ihr Anwesen hinabblickte? Ihr Reichtum war legendär. Fuentes' Angebot, die aufwändige Restaurierung der *Iglesia de San Nicolás* zu finanzieren, akzeptierte man anstandslos; die Arbeiten begannen noch im Jahr ihrer Ankunft. Seitdem wurden den beiden Einwanderern enge Beziehungen zur Administration der Insel nachgesagt. Man bekam sie selten zu Gesicht. Einzig an Silvesterabenden luden sie – nicht regelmäßig, aber doch in Abständen von kaum mehr als zwei oder drei Jahren – zu groß ausgelegten Feiern ein, zu denen sich schon aus Neugier das ganze Dorf einfand. Fuentes, mit breitkrempigem Cowboyhut, ein großer schwerer Mann, war trotz seiner angeblich mexikanischen Herkunft ein typischer *gringo*: Ergab sich die Gelegenheit, so zog er Englisch dem Spanischen ohne Weiteres vor. Seine Tochter war neben dem schnurrbärtigen Viehbaron eine Schönheit – grazil, scheu, mit blondem Haar und großen blauen Augen. Manche der Gäste behaupteten später, sie hätten im Schein des Feuerwerks die beiden einander küssen sehen, nicht wie Vater und Tochter allerdings, sondern leidenschaftlich, fordernd.

Wenige Monate nach unserem Aufenthalt auf Mondariz machte wieder das Wort von der Feier auf der *Casa* die Runde. Fuentes war alt, war dick geworden, man sagte, er trinke. Tagsüber saß er auf der Veranda im Sonnenschein und blickte auf das Dorf hinab, auf den Hafen oder das Meer, über das er vor rund zwanzig Jahren mit einem einzigen Handkoffer Gepäck gereist war. Neben dem *gringo* lehnte ein Gewehr an der Brüstung, das er mitunter aufhob, um auf Baumwipfel oder Vögel zu zielen oder es locker über seine Schulter hängen zu lassen.

Als die Festgemeinschaft vom Dorf anrückte, in Erwartung eines glanzvollen, üppigen Jahreswechselfestes, fand sie die *Casa* fest verriegelt. Der Mond schien auf die Vorsprünge des Mauerwerks, fiel durch vergitterte Fenster in ein verlassenes Haus. Papiere lagen auf dem Boden, Briefe, Zeitungen. Ein Herrenmantel, ein Handschuh. Als es vom Kirchturm her zwölf schlug, wurden nur im Hafen Sprengkörper und Leuchtraketen gezündet. Die Gäste entfernten sich schweigend, manch einer mag angesichts des ominösen Beginns des neuen Jahres auf dem Weg den Hang hinab eine gewisse Beklommenheit gespürt haben.

Keiner von ihnen hat die Fuentes' je wiedergesehen.

Seitdem verfällt das Haus.

Während die Erwachsenen unten im Dorf weitgehend das Interesse verloren haben, übt die *Casa* auf Kinder noch immer eine beträchtliche Faszination aus. Sie klettern im Sonnenschein an der Fassade hinauf und strecken die Ärmchen durch Fensterstäbe nach Papieren aus, die sie nicht erreichen können. Einmal werde der alte Fuentes wiederkehren, behaupten sie; und fabulieren von einem Fest, strahlender und prachtvoller als alles, was die Dorfgemeinschaft je erlebt hat ...

Als Rafael de Hostos mit der Rechnung an unseren Tisch kam, piepte mein Telefon: »Hab heut mit meinen Eltern telefoniert und ihnen alles gesagt. Am Theater ist es sehr anstrengend, gestern wieder Aufführung bis zehn. Pass auf dich auf. J.«

Weil ich um deine Schweigsamkeit gegenüber deinen Eltern weiß, schrieb ich zurück: »Was genau hast du ihnen denn gesagt?«

Als ich von dem kleinen Bildschirm aufblickte, war Miguel schon aufgestanden. Ich zog meinen Geldbeutel aus der Tasche.

Miguel schüttelte den Kopf. »Schon erledigt.«

Ich bedankte mich.

Weit draußen auf dem Meer war ein Kreuzfahrtschiff zu sehen, dessen Reihen erleuchteter Kabinenfenster sich in der dunkelblauen Wasseroberfläche spiegelten.

Der Wirt räumte die Tassen vom Tisch. »Schlechte Nachrichten?«, fragte er.

Ich ließ das Telefon in meine Hosentasche gleiten.

»Ich hoffe, Sie bleiben uns noch eine Weile erhalten auf Mondariz.«

Ich nickte. »Danke«, sagte ich.

Der Wirt zwinkerte mir aufmunternd zu.

Ich gab Miguel zum Abschied die Hand.

Zwei junge Männer gingen am Hotel vorbei und blickten verstohlen in unsere Richtung. Der Wind hatte gedreht, für einen Moment war mir, als sei von dem Schiff am Horizont Walzermusik zu hören.

»Ich mochte Maria schon als Kind sehr«, sagte Miguel. Er blickte mir in die Augen. »Danke, dass Sie geholfen haben …«

Ich wandte mich ab und überquerte langsam den Marktplatz.

Das *Chirinos* war fast leer. Ein alter Mann im Holzfällerhemd saß an der Bar und sah Maria dabei zu, wie sie Gläser abtrocknete und in einen Wandschrank hinter sich einordnete. Auf den Tischen standen Kerzen, die im Luftzug der hinter mir zufallenden Tür zu flackern begannen. Ich setzte mich neben den alten Mann und bestellte Wein.

Der Mann drehte sich zu mir um.

»Sind Sie nicht der Reisende aus Deutschland?«, erkundigte er sich in schwer verständlichem Spanisch. Nachdem ich zweimal nachgefragt hatte, sprach er so langsam und überartikuliert, als diktiere er.

In meinem Rücken machten zwei Mädchen in meine Richtung den Hitlergruß; ich sah die Reflexion in der Spiegelfläche hinter den Getränkeborden. Die beiden nahmen sich an den Händen, wahrscheinlich waren sie betrunken. Als Maria Musik anmachte, begannen sie zu tanzen.

»Wie gefällt Ihnen unsere Insel?«, fragte der alte Mann. »Sind Sie zum ersten Mal hier?«

Ich schüttelte den Kopf.

»Es kommen kaum noch Touristen«, sagte der Mann. »Nach der Evakuierung 2010 ist nur ein Bruchteil der Einheimischen zurückgekehrt und auch die Touristen sind nicht wiedergekommen. Inzwischen wohnen ein paar Gäste im Hotel, das sind aber wohl Rafael de Hostos' alte Bekannte.«

»Señor de Hostos ist überzeugt, dass sich die Situation wieder bessern wird«, sagte ich.

Der alte Mann zuckte mit den Schultern.

Ich zog mein Telefon aus der Tasche. Es blinkte, die neue Nachricht lautete: »Ich hab ihnen gesagt, dass es an mir liegt. Ich brauche Abstand. Mein Vater hat geweint.«

Für einen Moment hatte ich wieder das Bild von dir vor Augen, das ich bei Antonio gesehen hatte. Vielleicht, so dachte ich, spürst du gerade jetzt wieder jene mitreißende Lebensneugierde und Abenteuerlust in dir, die lange Zeit auch unsere Beziehung prägte.

Maria hinter dem Tresen musterte mich.

Die beiden Mädchen auf der Tanzfläche wiegten sich eng umschlungen; einmal küssten sie sich, leckten einander die Wangen. Der Mann neben mir brummte abfällig und wandte sich angewidert ab. Die Mädchen stolperten und fielen zu Boden.

Ich stand vom Hocker auf.

»Wenn Sie noch zehn Minuten warten, begleite ich Sie«, rief mir Maria auf Englisch zu. »Es kommen wohl keine Gäste mehr heute.«

Ich blieb unschlüssig im Raum stehen. An den Wänden hängen Schwarzweißfotografien der historischen Schmiede: Arbeiter mit Schürzen und schwitzenden Gesichtern beugen sich über glühendes Metall. Gegenüber dem Tresen hängt im Rahmen eine große Radierung, das Porträt eines alten Mannes mit dünnem fransigem Bart und langem drahtig grauem Haar. Die Nase ist leicht geschwungen, die Augen sind schmal, seine Backenknochen treten deutlich hervor, was dem hageren Gesicht eine indigene Anmutung verleiht. Der Kopf ist leicht gesenkt –

der Mann sieht aus, als setze er nach langem Schweigen zu sprechen an. ›Alfonso Ruben Chirinos, 1602‹, steht auf einer kleinen Messingplakette neben dem Bildrahmen.

Ich sah mich um; der alte Mann, den ich nach dem Bild hätte fragen können, starrte vornübergebeugt in sein Weinglas und grummelte kopfschüttelnd. Seine knorrige Hand war zur Faust geballt.

Die beiden Mädchen hatten sich an einen Tisch unter der Treppe gesetzt und kicherten.

Ich legte Geld auf den Tresen und nickte Maria zu. »Es ist schon spät«, murmelte ich.

Im Hinausgehen konnte ich ihren Blick auf mir spüren.

Es war eine sternklare Nacht, Vollmond. Ich rannte durch die Via Española, die Via Umbria hinab zum Strand. »Das ist alles ganz falsch«, tippte ich, wollte dir die Nachricht schicken, las: »Senden der Mitteilung fehlgeschlagen«. Ich stand am Meer, sah über das Wasser zum Horizont und hielt das Telefon zum Wurf bereit in der Hand. Damals hatte uns eine alte Frau, Señora Amador, die am Strand wohnte, nach einem unserer Ausflüge ihre Sammlung an Treibgut gezeigt, die im Hausflur eine ganze Reihe von Vitrinen und Regalen füllte. »Mein Großvater hat damit schon in seiner Jugend angefangen«, hatte sie gesagt und aus einem unteren Bord eine Flasche hervorgezogen. »Dies war das erste Stück, der Fund, der seine Sammelleidenschaft begründete.« Es war eine schlichte Trinkflasche aus Weißglas. Der Zettel im Innern, halb vermodert, war von

Kinderschrift bedeckt: *»Miss you so much mama«*, stand da auf Englisch. *»Come join us soon.«* Daneben waren die Umrisse von Bergen und ein Haus gemalt.

»Es sind ja viele Europäer in die Neue Welt ausgewandert damals«, hatte Señora Amador gesagt.

Du hattest meine Hand genommen. Später am Tag waren wir noch einmal zum Strand zurückgekehrt und hatten uns vorgestellt, wir wären allein auf der Insel, die ersten Menschen oder die letzten, hier vollzog sich die Geschichte in Kreisen. »Alle fünfhundert Jahre wird ohnehin ganz Mondariz bis zum Gipfel hinauf überflutet, sodass kein Haus und kein Baum stehenbleibt«, hatte Señora Amador behauptet. »Die indianischen Ureinwohner, die es hier einmal gab, sind weggespült worden und ertrunken, bevor unsere Vorfahren überhaupt einen Fuß auf das Land gesetzt haben …«

Ich ließ den Arm sinken und steckte das Telefon in meine Hosentasche.

Ich schlafe unruhig, meist werde ich schon nach wenigen Stunden wach. Ich schalte mein Mobiltelefon an und gleich wieder aus, wenn ich keine Nachrichten erhalten habe. Manchmal habe ich über Stunden keinen Empfang, unabhängig davon, ob ich mich im Erdgeschoss oder unter dem Dach befinde, ob ich am Tisch hocke oder das Gerät aus dem Fenster halte. Einmal hat mir ein Freund geschrieben; er mache sich Sorgen. Auf dem Nachtschrank liegt ein Buch über Mondariz, eine »kleine Einführung«, wie es auf dem Titelblatt heißt, geschrieben von Miguel Gomez. Ich habe das Bändchen bei Señora Batani gekauft, die Bindung ist so schlecht, dass die Seiten sich schon jetzt voneinander zu lösen beginnen.

Ich wälze mich in meinem Bett, manchmal gebe ich dem Gefühl des Schwankens so vollständig nach, dass ich selbst hinabzusinken meine, für kurze Momente spüre ich eine Verbindung nicht nur zum Boden des Zimmers, sondern durch das Mauerwerk hindurch bis zum felsigen Untergrund der Insel, zum Strand hinunter und in die andere Richtung bis zum Hochplateau des *cima* hinauf. Ich erstarre selbst, Wasser liegt wie eine Wand auf dem Meeresgrund und dringt doch wie Luft in jede Nische und Kante vor. In Miguels Buch über Mondariz ist eine Karte abgedruckt, in der alle Längs- und Breitengrade regulär verzeichnet sind. Nach dieser Darstellung aber ist die Erdkugel vollständig von Wasser bedeckt, alle Kontinente sind im Meer versunken. Vielleicht hat es niemals Land gegeben, vielleicht besteht der ganze Planet nur aus Flüssigkeit, ein gigantischer Tropfen, geballte Flüssigkeit. Erst in der Vergrößerung eines Details auf der nächsten Buchseite ist ein Pfeil zu erkennen, der den Blick auf eine Stelle etwa in der Mitte der südlichen Hemisphäre lenkt: Ein kleines Eiland ragt aus dem Wasser hervor oder scheint auf diesem nur zu schwimmen, kaum mehr als ein Punkt – Mondariz. ›*El Mundo*‹, steht doppeldeutig unter der Abbildung.

Die Karte stammt aus der Mitte des 18. Jahrhunderts.

Ich war gerade eingeschlafen, als ich von der Gasse einen lauten Schlag hörte. Ich schreckte hoch. Lauschte. Hörte ein Pochen an meiner Tür. Eilte die Treppe hinab; fand im Dunkeln den Lichtschalter nicht; riss die Tür auf. Sah für Sekundenbruchteile in der Düsternis der Gasse ein Gesicht vor mir, ein länglicher Gegenstand flog auf mich zu – ein Stock, ein Arm? –, traf mich an der Schläfe, ich stolperte, taumelte in den Raum zurück, versuchte mich mit den Händen zu schützen, prallte im Fallen mit dem Kopf gegen die Tischplatte.

Ich blieb auf dem Boden liegen.

Die auf der Gasse sich entfernenden Schritte hörte ich nur noch undeutlich – sie verloren sich im Rauschen einer plötzlich anschwellenden Brandung.

»Wollen Sie Anzeige erstatten?« Die Stimme des Polizisten klang dienstfertig und zuvorkommend. Vom Fenster seines Büros aus waren Möwen zu sehen, die sich im Wind über den Marktplatz treiben ließen. Ich hatte das Gefühl, schon einmal hier gewesen zu sein, ohne dass ich hätte sagen können, was mir bekannt vorkam: Der große hölzerne Schreibtisch? Die Wände aus glatt geschliffenem Stein? Hinter dem Beamten hing die Flagge der Insel an der Wand: Zwei rote, einander schneidende Dreiecke, die das Gebirge im Schein der untergehenden Sonne symbolisieren; der Hintergrund ist dunkelblau wie Meer und Himmel.

Der Mann sah von seinem Computerbildschirm auf. Er

lehnte sich zurück. »Sie können mir aber nicht sagen, wer Sie attackiert hat?«

Ich schüttelte den Kopf.

Señor Calotta strich sich mit der Hand den Schnurrbart und lockerte seine Krawatte. Sein Hemd war mit Epauletten verziert, auf die Brusttasche war ein Abzeichen der Inselflagge aufgenäht. »Sobald Sie Anzeige erstatten, nehme ich Nachforschungen auf. Ich frage. Das Wort vom Überfall macht die Runde. In aller Regel taucht nach wenigen Tagen, oft schon nach Stunden der erste Hinweis auf.« Er lächelte. »Nicht immer tönt aus dem Wald, was man hineinruft. Das Echo ist laut und hat oft kaum mehr Ähnlichkeit mit dem eigenen Ruf.«

Er lächelte und rieb sich die Hände.

»Sie können natürlich auch auf eine Anzeige verzichten. Nach unserm Gespräch werde ich mich ohnehin umhören. Ich habe meine Methoden, glauben Sie mir. Ich kenne die Menschen, die Hauseingänge, die Hinterhöfe. Ich spüre die Stimmung. Ihr Name, Señor, muss dabei gar nicht fallen. Es bleibt auch unerwähnt, dass Sie mich konsultiert haben. Erfahrungsgemäß führt das Gerücht der Gasse direkter zum Täter als jede gezielte Nachfrage. Auf Mondariz kennt und vertraut man einander.« Er lächelte hintersinnig. »Wir sind ein ehrliches Volk.«

Er stieß eine Art Schnalzen aus und ließ sich von der flexiblen Lehne seines Drehstuhls nach vorn katapultieren.

»Geht es um Ihre Versicherung? Sind im Haus Schäden

entstanden? Ich bestätige Ihnen den Überfall schnell und unbürokratisch. In einem solchen Fall spreche ich von einer ›externen‹ Anzeige. Dieses Vorgehen berührt die Ermittlungen auf Mondariz nicht und dient lediglich der Sicherung von Ansprüchen gegenüber Dritten. Die Bearbeitungsgebühr erhöht sich je nach der Größe des festgestellten Schadens.«

Er räusperte sich.

Es entstand eine Pause.

»Waren Sie bei Doktor Álvarez?«

Ich verneinte.

Der Polizist stand von seinem Stuhl auf und trat hinter dem Schreibtisch hervor. Während er mir die Hand auf die Schulter legte, zog er die Gardine vor dem Fenster zum Marktplatz zu. Unten war Rafael de Hostos zu sehen, der sich mit Maria unterhielt. Sein weißes Hemd schimmerte im Licht der Sonne so hell, dass es sie zu blenden schien.

»Ich habe gehört«, fuhr der Polizist fort, »dass Sie auf Mondariz an einer wichtigen Arbeit schreiben. Sind Ihre Unterlagen noch da? Computer? Bankkarten?«

»Ich denke schon.«

»Vielleicht fällt Ihnen noch etwas ein.«

Er brachte mich zur Tür.

»Denken Sie noch einmal in Ruhe über alles nach. Ich helfe Ihnen jederzeit. Natürlich werde ich schon jetzt ermitteln – inoffiziell, so diskret Sie es sich nur wünschen können.«

»Glauben Sie, ich bin in Gefahr?«

Señor Calotta hob abwehrend die Hände. »Ich bitte Sie, Señor. Was ist denn schon geschehen? Ein Unfall, der den Menschen vor Ihrer Tür nicht weniger erschreckt haben dürfte als Sie selbst. Vermutlich besteht ein Zusammenhang mit jenem anderen Zusammenstoß, der sich in der Nacht zuvor in der Via Umbria ereignet hat, meinen Sie nicht?«

»Schon möglich.«

»Sie wissen, wovon ich spreche?«

»Natürlich.«

Wieder wirkte sein Lächeln beinahe listig.

Er reichte mir zum Abschied die Hand. »Solche Dinge kochen mitunter hoch und sind wenig später vergessen. Wir sind nicht nachtragend auf Mondariz. Machen Sie sich keine Sorgen.«

Ich hatte schon den Treppenabsatz erreicht, als er mir noch zurief: »Vielleicht hatte Pedros Schwächeanfall mit der Auseinandersetzung nicht einmal etwas zu tun. Nach allem, was ich höre, geht es ihm wieder gut. Danke der Nachfrage. Ich werde ihn von Ihnen grüßen.«

Damit schloss er die Tür.

Ich hatte mich mit keinem Wort nach Pedro erkundigt.

Auf dem Weg zum Hafen war es mir, als würde ich beobachtet. Ich drehte mich um: Im Dachgeschoss des Verwaltungsgebäudes, das ich gerade verlassen hatte, bewegte sich ein Vorhang.

Ein Mann, den ich nicht kannte, raunte mir im Vorbeigehen zu: »Na, kein Empfang?« Tatsächlich hatte ich gerade mein Telefon aus der Tasche gezogen.

Statt nach Hause zu gehen und an den Partituren zu arbeiten, überquerte ich den Platz und stieg die Treppe zum Landungssteg hinab. Auf einer Art Floß saß eine junge Frau an einem Tisch, ein Sonnenschirm flatterte im Wind. Vor dem Tisch stand eine Holztafel auf dem Boden, auf der in roter Farbe die Preise für das Mieten verschiedener Boote verzeichnet waren. Hinter dem Tisch war ein alter Mann damit beschäftigt, ein Tretboot zu vertäuen. Erst als ich unten angekommen war, erkannte ich das Mädchen, das in meinem Rücken im *Chirinos* den Hitlergruß gemacht hatte; der alte Mann hinter ihr war mein Nachbar an der Bar gewesen, der sich über das Verhalten der beiden tanzenden Frauen mokiert hatte. Ich grüßte und erkundigte mich nach dem Preis für ein Tretboot. Die Frau sah mich forschend an. Der Mann beachtete mich selbst dann nicht, als die Frau ihn darum bat, ein Boot loszumachen.

»Ich würde gern das Schiffswrack im Westen besichtigen«, sagte ich.

»Mit dem Tretboot?«, fragte sie ungläubig. »Es ist ziemlich weit. Die meisten unserer Tretbootkunden fahren in gerader Linie hinaus, wer die Insel umrunden will, nimmt besser ein Segelboot.«

Ich blickte auf die Holztafel. »Sie bieten auch Rundfahrten an?«

»Nur für Reisegruppen.«

Ich legte einen Schein auf den Tisch. »Fahren Sie mich. Wir nehmen ein Segelboot. Wie lange wird es dauern?«

»Eine Stunde bei entsprechendem Wind.« Sie leckte den Zeigefinger und hob ihn in die Höhe. »Anderthalb, wenn Sie sich noch umschauen wollen.« Sie wandte sich um. »Kannst du den Stand übernehmen, Großvater?«

Der alte Mann richtete sich vom Boden auf. Zweifellos hatte er mich erkannt. Was wollte ich von seiner Enkelin? Hatte ihr laszives Verhalten mein Interesse geweckt? Er kniff die Augen zusammen. Hielt ich sie für das kleine Flittchen, als das sie sich aufgeführt hatte? Stellte ich mir nicht jetzt, als sie vom Tisch aufstand, vor, wie sich ihr junger Körper unter den im Wind flatternden Kleidern anspannte, sich reckte, um sich gleich darauf mühelos nach dem Tau eines Bootes zu bücken? War nicht sogar eine Andeutung der Brüste unter dem Hemd zu erkennen? Der Blick des alten Mannes traf mich so abschätzig, dass ich schon kehrtmachen und über den Steg zurückgehen wollte. Stattdessen lächelte ich ihn an und sagte: »Die beiden haben getanzt gestern. Was ist schon dabei?«

Penélope lachte.

Ihr Großvater brummte: Für ihn war meine Äußerung der Beweis für die Richtigkeit seines Argwohns.

Indem ich sie in Schutz nahm, entrückte ich seine Enkelin ganz generell der Sphäre des Anstands – was wäre demnach auch schon dabei, wenn sie sich auf offenem Meer ausziehen und mir an den Hals werfen würde.

»Was ist schon dabei?!«, wiederholte der alte Mann verächtlich meine Worte. Der Wind schwoll so stark an, dass ich mir nicht mehr sicher war, ob ich ihn richtig verstanden hatte.

Ich hob abwehrend die Hände.

»Ich fahre allein. Geben Sie mir ein Tretboot.«

Penélope sah vom Boden auf, winkte dem alten Mann zu. »Übernimmst du den Stand, *yayo*?«

Der alte Mann setzte sich auf den Stuhl am Tisch.

»Und vergiss nicht, die Zeit zu notieren, wenn du ein Boot rausgibst.« Sie sah auf die Uhr. »Jetzt ist es halb elf.«

Er schlug das Rechnungsbuch auf, das auf dem Tisch lag, und begann zu schreiben.

Sie hielt mir die Hand hin. »Kommen Sie schon.«

Das Boot machte gute Fahrt. Ich lehnte mich zurück und blickte zur Insel hinüber.

Ich sah die *Iglesia de San Nicolás* sich langsam vor den Marktplatz schieben, sah den Geröllhang im Norden, aus dieser Perspektive wirkte es, als seien die Gesteinsbrocken mit Bedacht geschichtet. Ich stellte mir einen Kletterer vor, der den Hang erklimmt, und ließ dann das gesamte Gefüge vor meinen Augen ins Rutschen geraten und wie eine Wand einstürzen. Der Wald weit oben war dicht, manche Bäume umfassten mit ihren Wurzeln große Felsblöcke, mit denen sie in die Tiefe fallen würden. Der Ozean lief in immer neuen Anläufen über das Geröll, wurde schäumend ausgespien und drang wenig später erneut in Spalten und Zwischenräume vor, als werde auf diese Art über Jahrtausende von Norden her langsam die Insel abgetragen. Demgegenüber dürfte die Entstehung der Insel kaum mehr als einige Stunden gedauert haben – das explosionsartige Aufreißen des Meeresgrundes, Aufschäumen und Hervorbrechen roter Lava, die die See zum Kochen bringt und in konvulsivischem Strom aus dem Erdinnern hervorquillt, endlich das Erstarren der Flüssigkeit als steinerne Form inmitten der Weite des Meeres, noch nicht die Insel, die sie heute ist, sondern durchfurchter rissiger Fels, Stein und Asche.

Man müsste die Partituren von hier aus studieren, dachte ich, denn nur von hier aus kann man sie verstehen. All die Stimmen, die gar nicht mehr klingen sollen und die es doch gibt, untergründige Gedanken, längst Vergangenes. Es schien mir, als bilde sich in mir die eine Idee, von der aus ich mich dem Werk Coimbras nähern könnte. Dann stellte ich mir ein gigantisches Orchester vor, das im Hafen die Sinfonie aufführen würde: Je weiter sich das Boot entfernte, desto mehr würde sich der Klang mit dem Rauschen des Meeres, dem Sausen des Windes verbinden, bis nur noch einzelne Akzente zu hören wären, als leises Signal der helle Klang der Trompeten, der Schlag einer Pauke. Im nächsten Moment war die Ahnung vergangen. Ich ließ die Hand sinken.

»Waren Sie schon mal in Europa?«, fragte ich das Mädchen.

Sie schüttelte den Kopf.

»Hat Ihre Familie bei der Evakuierung Mondariz nicht verlassen?«

Sie lachte. »Ich hab mich versteckt. Auf dem Dachboden eines Nachbarhauses. Meine Eltern hatten schon gepackt. Vater hatte ohnehin von allem genug, er wollte endgültig weg. Ich bin erst nach Tagen aus meinem Versteck gekrochen, da hatte die Fähre längst abgelegt. Über dem *cima* stand eine Rauchwolke, das Dorf war menschenleer. Mutter saß im Wohnzimmer am Tisch. Sie las die letzte Ausgabe der Inselzeitung. Großvater war da. Nur Vater war am Vortag abgereist.«

»Hatten Sie keine Angst?«

Das Segel flatterte. Penélope zog an einem Tau, worauf der Mast sich drehte, das Segel umschlug und sich auf der anderen Seite mit Wind füllte. »Mondariz war alles, was ich kannte.«

»Wollen Sie gar nicht reisen?«

»Eines Tages nehme ich das Boot und fahre allein hinaus, einfach so. Dann komme ich nie mehr zurück.«

»Wird Ihre Familie sich nicht Sorgen machen? Ihre Mutter ist damals Ihretwegen auf Mondariz geblieben.«

Sie zuckte mit den Schultern. »Ich war noch klein, das ist anders. Unter Erwachsenen hat keiner das Recht, den anderen zurückzuhalten.«

Ihr Haar ist braun, am Nacken jungenhaft kurz geschnitten und fällt in eigenwilligen Strähnen.

Wir hatten den Wind im Rücken.

Penélope hielt sich mit der Hand eine Locke aus dem Gesicht.

Für eine Weile blickten wir schweigend aufs Wasser.

»Wer hat Ihnen von dem Schiffswrack erzählt?«, wollte Penélope wissen.

»Ich war schon einmal hier, vor mehr als zehn Jahren. Wir haben Jugendliche am Strand getroffen, die wollten uns die Stelle zeigen. Damals hat uns das nicht interessiert.«

»Und heute?«

»Ich hole es nach.«

»Sind Sie deshalb wiedergekommen? Oder haben Sie vielleicht etwas verloren?«

Ich ließ die Hand übers Wasser gleiten. Ich hatte keine Lust, darüber nachzudenken, was sie meinte.

Es entstand eine Pause.

»Das Schiff stammt aus Bolivien«, erzählte Penélope. »Ursprünglich fuhr es dort Touristen die Flüsse vom Meer in die Urwälder hinauf. Es war aber schon nicht mehr in Betrieb, als Großvater es entdeckte. Die Motoren waren kaputt, die Verschalung verrostet. Er wollte nach Mondariz reisen und vor der Insel eine Schiffsgaststätte etablieren. Damals kamen ja noch viele Touristen zu uns. Er nannte das Schiff ›*El Satélite*‹, weil es Mondariz wie die ganze Welt umkreisen sollte. Er kaufte es für wenig Geld. Er begann mit den Reparaturarbeiten. Ganze zwei Jahre hat er in La Paz gelebt. Tagsüber arbeitete er in einer Autowerkstatt und kümmerte sich nachts um das Schiff.

Mamá hat mir oft davon erzählt, wie das Schiff eines Tages knatternd und qualmend im Hafen einfuhr, wie Großvater, die Zigarre in der Hand, unter dem Hallo einer herbeigelaufenen Menschenmenge auf den Landungssteg sprang. Als ich zur Welt kam, lag das Schiff schon im Westen auf Grund. Ich hab es nie fahren sehen.«

Wir hatten die Höhe des *cima* erreicht, wo die Insel sich am weitesten nach Norden ausdehnt. Der Geröllhang läuft in einen Sandstrand aus, der einen weiten Bogen beschreibt. An einer Stelle sieht man eine kahle Felswand vom Strand bis zum Hochplateau hinauf blecken, ein Stückchen unter dem *cima* verläuft ein kleiner Weg mit als Geländer gespanntem Schiffstau, ansonsten erinnert dieser Abschnitt daran, wie die Vulkaninsel in ihrer Frühzeit ausgesehen haben mag: Die Wand ist von senkrechten Furchen durchzogen und vermittelt noch immer den Eindruck von Fließen und Erstarren. Weiter westlich setzt Grasbewuchs ein, der Hang senkt sich ab. Die Hochebene läuft nach und nach in eine Weidelandschaft aus, die sich über Kilometer im Westen der Insel erstreckt. Baumgruppen sind zu sehen, Geräteschuppen und Ställe, den Hang hinab fließt ein Bach. Kühe grasen, in einem Gatter drängen sich Schweine. Weiter südlich sind die Umrisse der Fischfabrik zu erkennen.

Penélope streckte die Hand aus. »Da drüben, sehen Sie?«

Ich beugte mich über den Rand des Bootes. Ein etwa zwanzig Meter langes, weiß gestrichenes Passagierdeck überragte nur knapp die Wasseroberfläche. Wellen brachen sich am Rumpf des Schiffes und gaben mitunter den Schriftzug ›*El Satélite*‹ frei. Penélope ließ das Segel los. Unser Boot verlangsamte sich, schaukelte auf dem Wasser.

Sie sah mich an. »Liebespaare gehen gern zum Schiff, wussten Sie das? Wahrscheinlich wurden Sie und Ihre Freundin deshalb darauf hingewiesen, es gilt als romantisch.«

»Ist das so?«, fragte ich.

Sie legte die Stirn in Falten. »Das Deck ist eingefasst. Man ist nicht zu sehen, wenn man sich hinkauert. Über einem ist der Sternenhimmel zu sehen. Unten rumort Wasser in den Kabinen, Wellen treffen gegen Türen und Trennwände. Es ist ein leises Geräusch. Und es ergibt eine Art Rhythmus. Die angeschraubten Holzbänke und Tische sind übersät mit eingeritzten Buchstaben, mit Herzen und Zeichnungen. Bei Ebbe liegt das Deck gerade noch über der Wasseroberfläche. Dann dringt das Meer ein. Zunächst sind es nur Rinnsale. Das Gurgeln aus den Kabinen wird lauter und wiederholt sich in kürzer werdenden Abständen wie Keuchen. Angeblich wird das gesamte Schiff mit jedem Gezeitenwechsel nach draußen gezogen, nur wenige Zentimeter im Jahr. Wahrscheinlich wird sich das Schiff eines Tages lösen und über das Riff ins offene Meer gleiten.« Sie lächelte ironisch. »Träumt nicht jedes Liebespaar von dem unwiderstehlichen Sog in die Tiefe?«

Mittlerweile hatte unser Boot die Stelle fast erreicht.

Ich stand auf.

»Wollen Sie aufs Schiffsdeck?«, fragte sie.

Ich sah mich um. Auf der metallenen, weiß gestrichenen Oberfläche standen kleine Pfützen, die im Sonnenlicht dampften. Holztische waren mit Einkerbungen bedeckt, ich suchte nach Herzen, erkannte aber nur einen Totenkopf.

»Kehren wir um«, sagte ich.

»Denken Sie bloß nicht, dass ich Sie aufs Schiffswrack begleitet hätte«, rief Penélope mir zu, als wir in das Hafenbecken einliefen. »So etwas malt sich Großvater nur aus.«

Als der alte Mann von seinem Tisch aufstand und uns entgegensah, legte sie mir die Hand auf die Schulter. Sie strich mir sogar provozierend mit den Fingern über den Nacken. Ich zuckte zusammen. Ihr Griff spannte sich. Ich fasste nach ihrem Arm und machte mich los.

»Seien Sie doch nicht so ernst«, flüsterte sie mir zu.

Ich gab dem alten Mann Geld.

Penélope vertäute das Boot.

Er sah mich mürrisch an. Sah ich denn nicht, dass seine Enkelin ein halbes Kind war? Manche Fremde nehmen die Bewohner einer kleinen Insel ohnehin nicht für voll, sie glauben, sich in einer provinziellen Umgebung alles herausnehmen zu können. Würde ich seiner Enkelin vor seinen Augen die Hand geben, sie zum Abschied küssen? Sein Blick hatte etwas Lauerndes. Dabei stand der dürre langgliedrige Mann so unsicher auf den Beinen, dass er vornüberkippte und sich auf dem Tisch abstützen musste.

Sein Rechnungsbuch fiel zu Boden.

Ich hob es auf.

Ich sprang auf den Landungssteg und hatte wie bei meiner Ankunft vor wenigen Tagen noch minutenlang den Eindruck, dass der Boden unter mir schwanke.

Ich hielt das Telefon in der Hand und versuchte, dich anzurufen. Ich hatte mir vorgenommen, es nicht zu tun, in diesem Moment gab ich der Sehnsucht nach. Ich stand in der Mitte des Platzes, Kinder spielten Fußball, vom Hafenbecken aus winkte Penélope mir zu. Mir war, als stündest du dicht hinter mir, ich fuhr herum. Damals liefst du von hinten auf mich zu und hieltst mir die Hände vor die Augen: »Rat mal, wer das ist …« Wenn wir uns stritten, wurdest du traurig, manchmal füllten sich deine Augen mit Tränen: »Das ist so gemein …« Schon eine kleine Missstimmung zwischen uns konnte ein geradezu kindliches Gefühl von Ungerechtigkeit, ja, von Unrecht auslösen: Wir waren einander die Welt. Das Außen war eine Kulisse, die unser Zusammensein nur illustrierte, ich habe dich so geliebt wie keinen Menschen zuvor. Du wischtest dir mit dem Handrücken die Augen und sahst mich von unten her an. Tränen fielen auf deinen Pulli und lösten sich erst nach einem Moment in dem Stoff auf. Wir nahmen uns an den Händen, küssten einander. Deine Lippen zitterten, ich strich dir mit der Hand übers Haar.

Später saßen wir uns an einem Tisch des Hotels gegenüber.

Rafael de Hostos brachte uns eine Blume und stellte sie zwischen uns auf den Tisch. »Nein nein, nicht so«, korrigierte er sich und rückte die Vase ein Stück zur Seite.

Wie du mich jetzt anlächeltest, glücklich, stolz, fast auch etwas trotzig, war ich es, dem Tränen in die Augen stiegen.

Einmal fragtest du traurig: »Werden wir uns überhaupt noch etwas zu sagen haben in einigen Jahren?« Wir konnten ganze Nachmittage damit zubringen, Pläne zu schmieden, wir dachten uns das Leben damals nur gemeinsam.

Ich hörte das mehrfache Klingeln in der Leitung. Für einen kurzen Moment spürte ich wieder jenes Gefühl von Ordnung, von Zugehörigkeit und Magie, das den Ort damals erfüllt hatte. Als die Mobilbox ansprang und eine automatische Stimme mich aufforderte, eine Nachricht zu hinterlassen, rückten Menschen und Gegenstände von mir ab, selbst mein eigener Körper wurde dinglich, schwer, er warf einen Schatten und wurde von Wind umweht. Eine Frau in meiner Nähe zog ein Schnupftuch aus ihrer Brusttasche. Sie hustete.

Ich legte auf und steckte das Telefon wieder ein.

Wahrscheinlich werde ich über Stunden, vielleicht ganze Tage lang keinen Empfang mehr haben.

Ich weiß nicht, wie lange ich so auf dem Platz stand. Ein Junge ging den Landungssteg zum Bootsverleih hinüber, der alte Mann stand von seinem Tisch auf.

Rafael de Hostos beugte sich aus einem Fenster des Hotels, später erschien er auf der Freitreppe.

Eine Möwe landete auf dem Geländer des Hafenbeckens und sah mich an.

Penélope schlurfte mit schwingenden Armen an mir vorüber und blickte an mir vorbei.

Die Sonne schien, mein Schatten begann sich vor mir in die Länge zu ziehen. Wind wehte aus allen Richtungen, ein Blatt Zeitungspapier wurde in die Höhe gehoben und drehte sich über mir im Kreis.

Die See war ruhig, tiefes Blau unter dem von feinen Wolkenfasern durchzogenen Blau des Himmels.

Als Miguel mir die Hand auf die Schulter legte, hatte ich gerade die Jacke zugeknöpft. Hinter dem Fenster von Señor Calottas Büro bewegte sich die Gardine.

»Geht es Ihnen gut?«, fragte er.

Ich gab ihm die Hand.

»Sicher«, sagte ich geistesabwesend. »Wie geht es Ihnen?«

Wir saßen miteinander an einem Tisch vor dem Hotel.

»Haben Sie schon gehört?« Rafael de Hostos nahm sich nicht einmal die Zeit, uns zu begrüßen. »Eine Reisegruppe aus den USA hat sich angekündigt. Für nächste Woche ist das Hotel fast ausgebucht.« Er kicherte vergnügt. »Habe ich es nicht immer gesagt? Mondariz wird wieder auf die Beine kommen. Es ist alles eine Frage der Zeit.« Er sah mich an. »Einer der Gäste ist ein Herr aus Deutschland, ein gewisser Yorck Kronenberg. Kennen Sie den vielleicht?«

Ich zuckte mit den Schultern.

»Ich dachte nur. Er spielt Klavier, hat Antonio erzählt.«

»Deutschland ist groß«, sagte ich.

Wir bestellten Kaffee.

Miguel erkundigte sich nach meiner Arbeit.

»Ich bin noch dabei, die Partituren zu studieren«, sagte ich. »Ich habe noch gar nicht begonnen, über die Musik zu schreiben.«

»Wie ist Ihr Eindruck?«

Vielleicht spürte Miguel meine Ratlosigkeit.

Die Insel lenkt mich ab, dachte ich. Es ist kein guter Ort, zur Ruhe zu kommen und sich ganz und gar auf eine Geistesarbeit zu konzentrieren.

Wahrscheinlich wirkte mein Schweigen verlegen.

»Lassen Sie uns bald die *Casa Coimbra* besichtigen«, schlug er vor. »Um ehrlich zu sein: Es ist vor Kurzem dort eingebrochen worden. Ich habe die Unordnung noch nicht beseitigt.«

»Ich würde die Stücke gern aufgeführt hören, auf dieser Insel. Es ist seltsam, sich im Stillen mit Musik zu beschäftigen, die immer wieder Verstummen und Schweigen thematisiert.«

»Coimbra liebte das Ufer. Drüben, vor der Stelle, wo heute das Wrack im Meer liegt, saß er auf einem Felsvorsprung. Fischer hörten seine Stimme, wenn sie hinausfuhren, und manchmal auch dann noch, wenn sie am Abend in den Hafen zurückkehrten: Er summte leise vor sich hin. Meist aber blickte er schweigend hinaus, das Notizheft in Händen, das er über Stunden nicht öffnete. Vor allem als junger Mann musste er sich sicher viel Spott gefallen lassen.«

Ich war überrascht. »An der Stelle des Schiffswracks? So weit vom Dorf entfernt?« Ich erzählte Miguel von meiner Vorstellung, vom Meer aus einer Aufführung der Sinfonie zu lauschen.

Ein Lächeln lief über seine Züge, als erkenne er etwas in mir, das er bisher nicht gesehen hatte. Er legte mir die Hand auf den Arm. »Sie haben die Stelle gut getroffen.«

Penélope ging über den Platz auf den Hafen zu. Sie trug einen Korb, den sie mehrfach absetzte und nach kurzem Verweilen wieder anhob. Die junge Frau, mit der sie im *Chirinos* getanzt hatte, lief ihr hinterdrein, bot ihr wohl an, zu helfen, Penélope wies sie zurück. Mit beiden Händen packte sie den Griff und wäre unter dem Gewicht des Korbs beinahe gestürzt. Das Mädchen wollte sie stützen, Penélope stieß sie mit der Schulter von sich. Es kam zu einem Wortwechsel, der vom Rand des Platzes aus nicht zu verstehen war und in dessen Verlauf die Hinzugekommene, eine hübsche quirlige Frau mit dunklem Pferdeschwanz, beschwörend die Hände hob. Penélope sah sie an; setzte den Korb ab; gab ihr mit voller Wucht eine Ohrfeige und hob den Korb wieder auf. Das Mädchen blieb wie angewurzelt stehen und sah ihrer Freundin hinterdrein, die unter der Schwere der Last schwankte. Sie presste sich die Hand an den Mund. Schließlich machte sie sich von dem Anblick los und lief schluchzend in die Via Inmaculada zurück.

»Wer war dieser Chirinos, dem einmal die Schmiede gehörte?«, fragte ich. »Sie erwähnen ihn in Ihrem Buch, nicht wahr?«

Miguel nickte. »Sie haben in der Kneipe sein Bild gesehen?«

»Ich wollte Sie schon seit Längerem danach fragen. Der Name wird auch auf dem Titelblatt einer Sinfonie Coimbras erwähnt.«

»Wirklich?« Miguel rührte mit einem Löffel in seiner Tasse.

Es entstand eine Pause.

»Es gab zu verschiedenen Zeiten Menschen auf Mondariz, die von Erscheinungen berichteten, von Begegnungen mit Verstorbenen oder Geistwesen. Kein anderer Fall aber übte eine derart intensive oder anhaltende Wirkung aus wie der des Alfonso Ruben Chirinos.«

Er nahm einen Schluck Kaffee und lehnte sich zurück.

Im Jahr 1601 behauptete der Schmied, er habe in der untergehenden Sonne ein Gesicht erkannt. Dieses Gesicht habe die Lippen bewegt, als versuche es zu sprechen. Den nächsten Tag habe Chirinos nicht in der Via Inmaculada, sondern betend am Strand verbracht, auf einer weit nach Westen ins Meer greifenden Sanddüne. Er hoffte auf eine weitere Begegnung. Tatsächlich habe sich ihm im Rot der

Abendsonne erneut ein Gesicht gezeigt, ein schmales und ernstes Gesicht mit weit geöffneten Augen. Die Bewegung der Lippen sei deutlich wahrnehmbar gewesen, doch hätten sich die Worte im Rauschen einer plötzlichen Brandung verloren.

In der Nacht betete der Schmied und fastete am folgenden Tag.

Am Mittag ruderte er aufs Meer, zur Sonne aufblickend und hinaus zum Horizont, der von der Insel aus die Vergangenheit bedeutete, Spanien, Europa, den Rest der Welt – eine Linie, ein Schnitt, ein Nichts. Am Abend warf er sich auf die Planken des Bootes.

In der folgenden Nacht sei das Licht um ihn her angewachsen. Er habe gesehen, wie das Wasser selbst geglüht habe, als durchdrängen die Strahlen der Sonne das Wasser von unten, das ganze Meer habe in Flammen gestanden. Gleichzeitig habe er eine alte – oder alterslose?, oder körperlose?, und letztlich auch ganz wortlose, sich in Gedanken und Vorstellungen unmittelbar mitteilende – Stimme den Untergang der Welt prophezeien hören. Oder spürte er diese Stimme nur, floss sie durch seinen Körper, selbst schon rot, Blut in seinen Adern? Die Insel gleiche keinem anderen Land, so habe die Stimme ihm offenbart. Herausgebrochen aus dem Innern der Welt sei sie ein letzter Überrest des Ursprungs: Ein verworfener Ort, wie alle Welt; und doch ein heiliger Platz, der durch die Zeiten zurückreiche bis zum Zwiegespräch Gottes mit seiner Schöpfung. Werde dieses Eiland von Flammen zerrissen, so werde die ganze Welt von einem um sich greifenden Sog erfasst werden: Bis in die letzten Nischen der Erde hinein werde der Feuerstrahl reichen. »Die Meere brennen!«, habe die Stimme mehrfach wiederholt, und das rote Glühen und Züngeln um ihn herum sei derart angewachsen, dass auch seine vor die zugepressten Augen gehaltenen Hände wie von innen heraus geschimmert hätten.

Der Legende nach taumelte mit den ersten Strahlen der Morgensonne ein Blinder an Land, nicht aber im Osten, wo Chirinos vom Ufer abgelegt hatte, sondern im Westen der Insel. Sein Haar war grau geworden, der schüttere Bart reichte ihm bis zum Gürtel. Er gab an, er sei über die Grenze der Erde hinaus in ein Zwischenreich eingegangen, in dem alle Zeiten, Tag, Nacht, sämtliche Gesichter der Menschen, Bewegungen, Laute, aber auch Tiere, Pflanzen, Dinge, Meer und Land in unfassbarer Gleichzeitigkeit sich vor ihm vollzogen hätten, ein Wahrnehmungsstrom, der sich beschleunigt und, wie einem Wasserfall zu, seinem Ende entgegengedrängt hätte.

Grelles Rot zerfetzt die Insel, die seine Heimat war, reißt als letztes Aufglühen eine Wunde, von deren Schwären sich der in Dunkelheit hinabtaumelnde Erdball nicht mehr erholen wird.

Nacht.

Schwarz.

Kein Uhrwerk – ewiger Wille, in jedem Moment neu, ruhig, stark. Und dessen Wirkung, noch die letzten Sphären durchdringend in alle Zeiten und Vorstellungen und in die Fantasieräume aller verstorbenen Seelen hinein:

Besinnung.

Ruhiges Kreisen der Planeten.

Alle jemals gemachten Erfahrungen greifen ineinander und verschmelzen, Sehnsucht und Verzweiflung, Pulsieren der Sterne, Atem und Leere, ein Gesang, wie kein Ohr ihn gehört, kein menschlicher Geist ihn je fantasiert hat.

Unermessliche Klage, vor der alle Triumphe vergehen, hymnischer Lobgesang, der noch die schmerzvollsten Aufschreie der Gefolterten in sich aufnimmt –

So sehr hat Gott die Welt geliebt.

Tag und Nacht.

Licht und Untergang.

Alles.

Musik.

Wenige Wochen, nachdem Alfonso Chirinos dem zehnköpfigen Magistrat in einer öffentlichen Sitzung von seinen Erscheinungen Bericht erstattet hatte, versammelten sich auf der *plaza* bei Einbruch der Nacht erste Fackelträger, festlich gekleidete Menschen, die Formationen abschritten und beteten. Während aus den umliegenden Häusern kein Licht mehr nach außen drang – Bewohner verschlossen Fenster und Türen und wichen vor dem ungewohnten Spektakel in den Schutzraum der eigenen vier Wände zurück –, knieten die Fackelträger in der Mitte des

Platzes im Kreis nieder, flehten um Vergebung ihrer Sünden und sangen Lieder zur Ehre Gottes.

Vielleicht war es die Furcht, den Unmut der Obrigkeit auf sich zu ziehen, vielleicht empfanden die Fackelträger selbst, dass der Marktplatz, Zentrum des weltlichen Treibens ihrer Heimat, für ihre Zusammenkünfte nicht die richtige Kulisse bot: Schon bald führten nächtliche Prozessionen die Gläubigen über die Via Inmaculada nach Norden, an der *Iglesia de San Nicolás* vorbei und von dort aus über genau jenen Weg den Osthang hinauf, der noch heute als kaum befestigter Trampelpfad zu Miguels Blockhaus und daran vorbei in den Wald führt. Nacht für Nacht wuchs die Schar der Betenden; und doch war tagsüber das Erscheinungsbild der Insel unverändert, gingen die Dorfbewohner ihrer Arbeit nach, als hätten sie geschlafen oder die Aufmärsche nur geträumt – vielleicht wurde es stiller auf Mondariz.

Die Prozessionen führten in den Wald hinein. Von dort aus zum See, der in der Senke zwischen den beiden Berggipfeln zu dieser Zeit fast ausgetrocknet war – der Staudamm wurde erst gut zweihundert Jahre später errichtet. Ihr eigentliches Ziel aber fanden die nächtlichen Umzüge im Hochplateau des höheren der beiden Berge, dem *cima*. Wo schon die Ureinwohner ihre rituellen Zeremonien abgehalten hatten, versammelten sich jetzt Spanier. Sie errichteten ein Holzgestell, das in seinen Ausmaßen einem Aussichtsturm geähnelt haben muss. Entlang der Vulkanspalte bildeten die Fackelträger eine Reihe, worauf sieben von ihnen, die Fackeln weit über ihre Köpfe erhoben, die hölzernen Sprossen erklommen. Auf der schmalen Aussichtsplattform bildeten sie eine Formation, die sinnbildlich den Fall der Insel in den Himmel vorwegnahm, den Ausbruch des Vulkans oder das Herannahen des Jüngsten Tages. Der Schmied selbst nahm an den Prozessionen offenbar keinen Anteil: Die Chronik spricht lediglich von einem zurückgezogenen Leben, das 1649, Jahrzehnte nach den Unruhen auf dem *cima*, in Stille und Seelenfrieden sein Ende gefunden habe.

Man konnte, so viel steht fest, von dem hölzernen Bau aus die ganze Insel überblicken und war – womöglich noch wichtiger – vom Dorf aus auch selbst zu sehen. Die sieben Fackeln, die nächtens wie Himmelsfeuer über dem *cima* flackerten, müssen einen gleichermaßen erhabenen wie unheimlichen Anblick geboten haben: Kaum erahnte man die Umrisse von Menschen, die die Fackeln führten, noch verwiesen die Lichtspiele auf das Gerüst, das deren Inszenierung erst ermöglichte. Schwarzer Ozean, schwarzes Universum. Nur der Gipfel der letzten Welt erglüht, weist flammend noch über sich selbst hinaus, während drunten im Dorf ehrfürchtiger Schauder die Zaghaften erfasst, so dass sie betend auf die Gassen treten und sich in wachsender Zahl auf der *plaza* und vor der Kirche sammeln. In vielen Fällen verstärkt das Gebet die Angst, mündet Angst in Gewissheit und Gewissheit in Raserei: Frauen stürzen sich ins Meer, heulen, kreischen und stöhnen, bis sie vor Erschöpfung das Bewusstsein verlieren. Männer geißeln sich selbst. Man ruft eine neue Fastenzeit aus.

Es vergeht fast ein Monat, bis die Obrigkeit der übergreifenden Untergangserwartung entgegentritt und den gespenstischen Gipfelfeiern gewaltsam ein Ende setzt: ein Monat des Gesangs und Schweigens, ein Monat, in dem immer mehr Menschen den Halt in ihrem alltäglichen Leben verlieren, bis das Schwanken des Bodens, das Aufflammen der Nächte und verängstigtes, bisweilen lustvoll-verstörtes Raunen sich in einem letzten selbstmörderischen Ruf vereinen – der Chronist erwähnt dreiundfünfzig Todesfälle während dieser Zeit, darunter drei Menschenopfer an Jungfrauen, »dargebracht auf der Spitze der Welt, auf dass sich ihr Blut mit dem Innern des Berges mische«.

Der Magistrat berief sich auf die spanische Krone; die Geistlichkeit – zu dieser Zeit neben dem Padre neunzehn Mönche – auf den Papst. Und obwohl weder Spanien noch Rom jemals Kunde von den Ereignissen erhalten haben dürften, genügte die Berufung auf diese Autoritäten, um einen Teil der Apokalyptiker wenn schon nicht zu überzeugen, so doch ruhig zu halten – die nächtlichen Prozessionen wurden untersagt, Sektierer gemaßregelt, die Anführer der Umzüge wurden öffentlich auf ihrem Holzgerüst verbrannt. Nie griff das Feuer wilder um sich als in jener letzten Nacht, als sieben Menschen Sprosse um Sprosse erklommen, während Flammen unter ihnen im Wind um das Gerüst tanzten. Sie riefen zu Gott, verfluchten ihrerseits die Rotte der Häretiker.

Als das Gerüst umstürzte und krachend in die Vulkanspalte einschlug, rannten selbst die Soldaten des Magistrats davon, auch sie in diesen Momenten von der Heraufkunft des Endes überzeugt.

Alfonso Ruben Chirinos aber? Arbeitete er zu dieser späten Stunde allem Weltenlauf zum Trotz in seiner Schmiede?

Vermutlich schlummerte er längst; segelte in einsamen Träumen weit hinaus über den Ozean …

Wenn es im Dorf bereits dunkel wird, liegt das Meer um die Insel noch im Sonnenschein. Der Schatten des Gebirges erfasst den Marktplatz, einen Teil der Strandpromenade, wandert von dort aus in Richtung Hafenbecken und greift nach und nach immer weiter über die Insel ins Meer aus. Während Gischt und Wellenkämme weiter nördlich und südlich im Sonnenschein funkeln, dehnt sich der Schatten wie eine Säule nach Osten aus und lässt schließlich, sich im Ungefähren eines fernen düsteren Blaus verlierend, jenen Punkt erahnen, an dem die Sonne am Morgen den Horizont durchstoßen wird.

In den Häusern des Dorfes gehen Lichter an, entlang der Strandpromenade leuchten Laternen. Wind weht. Aus dem Hafenbecken sind Rufe zu hören, man bereitet eine nächtliche Ausfahrt vor. Señor Calotta tritt ins Freie und verriegelt hinter sich die Tür.

Rafael de Hostos erschien auf der Freitreppe.

Miguel hob den Arm. »Zahlen bitte!«

Ich ging noch ein Stück den Strand entlang und bog dann von Osten her in die Via Umbria ein. Aus der Tiefe der Gasse waren Schritte zu hören, sich entfernende Stimmen, die sich zwischen den Häuserwänden auszudehnen schienen, indem sie abrückten und verschwammen. Hinter Fenstern brannte Licht, Schatten fielen auf die Fassaden der Nachbarhäuser, die meisten Wohnungen jedoch schienen leer zu stehen. An einigen Türen sind Schilder angebracht: ›*Da vendere.*‹ Den angegebenen Telefonnummern nach zu urteilen ist eine Mehrzahl der Dorfbewohner in die USA, andere sind nach Brasilien oder Spanien ausgewandert. Aus einem Fenster im Dachgeschoss beugte sich eine alte Frau, um von einer zwischen den Häusern gespannten Leine Wäsche abzunehmen. Ein Strumpf glitt ihr aus der Hand, ich fing ihn noch im Flug. Wenig später öffnete sich die Haustür, und Licht fiel auf die Gasse. Ich hielt der alten Frau den Strumpf hin. Sie murmelte leise vor sich hin. Soweit ich verstand, beschrieb sie, was sie tat, wie sie die Hand ausstreckte und das Wäschestück entgegennahm: leiser Wortstrom, nach innen gekehrtes Plappern, das ihre ganze Aufmerksamkeit band. Nur einmal hielt sie inne, blickte mir verwundert in die Augen. Ihre Haltung war gebeugt, das breite Gesicht von einem ganzen Netz tiefer Falten durchzogen. Sie stützte sich auf einen Stock; nickte mir zu; steckte den Strumpf ein. »Jetzt schwätzt sie auch noch mit sich selbst«, murmelte sie, während sie sich abwandte, und es wurde mir erst nach einem Moment klar, dass ich es war, dem sie diesen Gedanken in den Mund legte, »schwätzt mit sich selbst wie eine Verrückte …«

Damit zog sie hinter sich die Tür zu.

Ich legte mich früh ins Bett, lag lange wach, hörte dem Haus zu, dessen Ecken und Winkel knirschten und das einen Buckel über mir machte wie eine alte Katze.

Manche Gebäude der Siedlung stammen noch aus der Anfangszeit der spanischen Besiedlung, in der *Iglesia de San Nicolás* ruhen die leiblichen Überreste von Nicolás Domenico Ferrer, dem Kapitän der *Santa Barbara*, die am 2. Dezember des Jahres 1573 vor dem unbekannten Eiland ankerte. Bei einem Scharmützel mit indianischen Ureinwohnern traf den Kapitän die verirrte Kugel eines Spaniers, in Miguels Buch über Mondariz findet sich eine angeblich authentische Radierung, die ihn in Pumphosen und Wams zeigt, einen Metallhaken in der Linken, während die Rechte eine Hellebarde hält. Dichter Bart bedeckt die untere Hälfte des Gesichtes, was diesem, in Verbund mit dem gespannten Mund und zusammengekniffenen Augen, den Charakter von Festigkeit und Entschlossenheit verleiht – ein Mann der Tat.

Die Gefechte mit den Ureinwohnern wurden mit äußerster Brutalität geführt. Sie dauerten nicht länger als fünf Tage.

Zuerst dachte ich, es seien vor allem Treppenfugen, von denen plötzliches, zum Teil erstaunlich lautes Knacken ausgeht. Vereinzelte Geräusche drangen aber auch aus dem Dachstuhl über mir, dann wieder schien es, als rührten die Laute aus der Tiefe der Nachbarhäuser, gemeinsames Gebälk schafft Verbindungen zwischen Gebäuden entlang ganzer Gassen.

Vereinzelte Beschreibungen aus Miguels Buch, zufällig herausgegriffene Abbildungen: Der Große Brand von 1720, dem die nördliche Hälfte des Dorfes fast komplett zum Opfer fiel; Fangmethoden im Laufe der Jahrhunderte; die Eröffnung der Fischfabrik im Jahr 1951. Immer wieder nickte ich für Momente ein, schreckte mit noch gewachsener Unruhe wieder hoch, schaltete mein Telefon ein, schaltete es wieder aus, hörte aus dem Arbeitszimmer das Ticken der Wanduhr, stieg barfuß die Stufen in die Küche hinunter, goss mir Wasser ein, stand minutenlang vor dem kleinen Gemälde an der Wand und meinte, da ich es einmal enträtselt hatte, die Umrisse sogar in der fast völligen Finsternis der Nacht erkennen zu können, den zarten Schimmer von Morgenlicht, der sich über die Umrisse des Gebirges legt. Ich riss ein Streichholz an und pustete es gleich darauf wieder aus, noch Minuten danach war mir, als wirke das Bild des erleuchteten Raumes in mir nach. Ich trat zur Seite, und doch blieb die irrationale Furcht, ich sei auch selbst immer noch zu sehen, Streichholz zwischen den Fingern, wie ich mich über das Bild gebeugt hatte. Kühler Steinboden unter meinen Füßen, ich legte die Stirn gegen die Wand, trank, hörte das Ticken der Wanduhr aus dem Geschoss über mir, hörte die Stille zwischen dem Sekundenraster, schloss die Augen. Ich dachte an meine Arbeit und empfand flüchtig, dass gerade meine momentane Offenheit für die Stille mich dem Komponisten näherbringe. Dem entgegen stand der Eindruck, alle Entschlossenheit verloren zu haben, alle Kraft, ja, den eigenen Willen. Kurz schwankte ich zwischen Verzweiflung und der tiefen Ruhe herannahenden Schlafes: Hatte ich nicht schon aufgegeben? Wusste ich nicht bereits, dass ich weder der Musikgeschichte noch meiner eigenen Karriere ein neues Kapitel würde hinzufügen können? Warum war ich überhaupt noch hier? Und vielleicht empfand ich auch die Erinnerung an dich, an die Zärtlichkeit und wortlose Übereinstimmung, die mich so lange getragen hatten, wie eine Verlangsamung des eigenen Herzschlages. Ich hielt den Atem an. Durfte ich die Hoffnung der Dorfbewohner auf eine Veröffentlichung über ihren Komponisten nähren, während ich mich zunehmend treiben ließ in einem Fluss alltäglicher Beobachtungen und Begegnungen, denen sie selbst kaum mehr Beachtung schenkten? Vielleicht, so ging mir undeutlich durch den Kopf, würde ich mich auf der Insel niederlassen, ein Laienorchester gründen. Über Jahre und Jahre würden wir das Spielen von Instrumenten erlernen, um am Ende doch zumindest die ersten Takte eines Werkes Coimbras für ein imaginäres Publikum aufführen zu können, am Ufer stehend, das Rauschen des Meeres in den Ohren … Aus unbestimmter Ferne ertönte ein Schrei, der Ruf eines Vogels vielleicht, das Fauchen einer Katze. Ich ging zur Tür und öffnete sie einen Spalt. Pflastersteine glänzten in fahlem Mondlicht.

Über den Hausdächern waren Wolkenfetzen am Himmel, zerfasert und hell schimmernd.

Die Fülle der Sterne war überwältigend.

Noch in der Nacht verließ ich das Haus.

Vom Rand des Hafenbeckens aus sah ich drei älteren Fischern dabei zu, wie sie ein Boot beluden. Der Motor stotterte und ging mehrfach aus. Ohne ein Wort zu wechseln zogen die Männer Schraubenzieher aus ihren Taschen und beugten sich über das kleine Gerät, das am Bug befestigt war. Einer hielt eine Lampe, Schatten zeichneten sich auf der schwarz glänzenden Wasseroberfläche ab. Die Bewegungen der Männer schienen gut aufeinander abgestimmt zu sein, nach einer Weile nickte der älteste von ihnen den übrigen zu, ein anderer betätigte das Zugseil des Motors, unregelmäßiges Knattern hallte von der Kaimauer wider.

Schweigend blickten die Männer dem offenen Meer entgegen, als das Boot sich langsam in Bewegung setzte.

Maria stieg die Treppe vom Landungssteg zur Strandpromenade hinauf. Ich hatte sie gar nicht bemerkt, ihr Anblick machte mich verlegen. Im Osten färbte sich der Himmel über dem Meer allmählich blau.

»Schon wach?«, fragte sie.

Ich nickte. »Ich schlafe nicht so gut in letzter Zeit.«

Maria wohnt in einem Eckhaus der Via Umbria, gerade dort, wo diese auf die Strandpromenade trifft. Das Gebäude ist aus dem inseltypischen Sandstein gebaut, mit großen Fenstern, in denen sich jetzt erster zarter Rotschimmer spiegelte. Die Fassade ist grob und an einigen Stellen von senkrechten schmalen Furchen durchzogen.

»Das Haus ist alt«, sagte sie. »An der Seeseite treffen Gewitter die Gebäude ungeschützt, früher gab es nicht einmal Regenrinnen.«

Die Front des Gebäudes ist mehrfach verstärkt worden, als eines von nur wenigen Gebäuden auf Mondariz aber ist das Haus in weitgehend ursprünglichem Zustand erhalten.

Sie schloss die Tür auf, wir gingen über knarrende Holzdielen auf die Treppe zu. Sie machte Licht, hielt den ausgestreckten Zeigefinger an die Lippen. Erst als wir oben waren und sie hinter uns die Tür geschlossen hatte, begann sie zu sprechen: Sie wolle die alten Leute nicht wecken, die ohnehin einen leichten Schlaf hätten. Oft brenne bis drei Uhr morgens im Erdgeschoss Licht, und nachts seien Schritte zu hören, wenn Señor Morata wieder und wieder aus dem Bett aufstehe.

»Ihm fällt immer noch etwas ein, nachdem er sich schlafen gelegt hat, ganz unbedeutende Dinge: Ein Glas muss aufgeräumt, etwas auf dem Einkaufszettel notiert werden. Die Pantoffeln müssen in einer Reihe im Schuhregal stehen. In seinem Alter sei es unsicher, ob man den Morgen noch erlebe, er wolle seine Angelegenheiten in Ordnung hinterlassen, sagt er. Manchmal legt er nachts ein Buch vor meine Tür, in dem ein Lesezeichen klemmt mit einer kleinen Notiz: ›Apfelkuchen ist in der Speisekammer‹, oder: ›Ein Gewitter zieht auf – machen Sie die Fenster zu!‹ Die Bücher, die er mir ausleiht, hat er wahrscheinlich von Señor de Hostos bekommen, zurückgelassene Reiselektüre von Touristen.«

Marias Zimmer ist mittelgroß. Durch die Fenster in der Dachschräge konnte ich sehen, wie Sonnenstrahlen die feine Linie zwischen Himmel und Meer durchstießen, wie durch einen einmal geöffneten Spalt mit voller Wucht der Tag eindrang. Ich öffnete ein Kippfenster und lehnte mich hinaus. Wind wehte. Das Meer glühte rot. Auf der Gasse lag ein verbogener Regenschirm.

Maria stand in der Kochnische und machte Tee.

Ich saß an einem Tisch und sah ihr zu. »Stehen Sie immer so früh auf?«

»Ich habe die Fischer schon als Kind vor Ausfahrten zum Hafen begleitet. Manchmal nahm mich Onkel Alejandro auf kleinere Fahrten mit. Ich gehe seit Jahren kaum mehr hinunter. In letzter Zeit aber hatten die Männer kein Glück, da hat mich Don Julio gebeten, die Männer beim nächsten Fischzug im Hafen zu verabschieden: ›Du warst doch schon als Kind unser Glücksbringer ...‹ Julio ist viele Jahre mit Alejandro in einem Boot gefahren, ich weiß noch, wie er mich als Kind auf die Schultern nahm und über den Steg sprang, bis zu dessen äußerstem Ende. Dort blieb er abrupt stehen, sodass ich in meiner Vorstellung in hohem Bogen weiterflog. Onkel Alejandro mochte das nicht: Nach kurzer Zeit nahm er mich Julio wieder weg.«

Aus dem Wasserkessel stieg Dampf auf, der im einfallenden Sonnenlicht in allen Farben des Regenbogens schimmerte.

»Heute fragen die meisten Fischer über eine meteorologische Festlandsstation die Wetterprognose ab. Es gibt aber auch immer noch diejenigen, die nur der eigenen Intuition trauen, die die Farbe des Wassers deuten, die Form von Wolken, Windstärke oder Temperatur. Don Miguel am Waldrand hat eine ganze Zeit lang das Zirpen der Zikaden studiert und versucht, aus Lautstärke und Dauer Bezüge zum Wetter herzustellen. Señor Morata, mein Vermieter, gilt immer noch als besonders feinfühlig für das Wetter, weil er zwei große Stürme als Einziger vorhergesagt hat. Dabei ist er selbst nie zur See gefahren. Auch das letzte Gewitter hat er im Vorfeld gespürt. Wie lange ist das her?«

»Drei Nächte?« Ich war mir nicht sicher.

Sie zuckte mit den Schultern. »Ich habe ihn nach den Aussichten für Julios Fischzug gefragt. Er muss für Vorhersagen lange nachdenken, er spüre der Atmosphäre nach, behauptet er. Oft sitzt er dabei einfach nur am offenen Fenster und schläft. Heute Morgen steckte ein Lesezeichen in seiner neuesten Buchempfehlung: ›Wetter stabil. Aussicht auf reichen Fang.‹ «

Sie goss in zwei Tassen Wasser ein und drehte sich zu mir um. »Wollen Sie Milch? Zucker?«

In einem Korb lagen hartgekochte Eier.

Sie schnitt Brot.

Wir saßen einander gegenüber.

Sie wollte, dass ich von Deutschland erzähle.

Ich beschrieb ihr meine Wohnung und die Straße, in der ich gelebt hatte.

»Wollen Sie wirklich nicht mehr zurückkehren?«, fragte sie.

Ich zuckte mit den Schultern.

Mich fröstelte.

»Wie geht es Pedro?«, fragte ich. »Wissen Sie etwas darüber?«

Maria sah auf. »Er soll sehr krank sein. Er hütet das Bett. Die meiste Zeit über ist er bewusstlos.«

Sie seien als Nachbarn fast wie Geschwister aufgewachsen, erzählte Maria. Pedro sei ein nachdenkliches Kind gewesen, das oft ganze Nachmittage am Fenster gesessen und auf die Via Ferrer geblickt habe. »Es sind die beiden Eckhäuser, ganz in der Nähe der Kirche. Wenn wir uns aus den Fenstern beugten, konnten wir uns gegenseitig in die Zimmer schauen, wir wohnten beide unterm Dach. Ich dachte damals, Pedro würde sein ganzes Leben lang so am Fenster sitzen bleiben, und ich würde ab und zu bei ihm vorbeischauen und ihm zuwinken. Manchmal gingen wir zusammen an den Strand; obwohl er älter war, ließ er sich gerne von mir führen. Nur wenn andere Kinder dazukamen, wollte er bestimmen, ob wir Fußball spielen oder schwimmen gehen sollten. Einmal schlug er mir einen Ball so heftig aus der Hand, dass mein Finger umknickte. Als er abends von außen an mein Fenster klopfte, war er so beschämt, dass es ihm schwerfiel zu sprechen. Er sah mich nur an und murmelte: ›Ich werde es nie wieder tun. Ich werde es nie wieder tun.‹ Es klang, als hätte er den Satz auswendig gelernt. In der Nacht träumte ich, er würde sich langsam aus dem Fenster des Nachbarhauses beugen und von außen an meine Scheibe klopfen, den Oberkörper weiter und weiter vorstreckend, und ich würde sein Gesicht sehen, noch im Sturz ausdruckslos in meine Richtung gewandt. Das weiß ich noch ganz genau.«

»Er hat Sie vor jener Nacht in der Via Umbria nie – belästigt?«

Sie schüttelte den Kopf.

»Als Jugendlicher ging er mir aus dem Weg. Abends machte er in seinem Zimmer kein Licht mehr, aus Angst, ich könne hineinsehen. Auf dem Weg zur Schule sprach er kaum, manchmal nahm er Umwege. Das kränkte mich damals. Gleichzeitig empfand ich eine Ahnung jenes Geheimnisses, das mich aus seiner Sicht wohl umgab – das schmeichelte mir auch. Unser Verhältnis wurde nie mehr so eng wie in der Kindheit.«

Ich lehnte mich zurück. Sonnenlicht fiel schräg ins Zimmer, für einen Moment schien es mir, als blicke ich nicht etwa gerade auf Maria, sondern wie durch einen Tunnel in die Tiefe, und sähe ihre Gestalt weit unter mir. Ich griff nach meiner Tasse und hielt sie mir vors Gesicht.

Wir hatten das Frühstück schon beendet, als es an der

Tür klopfte. »Sie denken an das Konzert?« Señor Moratas dürre Gestalt erschien im Türspalt. »Sie wollten doch auch hingehen, Maria!« Der alte Mann lächelte schief. »Heute Abend in der Kirche. Antonio stellt sein neues Programm vor. Sie werden das wohl nicht vergessen haben, oder?«

Maria nickte. »Richtig ...«

»Kommen Sie auch mit?«, fragte mich der alte Mann.

»Ich hatte mich auf einen Abend zu Hause gefreut«, sagte ich. »Antonio hat das Konzert auch gar nicht erwähnt, als ich bei ihm zu Besuch war.«

»Er ist schüchtern«, wandte Maria ein. »Er wird sich freuen, wenn Sie kommen. Glauben Sie mir. Es steht auch ein Stück von Coimbra auf dem Programm.«

Es war schon Mittag, als ich wieder ins Freie trat. Kühler Wind wehte, ich knöpfte meine Jacke zu. Im Osten war am Horizont ein Boot zu erkennen, vielleicht das Fischerboot, dessen Ausfahrt Maria am Morgen begleitet hatte. Im Hafenbecken schaukelte das Floß des Schiffsverleihs, Penélopes Großvater war über die kleine Geldkasse gebeugt und zählte Scheine.

Plötzlich stand mir ein Bild der letzten Nacht vor Augen, ich hatte von dir geträumt: Wir waren die Strandpromenade nach Süden gegangen wie damals, auf einer Klippe im Meer hatte ein Ruderboot gelegen. Gerade noch rechtzeitig waren wir eingestiegen und hatten uns von der Insel abgestoßen; dichter Rauch hatte über dem *cima* gestanden, hinter uns wurde ganz Mondariz von einer gigantischen roten Explosion zerrissen. Nächtelang ruderte ich übers Meer, während du dich über den Rand des Bootes beugtest: Was würde statt der untergegangenen Insel aus dem Ozean aufsteigen? Wir erwarteten stündlich, nein, in jedem Moment neu das Aufklaffen der Wasseroberfläche, gefährlicher als die Weite des Meeres schien uns das Hervorbrechen neuer Länder, Lava, das von unten die Planken des Schiffes versengen würde. Der Grund faltete sich unter dem Wasser auf, bildete Kanten und Senken, Strudel an der Oberfläche bezeugten den unterirdischen Aufruhr. Am Himmel stand ein roter Mond, vielleicht war es die Sonne, deren Kraft nicht mehr ausreichte, den Spiegel des Meeres auszuleuchten: Schwarz und schweigend hoben und senkten sich Wellen unter uns, endlich waren wir allein. Wenn ich schlafe, stehst du gerade auf, fiel mir ein, in Dortmund gibt es seit Jahrmillionen kein Meer. Das Stadttheater wurde 1904 eröffnet.

Ich strich mir mit der Hand über die Augen und schüttelte den Kopf. Ich drehte mich um, Maria stand am Fenster ihrer Dachkammer und blickte zum Strand hinunter. »Ob Don Julio und seine Begleiter heute Glück haben?« Ich kehrte um und ging zur Haustür zurück, aus der ich gerade getreten war. Ich klingelte. Ich hörte das leise Läuten, das aus dem angelehnten Kippfenster unterm Dach ins Freie drang, durchsuchte die Taschen meiner Jacke. Señor Morata öffnete, ich ging über die Holzdielen, stieg die Stufen hinauf.

»Ich habe etwas vergessen«, sagte ich und zog aus der

Tasche eine Postkarte, die ich am Tag meiner Abreise in einem Berliner Touristenladen gekauft hatte. Auf die Rückseite kritzelte ich die Umrisse eines hohen Mietshauses, davor zwei Autos, Straßenlaternen und einen schief gewachsenen Baum. »Damit Sie sich vorstellen können, wo ich herkomme.«

Sie lachte.

Mit flüchtiger Bewegung strich ich ihr übers Haar, was sie geschehen ließ.

Dann machte ich auf dem Treppenabsatz kehrt und stieg die knarrenden Stufen hinab.

An einem Tisch vor dem Hotel schlief ich ein, schreckte erst hoch, als Rafael de Hostos die Speisekarte vor mir auf den Tisch legte.

»Können Sie etwas empfehlen?«, fragte ich.

Der Wirt legte den Kopf schief. »Lassen Sie sich überraschen«, schlug er vor.

Ich nickte. »Gut …«

Penélopes Großvater kam über den Platz auf mich zu, die kleine Kasse unter den Arm geklemmt. Er blieb neben dem Tisch stehen. »Sie wissen ja selbst, wie junge Frauen sind …«, murmelte er mit abgewandtem Gesicht.

Ich blinzelte, seine hagere Gestalt wirkte gegen den strahlend blauen Himmel wie ein Scherenriss.

»Waren Sie nicht schon einmal hier? In Begleitung einer jungen Frau?« Er beugte sich zu mir hinab. »Was ist mit ihr? Ist ihr etwas passiert?«

Ich schüttelte den Kopf.

Er richtete sich wieder auf. »Man darf die Entschlusskraft junger Frauen nicht überschätzen«, brummte er.

Ich bat ihn, langsamer zu sprechen, ich könne ihn sonst nicht verstehen.

»Glauben Sie, Ihre damalige Frau fühlt sich noch daran gebunden, was sie Ihnen sagte? Ab einem gewissen Alter sind Frauen realistischer als wir: Sie können sich besser an ihr Leben erinnern und haben vielleicht aus diesem Grund keine Angst vor Veränderung. Sie berechnen ihren Vorteil.«

Er senkte die Stimme: »Erzählen Sie nicht weiter, was gestern auf dem Boot geschehen ist, *¡por favor!*«

Das Gesicht des Alten war gegen das Mittagslicht kaum zu erkennen.

»Es ist nichts passiert«, sagte ich. »Wir sind zum Schiffswrack gefahren. Dann sind wir umgekehrt.«

»Sie können sich doch denken, wie die Leute hier reden. Jeder kennt jeden. Es gibt nur wenige Familien, und seit der Evakuierung sind wir alle miteinander verwandt, zumindest wenn man vier oder fünf Generationen zurückgeht. Ein Gerücht, das einmal in Umlauf gebracht wurde, wird nicht mehr vergessen.«

»Ihre Enkelin will Sie provozieren. Das ist alles.«

Rafael de Hostos kam an den Tisch. Der Teller, den er in der Hand trug, war von einer silbern glänzenden Servierglocke bedeckt.

»So schnell?«, fragte ich.

Er stellte den Teller vor mir auf den Tisch. »*Sí, Señor:* So schnell …!« Mit theatralisch großer Bewegung hob er die Glocke auf.

»Was – was ist denn das?«, fragte ich.

»Ein Kugelfisch.« Er breitete die Arme aus wie ein Zauberkünstler. »Die Art ist anderswo nahezu unbekannt – eine Spezialität von Mondariz!«

Ich streckte den Finger aus. »Aber – der bewegt sich ja …«

»Er bewegt sich nicht.«

»Schauen Sie doch nur – der Schwanz«, stammelte ich.

»Unsinn.« Der Wirt verzog keine Miene. Aus den Augenwinkeln lugte er jetzt aber doch auch selbst nach meinem Teller. »Er bewegt sich nicht.« Seine Stimme nahm einen leicht pikierten Ton an: »Unsere Gerichte werden gekocht, bevor wir sie servieren.«

»Da!«, rief ich aus. »Die Flosse!«

Rafael de Hostos schüttelte den Kopf. »Es ist nur der Wind«, erklärte er.

Ich hatte nicht gesehen, dass Penélopes Großvater weitergegangen war. Er stieg die Treppe zum Landungssteg hinunter.

Zwei kleine Jungen blieben neben dem Tisch stehen und starrten auf meinen Teller.

Ich sah einem der beiden fest in die Augen und stieß mit der Gabel nach dem Tier. Undeutlich ging mir durch den Kopf, dass Fische nicht schreien können. Erst als keine Gegenwehr erfolgte, senkte ich langsam das Messer.

Die Jungen klatschten in die Hände.

»Bravo, junger Mann! Die Welt gehört dem Mann der Tat!« Der Wirt lachte über das ganze Gesicht. »Guten Appetit«, brachte er noch hervor.

Dann eilte er die Freitreppe zum Hoteleingang hinauf.

Den Nachmittag verbrachte ich im Haus, legte mich ins Bett, schreckte aber immer wieder hoch, von der Gasse waren Schritte zu hören, zu denen ich im Halbschlaf groteske Geschöpfe fantasierte: Menschen mit drei Armen und zwei blinden tauben Köpfen lebten in Verliesen zusammengedrängt und wurden nur während der kurzen Phasen meiner Ruhe ins Freie gelassen. Dann wieder sah ich die Küste felsig und unbehaust, wo später einmal das Dorf sein würde, das befestigte Hafenbecken, wanden sich jetzt Bäche zwischen unterschiedlich hoch aus dem Meer aufragenden Felszacken. Luft strömte ins Zimmer, das Bellen eines Hundes erinnerte mich an die Gasse und endlich auch an mein Zimmer, mein Bett, an mich selbst.

Ich richtete den Oberkörper auf. Schon nach wenigen Tagen entglitt mir die Chronologie meines Aufenthaltes, war es mein dritter Tag, mein fünfter?, für einen Moment schien es mir, als stelle mein neues Leben Anforderungen an mich, die ich noch nicht einmal erkannt hatte, ich war keine zwanzig mehr wie damals, hatte nur noch nicht begriffen, dass alle Menschen an diesem Ort eine Funktion hatten, Fischer waren, Kellner, Händler, nur meine eigene Rolle beruhte auf Betrug und Selbstbetrug, auf Angespartem und der Aussicht auf einen Kredit bei der Bank. Ich wischte mir die Stirn. Als ich dich kennenlernte, warst du dreiundzwanzig, jetzt kam es mir vor, als seien all die Jahre eine Täuschung gewesen, ich fühlte mich so alt, dass ich nicht einmal den Blick von einer Spinne abwenden konnte, die an der gegenüberliegenden Wand einen Stützpfeiler erklomm. Das Haus knackte und ächzte, ich war der erste Fremde überhaupt, der hier wohnte. Ich stand auf und ging in die Küche, saß am Tisch und betrachtete das Gemälde, natürlich hatte Miguels Großvater aufgehört zu malen nach diesem Bild, in meinem seltsam angespannten, gleichzeitig benommenen Zustand leuchtete es auf wie eine Erinnerung, die über das Leben hinausreicht: eine Stunde, die die Grenzen des Eigenen überwindet. Von irgendwoher war Musik zu hören, ein zu laut gestellter Fernseher plapperte, dessen Hektik mich noch im selben Moment erfasste: Ich rieb die Fußsohlen am Boden, umklammerte mit den Fingern die Tischplatte.

Später kochte ich mir Tee und setzte mich mit den Partituren an den Schreibtisch im zweiten Stock.

Brahms, dachte ich immer, Brahms. Ich wendete den Brief des deutschen Komponisten in den Händen, beugte mich über die Sinfonie Coimbras. Wenn überhaupt Melodien in meinem Kopf anklangen, so schien es mir, als hätte ich sie schon einmal gehört: Hatte Coimbra die Musik des Deutschen in sich nachklingen lassen oder hatte im Gegenteil Coimbra den berühmten Kollegen zu eigenem Schaffen angeregt? Dann wieder wurde der Eindruck unklar, entglitten mir die Töne, bis ich nur noch das Knacken des Dachstuhles hörte, den Schrei von Möwen, das Seufzen des Windes. Ich machte mich an die harmonische Analyse, Takt für Takt. Ich beschloss, mich an reiner Fleißarbeit festzuhalten, der Aufreihung von Fakten. Ich schaltete den Computer an, konnte mich aber nicht ins Internet einwählen. Ich wollte dir schreiben, dass es mir gut gehe, mein Mobiltelefon hatte keinen Empfang. Ich rückte den Papierkorb neben den Schreibtisch und schob mit einer einzigen ruhigen Bewegung des Unterarmes all meine Aufzeichnungen vom Tisch.

Ich hob sie wieder auf.

Das Gefühl von Mutlosigkeit ging in der Wärme des Zimmers, im leichten Luftzug, der durch das Fenster hereindrang, in wohlige Gleichgültigkeit über.

Dann setzte ich meine Analyse fort.

Ich verließ gegen sechs das Haus. Zum ersten Mal, seit ich hier bin, vermittelte das Dorf mir ein Gefühl von Feierabend, von *siesta*. In einem Hauseingang nah dem östlichen Ende der Via Umbria standen zwei Frauen und redeten; als sie mich sahen, senkten sie die Stimmen und nickten in meine Richtung. Über die Promenade flanierten Paare in Festtagskleidung: Männer trugen weiße Hemden und Halstücher, Frauen weite Röcke und enge Jacken – der traditionelle Stil wird bis heute zu feierlichen Anlässen getragen. Auf dem Marktplatz standen kleine Menschengruppen. Eine weiß gekleidete Kellnerin aus dem Hotel schritt mit einem Tablett umher und bot Sekt und Orangensaft an.

»Was hat das zu bedeuten?«, fragte ich eine Kellnerin.

»Wir begehen den Geburtstag unseres Komponisten, dieses –« Sie suchte vergeblich nach dem Namen.

»Coimbra«, sagte ich. »José Diego Coimbra.«

Sie nickte. »Es war eine spontane Idee von Señor de Hostos, als er erfuhr, wie viele Besucher sich zu Antonios Konzert angemeldet hatten.«

Entlang der Front des Hotels waren Buffettische aufgebaut, zwei weitere Kellnerinnen trugen Schüsseln mit Obst oder Meeresfrüchten und bunt gefüllte Tabletts ins Freie. Der Wirt selbst stand breitbeinig auf dem Absatz der Freitreppe, die Arme vor der Brust verschränkt, das schwarze Haar streng am Kopf nach hinten gelegt. Als er mich sah, ging ein Lächeln über sein Gesicht. Er deutete eine Verbeugung an, die nicht frei von Ironie war.

Ich nahm ein Glas Sekt. Die Kellnerin machte einen Knicks.

Ich sah mich nach Maria um. Aus dem Hafenbecken stieg eine Gruppe junger Männer in Arbeitskleidung die Treppe hinauf. Als Erster erschien der Fischer auf der Promenade, der mit Maria auf dem Marktplatz getanzt hatte, die blaue Schirmmütze weit ins Gesicht gezogen. Ich blickte aufs Meer: Noch immer meinte ich Don Julios kleines Boot am Horizont erkennen zu können, rötlich glänzend im Schein der untergehenden Sonne, während das Meer selbst längst jenen düsteren, grünlich blauen Farbton angenommen hatte, der die aufsteigende Nacht vorbereitet. Die Ostseite der Insel, Marktplatz, Siedlung und Hafen, lagen bereits im Schatten. Entlang der Promenade und um den Marktplatz herum brannten Laternen, was der Küstenlinie den Charakter eines geschmückten Schiffsdecks verlieh.

»Wie schön, dass Sie auch da sind.« Miguel Gomez streckte mir die Hand entgegen. »Ich hatte schon die Befürchtung, Sie würden vielleicht gar nicht davon erfahren in Ihrer Gelehrtenstube … Señor de Hostos hat mir erst am Nachmittag von dem anstehenden Buffet erzählt. Früher wurden Feste Monate vorher angekündigt, von den aufwändigen Silvesterfeiern rund um die *Casa Fuentes* habe ich Ihnen ja erzählt. Seit der Evakuierung und dem massenhaften Wegzug von Dorfbewohnern wird nicht mehr viel geplant. Auf der *plaza* bildet sich eine Menschenansammlung, Señor de Hostos hört sich um, instruiert sein Personal, und wenige Stunden später hat sich Mondariz herausgeputzt, ohne es überhaupt selbst zu bemerken. Sehen Sie das Lächeln in den Gesichtern? Heute Abend sind wir stolz, hier zu leben.«

»Wusste Antonio im Vorfeld über die Größe des Ereignisses? Ich glaube, er hat selbst nur Freunde und Familienangehörige eingeladen.«

»Womöglich hat Ihre Anwesenheit auf Mondariz damit zu tun … Dass ein Wissenschaftler aus Deutschland über unseren Komponisten forscht, hat sich schnell herumgesprochen, so etwas beeindruckt die Dorfbewohner. Wahrscheinlich wäre auch das Jubiläum Coimbras kaum auf Resonanz gestoßen. Stimmt das Datum überhaupt?«

Ich wusste es nicht.

»Señor de Hostos ist erfinderisch«, sagte Miguel. »Der *Capitán* hat sich angekündigt. Und sehen Sie, da ist Doktor Álvarez!«

Ich nickte, lächelte, schüttelte Hände. Der Arzt hatte von der nächtlichen Attacke auf mich gehört.

»Es geht mir gut«, beteuerte ich. »Ich denke schon gar nicht mehr daran.«

Ich erkundigte mich nach Pedro. Doktor Álvarez machte eine vage Handbewegung. Aus den Augenwinkeln konnte ich Javier, den Fischer mit der blauen Schirmmütze, sehen, der einer Kellnerin einen Geldschein aufs Tablett legte.

»Es gibt Patienten, die sich weigern, Mondariz zu verlassen«, raunte mir Miguel zu. »Manchmal verhindern es Angehörige. Dabei gibt es kein Krankenhaus auf der Insel, nur einen einzigen Arzt. In Notfällen käme die Ausreise ohnehin meist zu spät.«

Doktor Álvarez hat in den USA Medizin studiert und ist nur auf massiven Druck seiner Eltern hin damals überhaupt wieder nach Mondariz zurückgekehrt. Er hat zunächst versucht, eine Art Medizinzentrum zu eröffnen, und wohl auch – mit Unterstützung der Administration – einige teure Anschaffungen getätigt. Ein Kollege, den er gewinnen konnte, ist nach wenigen Monaten in die USA zurückgekehrt, seitdem ist Doktor Álvarez allein für die medizinische Versorgung zuständig. Die Ausrüstung seiner Praxis ist nach internationalem Standard längst veraltet, zum Teil sind Geräte kaputt. Ohnehin vertraut er mit zunehmendem Alter mehr und mehr traditionellen Diagnosemethoden: »Die besten Instrumente eines Mediziners sind seine Augen, die Nase und die Hände …« Ein Arzt auf Mondariz macht sich über seine Einflussmöglichkeiten keine Illusionen.

Um Viertel vor sieben begannen die Kirchenglocken zu läuten. Langsam, plaudernd, zum Teil mit Sektgläsern in den Händen – so flanierte die Dorfgemeinschaft am Hotel vorbei und durch den schmalen Eingang der nördlichen Via Inmaculada. Stimmengewirr erfüllte die Gasse, in einem der oberen Stockwerke öffnete sich ein Fenster und ein alter Mann in weißer Schlafhaube blickte hinab. Eine Frau vor mir stieß mit ihrem Begleiter auf einen unvergesslichen Abend an.

Die *Iglesia de San Nicolás* ist eines der ältesten Gebäude von Mondariz: Der Baubeginn fällt noch in die ersten Wochen nach Eroberung der Insel. Die Kirche ist düster, nicht allzu groß, mit hochgelegenen schmalen Fenstern, durch die am frühen Abend kaum noch Licht fällt. Massive gusseiserne Leuchter hängen in weitem Abstand an Eisenketten von der Decke. Die Steinplatten des Bodens sind entlang der Gänge ausgetreten und bilden leicht abgesenkte Pfade.

Kerzen brannten in Nischen an den Wänden. Schritte

und Stimmen hallten vom Mauerwerk wider und füllten den Raum mit einer untergründigen Melodie, die die Einzelereignisse wie ein geheimer Bass grundierte. Gemälde an den Wänden lagen im Halbdunkel, mitunter flackerten Kerzen in einem Luftwirbel so hell auf, dass Einzelheiten deutlich hervortraten: aufgerissene Augen eines Märtyrers, eine wie aus der Leinwand herausgreifende Hand – die Eindrücke waren zu flüchtig, als dass sich ein umfassender Eindruck ergeben hätte.

Ich ging zwischen zwei Bankreihen hindurch und blieb neben Maria stehen. Wir setzten uns auf eine Bank an der linken Seitenwand ziemlich weit vorn. Einmal erkannte ich den Fischer mit der Schirmmütze im Mittelgang, er sah unschlüssig zu uns herüber. Als ich das nächste Mal in die Richtung blickte, war er nicht mehr zu sehen.

Tosender Applaus brandete auf, als Antonio Ruiz von hinten her den Altarraum betrat. Der Flügel stand auf einem roten Teppich, links erhob sich die aus Holz gezimmerte Kanzel so weit in die Höhe, dass die Brüstung vom Schein eines hinter der Klaviatur stehenden vielarmigen Leuchters kaum mehr erhellt wurde. Für einen Moment empfand ich selbst Nervosität. Ein Schauder schien den jungen Mann zu überlaufen angesichts der Masse von Besuchern, mit denen er nicht gerechnet hatte, vielleicht fror er auch nur unter seinem schwarzen Rollkragenpullover und der dünnen Stoffhose, während die meisten Zuhörer Jacken trugen. Einige Frauen hatten sich verzierte Wolldecken über die Schultern gelegt.

Antonio verbeugte sich.

Maria sah mich an. »Ich will nicht, dass du dich in mich verliebst.« Sie griff nach meiner Hand.

Bereits der erste Akkord, den Antonio anschlug, war falsch, als mächtiger Klang erfüllte die ungewollte Dissonanz den Altarraum, das Kirchenschiff, ließ das Publikum zusammenzucken und fiel auf den Pianisten zurück: Nun wirkte es, als wolle sich Antonios hoch aufgerichtete Gestalt durch einen engen Spalt zwängen. Sein Schatten, von einer ungünstig hinter dem Instrument positionierten Lampe erzeugt, schwankte über dem Zuschauerraum, größere Armbewegungen waren noch an den Wänden und bis zur Decke hin nachvollziehbar. Wahrscheinlich bedeutete auch für Antonio selbst der starke seitliche Lichteinfall eine beträchtliche Irritation. Er spielte weiter, mit zitternden Fingern.

Im Schatten hinter der Kanzel meinte ich den steinernen Sarkophag erkennen zu können, in dem die körperlichen Überreste von Nicolás Domenico Ferrer ruhen sollen, dem *Capitán* der *Santa Barbara*. Angeblich wurde der Grundstein der Kirche genau an jener Stelle gelegt, an dem der Kopf des bei einem Scharmützel mit indianischen Ureinwohnern von spanischer Kugel niedergestreckten Seefahrers zu liegen kam. Fast acht Jahre ruhten die Gebeine in der Krypta der *Iglesia*, die sich schnell zum Zentrum des bescheidenen Dorflebens entwickelte. Im Jahr 1581 wurde der Sarg des Kapitäns auf Geheiß eines Priesters aus der Kirche geschafft: Die *Iglesia* sei nicht nach ihm, dem Eroberer, sondern nach dem Heiligen Nikolaus von Myra benannt. Zudem handle es sich bei dem ermordeten ersten *Capitán* der Insel zwar sehr wohl um einen Helden, nicht aber um einen Märtyrer im strenger aufgefassten Sinne des Wortes – ihn als solchen zu bezeichnen käme einer Profanisierung des Begriffes, letztlich einer Gotteslästerung gleich. Das Oberhaupt von Mondariz wurde zu keiner Zeit als Bürgermeister, Gouverneur oder gar Vizekönig bezeichnet, sondern als *Capitán*: Man sah sich in der Tradition der Seefahrer. Auch als an ein Verlassen der neuen Heimat längst nicht mehr zu denken war, hielt man die Verbindung aufrecht. Den ersten *Capitán* der Insel umzubetten und ihn dadurch seines fast mythischen Status zu berauben, bedeutete schon von daher auch für den Amtsinhaber eine unerträgliche Provokation. Waren die Spanier etwa nicht als Missionare auf die Insel gekommen? War Ferrer nicht während eines gottgefälligen Gangs hinterrücks von Kannibalen erschlagen worden?

Bevor die Auseinandersetzungen sich zuspitzen konnten, verschwand der Padre; er sei im Gebirge abgestürzt oder bei seinem allmorgendlichen Bad ertrunken. Bei Anhängern hielt sich hartnäckig das Gerücht, der Geistliche sei verschleppt und im Ruderboot auf offenem Meer ausgesetzt worden. Der amtierende *Capitán* jedenfalls gab jenen Sarkophag in Auftrag, der bis heute die Seitenwand des Chores hinter der Kanzel dominiert. Im Blitzlicht eines Fotoapparates traten dessen Umrisse jetzt überdeutlich aus dem Schatten der Kanzel hervor – nur um sich im nächsten Augenblick wieder im vagen Halbdunkel einer Hinterbühne aufzulösen.

Auf Antonios Stirn stand ein schimmernder Schweißfilm. Für einen Moment gelang es mir, die Klangkaskaden von dem Bild zu lösen, Klang und Nachhall fielen in immer neuen Kombinationen ineinander, als bilde der Schall Wirbel, die noch bis in den letzten Winkel des Kirchenraumes vordrangen. Nach einer Weile schien es mir, als habe sich der Pianist gefasst. Doch auch dann wirkte sein Spiel auf mich unsicher, Läufe waren ungleichmäßig, Linien schlecht geführt, die *Pathétique* von Beethoven verlor sich in ihrem eigenen Echo, ohne dass die Wucht von Klage und jugendlichem Aufbäumen je spürbar geworden wäre.

»Sind Sie jetzt gekränkt?«, flüsterte Maria mir zu.

Ich wusste nicht, was sie meinte.

Ich dachte daran, dass wir damals von Bolivien aus nach Mondariz gereist waren, du wolltest dich treiben lassen. In La Paz mieteten wir Fahrräder und fuhren grünen Autos hinterdrein, egal wohin. In einer Kneipe am Hafen hörten wir zwei Fischer über eine kleine Insel sprechen, sie wollten am frühen Morgen aufbrechen. Wir sahen einander an. Einer erzählte dem anderen von einem Vetter, der bei einer Lotterie ein Auto gewonnen hatte. »Man versucht sein Glück nicht zweimal«, hatte er den Vetter gewarnt. »Das bringt Unglück.« Wenig später hatte der in der gleichen Lotterie erneut gewonnen; nun weigerte er sich, auch nur eines der beiden Autos zu verleihen – »nur damit du Weiber beeindrucken kannst …«

Wir interessierten uns für die Insel und fragten, wie lange die Reise dauern würde. Innerhalb weniger Minuten beschlossen wir mitzufahren und feilschten mit den Fischern um den Preis.

»Hören Sie zu?«, fragte Maria leise.

Ich öffnete die Augen. In einer der vorderen Reihen erkannte ich die Mutter des Pianisten, die den Kopf gewendet hatte und aus den Augenwinkeln in meine Richtung sah. Ich wiegte im Takt den Kopf.

Damals standen wir gemeinsam vor dem Grabmal, wir hatten uns in die *Iglesia* vor einem Unwetter förmlich geflüchtet. Unsere Kleider waren durchnässt. Die ganze Kirche hallte wider vom Rauschen des Regens, nahe dem Eingang stand eine Gruppe älterer Frauen und blickte auf die Gasse. Du fuhrst mit der Hand über den Stein. An einer Stelle war von der Tafel mit der Inschrift eine Kante abgesprungen. Die Tür der Sakristei öffnete sich und der Geistliche erschien im Kirchenraum, in schwarzem Umhang. Er blieb neben uns stehen und sah uns an, als versuche er uns wiederzuerkennen. Er sprach mit gedämpfter Stimme. Der Sarkophag sei seit Jahrhunderten ein Wahrzeichen nicht nur der Kirche, sondern der gesamten Insel, erklärte er. – »Halten Sie Nicolás Ferrer etwa auch für einen Heiligen?«, fragtest du. Don Miguel hatte uns die Geschichte von der Landung der Spanier erzählt. Erkannte Ungerechtigkeit machte dich traurig; du konntest es nicht begreifen, dass andere Menschen darüber hinweggingen, selbst wenn auch die Folgen eines Unrechts längst in die Geschichte eingewachsen waren. Der Padre suchte nach Worten. »Die Kirche von Mondariz versteht sich seit jeher als Teil der Heiligen Kirche in Rom«, erklärte er schließlich. »Auch wenn es über Generationen keinen Kontakt zum Vatikan gab, so bot doch gerade diese Zugehörigkeit den Inselbewohnern Halt. Können Sie sich vorstellen, welchen Versuchungen eine kleine Gemeinschaft ausgesetzt ist, die in völliger Abgeschiedenheit auf sich selbst gestellt ist?«

»Ist es dieser Halt wert, dass man einen Mörder zum Heiligen erklärt?«

War das Unrecht schon nicht zu sühnen, so bestand eine zusätzliche Schändung der Opfer darin, deren Schicksal zu leugnen, so empfandst du wohl.

Der Geistliche erschrak wie über ein Sakrileg.

»Als wäre die Geschichte das Buch der Wahrheit beim Jüngsten Gericht«, sagte ich dir später. Manchmal lachte ich über dich, manchmal stiegen mir Tränen in die Augen, weil ich dich liebte.

Du warst geschockt. Eine Zeitlang schwiegen wir uns an.

Als wir das nächste Mal in die Kirche kamen, war sie leer. Wir hielten uns an den Händen. Manchmal drehtest du dich um, aus Angst, jemand könnte uns sehen.

Als Antonio vom Flügel aufstand, klatschte ich als Erster in die Hände. Ich wischte mir die Augen, mein Blick war verschwommen. Ich versuchte, mir die letzten Takte vorzustellen, deren Echo erst jetzt von Applaus übertönt wurde. Der Pianist verbeugte sich, für einen Moment begegneten sich unsere Blicke: Ein schüchternes Lächeln spielte um seine Lippen.

Er verließ die Bühne.

Maria sah mich fragend an.

Ich lächelte ihr zu, nickte.

Als Nächstes standen Variationen von Mendelssohn auf dem Programm, die wohl zu den Klaviervariationen Coimbras überleiten sollten. Hatte ich mich an die Akustik gewöhnt, an die spärliche Beleuchtung, die im Halbdunkel verborgenen Gemälde? Die Atmosphäre einer gewissen Entrücktheit kam inzwischen wohl auch der Musik zugute. Als Kind hatte ich mir im Theater manchmal vorgestellt, dass meine eigenen Gedanken das Wohlbefinden der Schauspieler und ihre Leistung beeinflussten: Je mehr ich mich einem Mimen überantwortete, desto freier wurde er, desto tiefer sein Eintauchen in die Rolle; meine Mutter arbeitete selbst eine Zeit lang als Bühnenbildnerin, manchmal schien es mir, als spielten die Darsteller nur für mich. Als du damals auf Mondariz sagtest, du wolltest Schauspielerin werden, dachte ich an meine Kindheitsvorstellung zurück – als könnte ich noch einmal Kind sein in deiner Gegenwart, als kämst du in so umfassendem Sinn mit mir in Kontakt, dass alle Zeiten sich wie unter einem Brennglas vor dir bündelten. Mit genügend Konzentration, so hatte ich mir als Kind ausgemalt, müsste es möglich sein, die Linearität des Lebens zu überwinden, zu springen: von der Gegenwart ins Erwachsenenalter, bis an den Rand des Todes und wieder zurück. Wahrscheinlich sprangen auch meine Großeltern oft, sie erzählten so viel von ihrer Vergangenheit.

Die Variationen bauten sich auf, wurden virtuoser, inzwischen hatte Antonios Spiel eine Leichtigkeit angenommen, die ich zu Beginn des Konzertes nicht für möglich gehalten hätte. Selbst seine Bewegungen, als Schatten über dem Auditorium schwebend, wirkten durchlässig, nahezu mühelos.

Damals erschrakst du über einen Schatten, der sich von hinten über den Sarkophag legte, als du ihn betrachtetest. Du fuhrst herum, kein Mensch war in deiner Nähe zu sehen.

Als du mir später davon erzähltest, machte ich eine wegwerfende Handbewegung. »Auch hier gibt es keine Geister mehr«, behauptete ich. »Sie sind mit Aufkommen des Tourismus abgeschafft worden.«

Ausgerechnet Miguel Gomez ergriff Partei für dich: »Es sind im Gegenteil gerade Touristen, die immer wieder von seltsamen Begegnungen berichten«, erklärte er. »Wir Einheimischen haben kein Gespür mehr dafür.«

Auch die indianische Opferkammer im Gebirge mit drei vollständig erhaltenen Skeletten sowie Waffen und Opfergaben der letzten Ureinwohner sei nicht etwa von einem Einheimischen, sondern von einem *gringo* gefunden worden: »Touristen erspüren Atmosphären oft feinfühliger als wir. Wir Alteingesessenen haben uns an die Eigenheiten der Insel so vollständig gewöhnt, dass sie in unserm täglichen Leben aufgehen.«

Ob Miguel diese Einschätzung auch heute noch vertreten würde? Die Evakuierung und die damit verbundene massive Auswanderungswelle haben die Insel verändert, ihr viel von der alten Zuversicht genommen. Die Selbstverständlichkeit, mit der die Dorfbewohner ihren Verrichtungen nachgingen, während wir in den Tag hineinbummelten, verblüffte uns manchmal: Als vertrügen sich menschliche Alltagsgewohnheiten und damit verbundene täglich erneuerte Rollenzuschreibungen nicht mit der Begrenztheit des Lebensraumes und der ihr gegenübergestellten Endlosigkeit des Meeres. Heute scheint es, als empfänden auch die Dorfbewohner den Widerspruch; alte Gewissheiten gelten nur noch bedingt.

Mit großen Bewegungen bereitete der Klavierspieler die Schlussläufe vor. Manchmal beugte er sich so weit nach hinten, dass mich das Licht der hinter ihm stehenden Lampe frontal traf: Ich hielt mir die Hand vor die Augen. Dann wieder schwankte der Körper so weit nach links, dass der Schatten den ganzen Kirchenraum erfasste – kollektiver Schauder erfasste das Publikum. Während der letzten Takte schien es mir, als gelinge es dem Pianisten, den Klang mit seinem Echo zu versöhnen, als könne er auch den Widerhall in seine Interpretation noch einbinden; die Musik kehrte zur stillen und elegant-bescheidenen Schwermut des Anfangsthemas zurück.

Antonio stand auf und verschwand noch vor Einsetzen des Applauses hinter der Kanzel im Altarraum.

Bravorufe waren zu hören.

Ich sah Antonio neben dem Sarkophag des einstigen Kapitäns stehen, vornübergebeugt, die Linke an den Mund gepresst. In seiner dunklen Kleidung war er kaum zu erkennen, er nickte einem Mann in einfacher Arbeitskleidung zu, worauf der auf die Bühne ging und den hohen Kandelaber auf die andere Seite des Klavierstuhls stellte, was allgemein mit Kopfnicken und einem zusätzlichen Anschwellen des Applauses quittiert wurde. Als sich Antonio wieder an den Flügel setzte, fiel sein Schatten auf den Altar, während er selbst, die Kanzel, sogar das Grabmal im Hintergrund deutlich zu erkennen waren. Während der Klaviervariationen von José Diego Coimbra machte sich im Zuschauerraum eine geradezu leblose Stille breit: nicht allein Schweigen, nein, Erstarrung. Kein Husten, kein Fußscharren, kein Knarren der Holzbänke. Das Auditorium saß mit gereckten Hälsen. Der Pianist schien vom Urheber zum reinen Betrachter der eigenen Handlungen geworden zu sein: Er wagte kaum zu atmen, verfolgte gebannt die Entwicklung der Musik, den schlichten Gesang zweier Stimmen, gesetzt für Klavier. Alles Ausladende, alles Exzentrische seiner Gestik war jetzt zurückgenommen.

Ich habe den Zyklus selbst gespielt. Damals, als wir

beide auf Mondariz waren, maß ich der Partitur wenig Bedeutung bei; erst später, als ich die Veränderung in dir bemerkte, entsann ich mich des Manuskripts und fing, vor dir verborgen, zu üben an. Nicht dass ich es zu dieser Zeit schon für möglich gehalten hätte, dass es zum endgültigen Bruch kommen würde. Dennoch hoffte ich, dich daran erinnern zu können, was wir einander bedeutet hatten. Zunächst stand die Musik für mich im Hintergrund, sie illustrierte meine Erinnerungen an dich, an unsere gemeinsame Reise, an Mondariz. Erst als ich im Spielen sicherer wurde, begann das Stück seine eigene Faszination zu entwickeln, ich hatte lange nicht mehr musiziert, genoss die unbekannte Klangwelt und auch die tiefe Melancholie, die den ganzen Zyklus zu durchdringen schien. Keine andere Kunstform kann Schmerz erfüllender darstellen als Musik; in der Musik wird Trauer schön. Musik kann die Klage der Welt ausdrücken und eine Ahnung von Unendlichkeit vermitteln.

Das Thema ging in die erste Variation über, nach und nach traten Nebenlinien den beiden Hauptstimmen zur Seite, diese mehr und mehr überwuchernd, als drängten sich immer neue Assoziationen in den schweifenden Fokus des Bewusstseins. Damals wohnten wir im Hotel, schon als Kind hättest du dich nach der Weite des Meeres gesehnt, sagtest du, immer wieder malten wir uns aus, wie wir unser gemeinsames Leben gestalten würden. Du wolltest am Wasser wohnen, von unserem Zimmer aus überblickten wir das Dorf und nach Osten hin das Meer bis zum Horizont. Nachts ließen wir die Vorhänge offen und sahen zum Himmel auf, manchmal, wenn du schliefst, rückte ich einen Stuhl ans Fenster und blickte zum Hafen hinab, wo Boote sich auf dem Wasser wiegten. In wenigen Tagen würden wir abreisen. Ich empfand unser Glück durchdringend wie einen Schmerz.

Die Musik schwillt an: Eine Frau in der ersten Reihe hat ihr Gesicht in die faltigen Hände gelegt, ein Mann stützt den Oberkörper auf seinen Stock.

Als die Seeleute der *Santa Barbara* den felsigen Grund der Insel betraten, begrüßten die Einheimischen sie wie Erlöser, wie die personifizierte Antwort auf ihre Gebete. Es hatte seit Wochen nicht geregnet, vor der Ankunft hatte der *cima* eine Rauchwolke ausgestoßen, die die ganze Insel für Stunden verhüllte, Nacht und Tag. Der Kapitän bot Glasperlen an und Wein in Schläuchen, für die Spanier war es nicht einmal sicher, ob sie es mit Menschen zu tun hatten, mit Untermenschen oder mit Tieren; dennoch vergewaltigten sie in Massen die leicht bekleideten schönen Frauen, nachdem am dritten Tag offener Kampf ausgebrochen war. Später erklärte man, die Insel sei unbewohnt gewesen, als die Spanier sie in Besitz genommen hatten.

Die Musik wird dichter, von den Wänden hallen weitere Seitenstimmen wider, womöglich hat der Komponist das Stück gerade für diesen Ort komponiert, für eine Akustik, in der das Gebäude sich am Auftürmen immer neuer Klänge beteiligt, das Grundgerüst der Komposition sprengend und gerade dadurch paradoxerweise bestätigend: Selbst das Untergründige, auch vom Komponisten nur Angedeutete, formt sich aus, Takt gegen Widertakt, Ton gegen Echo.

Ich kenne den Zyklus so gut, dass ich jetzt dem Höhepunkt, dem emotionalen Zentrum entgegenfiebere, Maria neben mir hat sich weit aufgerichtet und blickt nicht etwa zum erleuchteten Altarraum, sondern zur Decke: Das Gebäude reicht so weit empor, dass sich die Stützpfeiler in vagem Halbdunkel verlieren. Señora Batani sitzt neben der Sakristei, damals gab es ihren Laden noch nicht. Don Miguel ist alt geworden, in diesem Moment denke ich, dass er bald sterben wird. Antonio blickt sich noch immer schweigend und ernst dabei zu, wie unter seinen Händen Musik entsteht, sein Oberkörper ist vorgebeugt, so dass seine Arme, seine Finger immer größeres Gewicht in die Tasten leiten: lauter und lauter, verschlungener, in sich selbst versponnen. Warum bist du nicht hier?, denke ich und denke an deine Rücksichtnahme auf fremde Menschen, die damals noch keine Zurückhaltung war, in einem Zugabteil zogen wir uns gegenseitig auf unseren Sitzen fast aus. Wenn wir uns einmal verlieren würden wie Familien auf der Flucht – Mondariz wäre der Ort, sich wiederzufinden, unsere Insel, der Ort unserer Liebe. Als die Stelle der Geisterstimme erreicht ist, beginne ich zu singen, leise zunächst, doch schnell vom eigenen Echo unterstützt, Antonio am Flügel – der Junge von damals, der errötete, wenn er dich sah – hat die Augen geschlossen, durch mich hindurchfließend erfüllt jetzt wieder das Hauptthema die Kirche, seltsamer Klang, der dem eher punktuellen Klang des Klaviers wie eine durchgängige Bewegung, wie weit ausgreifender Wind gegenübersteht. Manche Besucher blicken um sich; andere halten den Atem an. Maria zuckt zusammen. Über das Gesicht des Pianisten läuft ein undeutliches Lächeln, gleichzeitig ziehen sich die Augenbrauen in äußerster Konzentration zusammen. Für einen Moment meine ich, zurückgeworfen vom Eingangsbereich, auch Antonios Stimme erkennen zu können – da bricht der Einsatz des vom Komponisten über dem Klaviersystem unspielbar notierten Hauptthemas wieder ab. Noch Sekunden später spukt ein Echo meiner Stimme durch die Winkel des hohen Steinbaus, mich schwindelt. Ich lasse den Oberkörper nach vorn sinken, stütze mich auf die Schenkel. Undeutlich spüre ich Marias Hand auf meiner Schulter. Speichel läuft mir im Mund zusammen, mein Magen verkrampft sich. Mit der Beruhigung der Musik lässt auch mein Speichelfluss etwas nach; dennoch stehe ich schon mit den letzten Tönen von meinem Platz auf; aus Angst, mich zu übergeben, laufe ich durch den Seitengang zur Tür und stürze ins Freie.

Es ist Nacht geworden.

Wind streicht durch die Gassen.

Aus der *Iglesia de San Nicolás* ist frenetischer Beifall zu hören.

Doktor Álvarez' Praxis ist eingerichtet wie früher, nur Fotos an den Wänden, die die damals freigelegte Grabkammer unter dem *cima* zeigen, verändern den Eindruck.

Señora Álvarez am Empfang fragte mich nach meinem Namen. Es war Vormittag.

Ich sei nicht als Patient hier, sagte ich. Ob ich später wiederkommen solle.

Sie musterte mich. Wenn ich im Raum nebenan Platz nehmen wolle – es werde nicht lang dauern.

Im Wartezimmer saß eine alte Frau mit spitzer Nase, die von feinen Äderchen durchzogen war. Sie grüßte mich. Auf einem Tischchen lagen ältere Ausgaben von *El Païs* und ein paar Nummern von *Time*. Ich setzte mich und betrachtete die Bilder an den Wänden.

Es dauerte fast eine Stunde, bis Señora Álvarez den Kopf durch die Tür streckte; ihr Mann sei jetzt fertig. Ich stand auf und folgte ihr durch einen schmalen Flur ins Behandlungszimmer.

»Haben Sie es sich doch noch überlegt?«, fragte mich der Arzt. »Sie wollten sich doch zunächst nicht untersuchen lassen.«

Ich machte eine abwehrende Handbewegung. Es gehe mir gut.

»Hat Ihnen das Konzert denn nicht gefallen?«, fragte er. »Sie waren gar nicht mehr zu sehen danach.«

»Ich bin nach Hause gegangen. Ich wollte allein sein.«

Der Arzt sah mich aus großen Augen an.

»Ich habe über die archäologischen Funde nachgedacht«, sagte ich. »Ein Felsrutsch, nicht wahr?«

Er nickte.

»Was ist daraus geworden?«, wollte ich wissen. »Kann man die Kammer besichtigen?«

Señor Álvarez wiegte den Kopf.

Er war einer der ersten, die mit einer Strickleiter vom *cima* hinabstiegen und durch den freigelegten Spalt ins Innere des Felsens kletterten. Während die Decke der Grotte sich gegenüber der Höhe des Einstiegsspalts nur leicht absenkt, führt der Boden in treppenartigen Absätzen etwa einen Meter in die Tiefe.

Drei Skelette lagen in der Grotte. Nahe dem Eingang die Knochen eines mittelgroßen Menschen, einer Frau: Sie krümmte sich gegen die Wand, ihr rechter Arm wies zum Eingang, die Hand war mit Fell umwickelt, das zu ihren Lebzeiten vielleicht einmal als Verband gedient hatte. Ebenfalls in das Fell eingewickelt war ein kleiner Säbel, zweifellos eine Waffe der Spanier. Am Tag ihres Todes muss der Anblick blutig gewesen sein; mit bloßen Augen ließen sich Einkerbungen auf der Innenseite der Halswirbel ausmachen. Auch als ihre Kehle, die Luftröhre, Muskeln und Sehnen längst zerfetzt waren, schlug der Mann mit seinem Beil noch immer auf die klaffende Wunde ein. Sein eigenes Skelett lag in der Opferkammer, die Arme als Verlängerung des Körpers über den Kopf nach Osten hin gestreckt. Das Beil – ein Holzschaft mit eingeklemmtem Faustkeil – lag neben ihm am Boden.

Auf einem halbmeterhohen unbehauenen Steinblock ruhten in der Mitte der Kammer die Überreste eines kleinen Kindes: Der Körper war – parallel zu den Knochen des Mannes am Boden – bäuchlings ausgestreckt, der Kopf wies in Richtung des Eingangsspaltes nach Osten, die Arme waren der Morgensonne entgegengereckt. Der Schädel war nicht etwa eingeschlagen, sondern kunstfertig und ohne größere Kanten aufgesägt, sodass das austretende Blut sich vor Jahrhunderten in der wie eine Schale zwischen den Ärmchen liegenden Schädeldecke gesammelt haben muss, überquoll und als zähflüssige Masse den Stein hinabrann.

Die Skelette waren gut erhalten. An manchen Stellen – an den Unterarmen der Frau, an ihren Lenden – waren Stoffreste zu erkennen. Um den Arm des Mannes war ein Lederbeutel geschlungen.

Trotz einer plötzlichen Scheu zog Doktor Álvarez seinen Fotoapparat aus der Tasche. Es war fast vollständig dunkel. Blitzlicht riss die Szenerie für Sekundenbruchteile aus ihrer Düsternis. Wind strich über das Gebirge. Manche Böen konnte der Arzt in der Grotte spüren, als Druckunterschied, als Wechsel in der Atmosphäre. Wieder und wieder zuckten seine fotografischen Blitze auf, als nehme ein Unwetter im Innern des Berges seinen Anfang. Wie zur Beantwortung rollte vom Meer her Donnergrollen über die Insel. Die ersten Sonnenstrahlen des Morgens fielen auf die Hand der Frau am Eingangsspalt. Wenig später wurde der Steinsockel in der Mitte der Kammer von Licht erfasst, während die Wände der Höhle und ihre Decke noch immer im Dunkel lagen.

»Die Grotte lieferte einen weiteren Beweis für das Aufeinandertreffen der beiden Kulturen – die zweifellos indianische Frau hielt einen spanischen Säbel in der Hand. Es gab damals Bemühungen, die Fundstücke zu schützen: Don Miguel versuchte, Kontakt zu ausländischen Universitäten herzustellen. Ich selbst setzte mich dafür ein, den Felsspalt zu versiegeln.«

»Was ist passiert?«, fragte ich.

Doktor Álvarez zögerte. »Die Skelette verschwanden nach und nach. Schauen Sie!« Er zog aus der Schreibtischschublade ein Foto. Es zeigte einen mit Sprühfarbe an die Höhlenwand gemalten Kopf, dessen Schädeldecke wie der Deckel eines Gefäßes offenstand. Rote Strahlen quollen daraus hervor, in der Mitte des Spaltes glühte eine gelbe Sonne. »Heute wird dieses Graffiti vom einfallenden Lichtkegel erleuchtet, selbst der Steinsockel wurde ja aus der Höhle geschafft.« Er reichte mir einen Stoß weiterer Fotografien. »Die ganze Grotte ist mit Kritzeleien bedeckt.«

Im Hinausgehen traf ich noch einmal seine Frau.

»Wollen Sie mit uns Kaffee trinken?« Das Gurgeln der Maschine war zu hören, angenehmer Duft verbreitete sich im Raum.

Ich schüttelte den Kopf. »Gerne das nächste Mal«, sagte ich.

»Hat er Ihnen auch die neueren Aufnahmen der Grotte gezeigt?«, fragte sie. »Hier in der Praxis hängen ja nur Bilder, die die Kammer im Urzustand zeigen. Mein Mann hat die Fotos damals selbst gemacht. Wissen Sie das?«

Ich nickte.

»Ich mag das Graffiti mit dem aufgesprungenen Kopf und der Sonnendarstellung«, sagte sie.

Sie goss sich eine Tasse Kaffee ein.

»Sueños«, murmelte sie mehrfach, »Träume …«

Ich begegnete Maria an der Strandpromenade. »Hat Ihnen das Konzert nicht gefallen?« Der Himmel war von einem weißen Dunstschleier bedeckt, Wind wehte, die Sonne sah aus wie eine große milchig glänzende Scheibe. Ich wollte schwimmen gehen, Maria begleitete mich in Richtung Sandstrand nach Süden.

»Antonio hätte sich gern bei Ihnen bedankt. Sie waren nicht mehr zu sehen.«

»Ich war müde«, antwortete ich.

»Die Musik hat Sie berührt, nicht wahr?«

»Ja.«

Wir zogen die Schuhe aus und gingen barfuß über den Sand. Südlich der Via Umbria ragen neben der Promenade verschieden hohe Klippen und Felsvorsprünge auf, hinter denen der Sandstrand sich vom Fußweg entfernt. Manche Gesteinsformen bilden windgeschützte Kammern, in denen früher bei schönem Wetter gegrillt wurde.

»Heute sind zu wenig Touristen hier«, erklärte Maria. »Eigentlich verbringen nur ausländische Familien ganze Tage am Strand.«

»Warum kommen nur noch so wenige Fremde?«

»Vielleicht ist ihnen die Atmosphäre zu düster, seit im Dorf so viele Häuser leer stehen«, mutmaßte sie. »Finden Sie die Atmosphäre düster?«

Ich zögerte. »Es ist mir nicht in den Sinn gekommen.«

»Als ich ein Kind war, behauptete meine Mutter, das Meer sei salzig, weil es aus Tränen bestehe«, sagte Maria, als wir nebeneinander gemeinsam auf meinem Handtuch saßen. »Dabei war sie gar keine traurige Frau. Meine Mutter hat mich allein großgezogen, haben Sie davon gehört?«

Ich schüttelte den Kopf.

»Niemand im Dorf wusste, wer mein Vater war. Können Sie sich vorstellen, was das in der geschlossenen Welt von Mondariz bedeutete? Die älteren Menschen gehen noch heute fast täglich beichten, man hat sehr traditionelle Vorstellungen von Ehe und Familie.«

Ihr Gesicht wurde lebhaft. »Meine Mutter ist immer mein Vorbild gewesen, eine starke und kluge Frau. Meine Tante und zwei Onkel kamen oft zu Besuch, wir haben viel gelacht in meiner Kindheit. Ich habe gar nicht gemerkt, dass ich keinen Vater hatte.«

Unsere Hände berührten sich.

»Wo ist Ihre Mutter jetzt?«, erkundigte ich mich.

Sie zögerte. »Sie ist vor zwei Jahren gestorben. Sie war sehr krank. Doktor Álvarez riet ihr, sich in Europa in Behandlung zu begeben. Sie wollte Mondariz nicht verlassen.« Um ihre Rührung zu verbergen, wandte sie das Gesicht ab. Sie lachte halb entschuldigend über sich selbst. Wir sahen uns an. Für einen Moment erschrak ich fast über ihre Verletzlichkeit.

»Mutter bekam starke Schmerzmittel. Freunde kamen zu Besuch, sie saß auf Kissen gestützt im Bett. Auf dem Nachtschrank und auf dem Tisch standen Vasen mit Blumen und Geschenken: ein gerahmtes Kinderbild etwa oder ein Topf mit Münzen. Mutter lachte darüber – der Aberglaube soll so alt sein wie die Besiedlung der Insel. Mutter war Goldschmiedin gewesen, einige alte Kunden kamen aus Übersee, um sie zu besuchen, ich weiß bis heute nicht, wie sie von ihrer Krankheit erfahren hatten. Ihr Zimmer ging nach Osten, ich öffnete ihr jeden Morgen das Fenster. Nachmittags kamen Besucher. Ältere Frauen hatten die Mäntel zugeknöpft und hielten schweigend Mutters Hand. Sie schlief viel. Fremde denken oft, wir Inselbewohner seien impulsiv und spontan. Das stimmt in verschiedener Hinsicht wohl auch – trotzdem gibt es Bereiche, in denen Gefühlsäußerungen in rituelle Bahnen gelenkt werden. Man bekreuzigte sich und betete leise. Man saß der Kranken gegenüber und sah sie an. Manche Frauen hatten Strickzeug mitgebracht, das leise Klicken der Nadeln war oft über Stunden das einzige Geräusch im Zimmer.«

Maria stockte.

Wellen liefen in weitem Schwung über den Strand aus.

»Am Tag vor ihrem Tod kam sie abends zu Bewusstsein. Sie sah sich verwundert im Zimmer um, außer mir waren noch mein Onkel und die Tante da. Mutter lächelte schwach. Sie gab jedem von uns zum Abschied die Hand. Sie wirkte gelöst, fast heiter. Sie erkundigte sich bei ihren Geschwistern nach deren Kindern, die meisten meiner Cousinen und Vettern hatten Mondariz verlassen. Man umarmte sich; später berichteten die Anwesenden, wie sehr die Kraft und Gefasstheit meiner Mutter auch ihnen neuen Mut gegeben habe. Ich war die Einzige, die mit den Tränen kämpfte. Als Mutter mich in den Arm nahm, musste ich laut schluchzen. ›Du musst nicht traurig sein‹, flüsterte sie mir zu, ›sonst verliere auch ich noch die Fassung.‹ Sie lachte und weinte zugleich.«

Maria brach ab.

Minutenlang blickten wir aufs Meer hinaus.

»Ich habe mich geschämt vor meinen Verwandten«, sagte sie nach einer Weile.

Ich schüttelte den Kopf. »Ihre Mutter wird Ihnen dankbar gewesen sein, das noch einmal spüren zu können.«

Ich schwamm weit hinaus, tauchte, ließ mir Wasser übers Gesicht laufen. Maria saß am Strand und sah mir zu. Die Oberfläche spiegelte das Weiß des Himmels, ich schloss die Augen, befand mich in einer Kugel von Licht. Das Wasser war warm, sanfter Seegang wiegte meinen Körper. Die Vergangenheit lag hinter mir, in Träumen tauchten frühere Leben wohl noch auf, während meine Gegenwart im Auf und Ab der Wellen durchscheinend wurde, ich warf nicht einmal mehr einen Schatten. Die Begrenzungen waren aufgehoben, ich spürte Wellen über den Strand laufen und gleichzeitig die Krümmung der Wasseroberfläche. Alles war Licht und Wärme. Ich tauchte einem Fisch hinterher und verlor ihn gleich darauf aus dem Blick, unter dem Eindruck der körperlichen Bewegung zog sich mein Bewusstsein wieder in die Begrenztheit meines Körpers zusammen.

Maria hielt ein Taschentuch in der Hand und winkte mir damit zu.

Ein Mann ging über die Promenade auf sie zu.

Ich wankte über den Strand.

Maria hielt mir mein Handtuch hin. »Kennen Sie Javier schon?«

Der Fischer, der mit ihr auf dem Marktplatz getanzt hatte, hielt seine blaue Schirmmütze in der Hand und drehte sie nervös zwischen den Fingern.

Maria sah ihn an.

»Pedro ist tot«, murmelte er. »Er ist letzte Nacht gestorben.«

Im Dorf hatte sich die Nachricht schon verbreitet. Kirchenglocken läuteten, auf dem Marktplatz standen alte Weiber in schwarzen Kleidern und tuschelten. Señor Calotta lehnte aus dem Fenster seines Büros, die Dienstkappe schräg auf dem Kopf. Señora Batani kam mit einem Korb herbeigeeilt. Eine Gruppe älterer Frauen überquerte den Platz, was wie eine kleine Prozession aussah. Maria gab mir die Hand; ihre Finger waren kalt.

Dann lief sie dem Zug hinterher.

Ich setzte mich an einen Tisch im Freien und bestellte bei Rafael de Hostos einen Kaffee.

»Schreckliche Geschichte«, murmelte der Wirt. »Er soll über Schwindel und Übelkeit geklagt haben. Auf einmal war er tot.«

»Nimmt das Dorf immer solchen Anteil?«, fragte ich.

»Seit heute Mittag haben sich drei Menschen im Hotel erkundigt, ob ich noch Gegenstände aus der Hand des Toten besitze: Notizen, Schuldscheine, Münzen, mit denen er gezahlt haben soll. Es setzt ein richtiger Tauschhandel ein auf der Suche nach Andenken, nach letzten Zeugnissen. Viele dieser Gegenstände werden bei der Beerdigung der Mutter des Toten übergeben werden.«

Señor Calotta trat aus dem Verwaltungsgebäude ins Freie, rückte die Uniformjacke zurecht und kam über den Platz auf uns zu.

»Ich kümmere mich wohl besser noch um meine übrigen Gäste«, murmelte der Wirt und stieg die Treppe zum Hoteleingang hinauf.

»Haben Sie davon gehört?«, fragte mich der Polizist. Er lehnte sich neben meinen Tisch an die Hauswand.

Ich nickte.

»Merkwürdige Sache, nicht wahr? Wenn ich Sie richtig verstanden habe, hegten Sie einen gewissen Verdacht, dass Pedro Sie in jener Nacht zu Hause überfallen haben könnte, von der Sie erzählt haben: Sie wurden beim Öffnen der Tür attackiert?«

»Ich konnte niemanden erkennen. Es war zu dunkel. Es ging alles sehr schnell.«

»In der Nacht zuvor hätten Sie einen Streit geschlichtet, so sagten Sie?«, fuhr er fort. »In der Via Umbria, direkt vor Ihrer Haustür?«

Ich nickte.

»Pedro hätte Maria angegriffen, so haben Sie erzählt ...«

»Pedro lag auf dem Boden. Er zog Maria an sich.«

»Hat er versucht, sie zu – küssen?«, fragte der Polizist.

»Es sah so aus.«

»Hat sie sich gewehrt?«

Ich nickte.

»Und von den Umstehenden ist keiner dazwischengegangen?«, fragte er.

»Ich stand am nächsten. Die beiden lagen buchstäblich vor meiner Haustür. Ich habe Pedros Arm gepackt. Maria ist aufgestanden.«

»War sie –«, – der Polizist sah mich aufmerksam an – »war sie vollständig bekleidet?«

»Ja.«

»Was ist dann passiert?«

»Javier hat auf Pedro eingetreten, der noch immer am Boden kauerte.«

»Mehrmals?«

Ich nickte. »Ich dachte, Pedro sei ohnmächtig geworden. Danach sind die beiden Arm in Arm die Gasse hinunter zum Strand gegangen.«

Señor Calotta legte die Hand auf den Tisch und klopfte leise mit den Fingern auf die Platte. »Die beiden sind also miteinander, Arm in Arm, wie Sie sagen, zum Strand gegangen – obwohl Javier doch unmittelbar zuvor auf Pedro eingetreten haben soll. Merkwürdig, finden Sie nicht?« Er warf mir einen abschätzenden Blick zu. »Und in der darauffolgenden Nacht wurden Sie in Ihrer Haustür angegriffen – und vermuten, dass Pedro der Angreifer war?«

»Ich weiß es nicht.«

»Wie hat Ihnen das Konzert in der *Iglesia* gefallen?«, fragte er unvermittelt. »Sie verstehen doch etwas von Musik ...«

»Es war schön«, antwortete ich vage.

»Ihr Verhalten ist manch einem Besucher – wie soll ich sagen? – etwas ungewöhnlich vorgekommen. Sie haben an einer Stelle sogar gesungen, habe ich das richtig gehört? Und sind dann vorschnell ins Freie gerannt?« Er beugte sich über den Tisch, stützte sich auf der Tischplatte ab. Er musterte mich.

»Was ich gesungen habe, ist Teil des Musikstücks: Es ist

sogar vom Komponisten notiert, obwohl man es auf dem Klavier nicht spielen kann. Fragen Sie Antonio danach.«

Señor Calottas Atem roch nach Fisch.

Ich lehnte mich zurück.

»Und fragen Sie Maria, was sich vor meiner Haustür in besagter Nacht ereignet hat.«

Der Polizist lächelte. »Ich habe Ihnen schon einmal gesagt, dass ich mich umhöre, eigentlich ununterbrochen.« Er richtete sich auf und rückte die Kappe auf seinem Kopf zurecht. Zwei Kinder waren hinter ihm stehengeblieben und sahen aus großen Augen zu ihm auf. »Kugelfisch …«, murmelte ein Junge und blickte hinter Señor Calottas Hosenbein hervor in meine Richtung.

Ich blies die Backen auf und wandte mich zu den Kindern um. Ihr Lachen war so ausgelassen, dass ich selbst zu schmunzeln begann. *»Pez globo«*, riefen sie durcheinander und wiesen mit den Fingern abwechselnd auf mich und den Polizisten.

Señor Calotta schob die Kinder mit dem Bein ärgerlich von sich.

Er räusperte sich. »Kommen Sie doch bald wieder vorbei. Sie wissen ja, wo mein Büro ist …« Damit wandte er sich ab und ging an den Kindern vorbei über den Platz.

Ich saß bis zum Abend an meinem Schreibtisch. José Diego Coimbra wurde von der Idee der »Geisterstimme«, wie ich die zwar notierte, aber nicht zu spielende Melodie in der Mitte der Klaviervariationen genannt habe, in der

Folgezeit nicht mehr losgelassen: Es gibt Stücke, in denen die unhörbare, nur gedachte »Schattenmusik« im Bild der Partitur mehr Platz einnimmt als tatsächlich zu spielende Noten. Mit einem Mal kam es mir wieder vor, als löse sich ein Schleier, als sehe ich nicht allein verschwimmende Noten vor mir, sondern höre Musik, ja mehr noch: als erahne ich den Impuls, der dieser merkwürdigen Ideenwelt zugrunde lag. Auf einmal sah ich wieder die Entwicklungslinie, die von den Klaviervariationen über die Streichquartette bis zur *Sinfonía de la Fraternidad* (»Brüderlichkeits-Sinfonie«) führt, an deren Anfang für jedes einzelne Orchesterinstrument Motive notiert sind, Phrasen, Melodien, die vom Komponisten allerdings als »nur gedacht« bezeichnet werden. Zum ersten Mal seit Tagen schien es mir, als könne ich das Eigentümliche dieser Musik nicht allein konstatieren, sondern es gewichten, es einordnen, es würdigen: Hatte ich es nicht selbst erlebt? War ich nicht selbst von diesem Sog musikalischer Bilder mitgerissen worden, hatte ich mich ihm nicht überantwortet während des Konzertes in der Iglesia? Vor diesem Ereignis war ich mir als Betrüger vorgekommen, als akademischer Scharlatan. Jetzt las ich die Partitur in einem Gefühl der Gespanntheit, der Neugierde.

Als Erstes löst sich eine Flötenstimme aus der stummen Fülle, nach und nach das Streicherensemble und die übrigen Holzbläser, bis mit Blechblasinstrumenten und Schlagwerk endlich das ganze Orchester aus der Tiefe aufsteigt und die Oberfläche zum tatsächlich Hörbaren übertritt. Das ganze Stück thematisiert durch Aufsteigen beziehungsweise Zurücksinken genau jene Oberfläche, die die Grenze zwischen Wahrnehmbarkeit und reinem Gedanken bezeichnet – als könne das eine ohne den Unterbau des anderen gar nicht existieren. An manchen Stellen scheint es, als deute sich ein Gedanke unterhalb der Bewusstseinsschwelle erst zaghaft an, beginne sich auszuformen, bis er dann, Minuten später, manchmal aber auch in unmittelbarer Folge, als klare musikalische Formulierung in die erklingende Musik eingeht. Andererseits wirkt soeben Gehörtes im Bereich der »Musik unterhalb der Musik« oft noch nach, während doch der Strom des Hörbaren sich längst anderen Gedanken zugewendet hat; ich wollte die Wechselwirkungen in den nächsten Tagen genauer untersuchen. Fest stand schon jetzt, dass Coimbra, der die meisten seiner Stücke ohnehin nicht in der Hoffnung, sie aufgeführt zu hören, geschrieben haben dürfte, den Mangel als Anregung aufgriff: Kein praktizierender Musiker oder Dirigent wäre je auf die Idee verfallen, notierte Musik in hörbare und nur vorgestellte Stimmen zu unterteilen. Auch scheint es, als habe diese eingezogene Grenze dem Komponisten im Laufe der Zeit zusätzliche Freiheiten ermöglicht: Während die Geisterstimme in den Klaviervariationen noch als ein zusätzlicher Kontrapunkt auf der durch die anderen Stimmen vorgegebenen tonalen Ebene angelegt ist, scheint in der Sinfonie hinter dem Klang oft eine der Harmonie fremde Gegenwelt auf. Gerade an dramatischen Hochpunkten entsteht so eine virtuelle Bitonalität, die Dissonanzen keinesfalls scheut, solange sie sich in unhörbarer Tiefe vollziehen.

Ich hatte gerade eine neue Tabelle angelegt, in die ich die Tonartenverhältnisse von virtuellen zu realen Stimmen eintragen wollte, als es an der Tür klopfte. Es war schon dunkel; von meinen Papieren aufblickend, konnte ich für Sekunden den Raum um mich her nicht mehr erkennen. In seinem Buch schreibt Miguel, es hätte Generationen gedauert, bis die Spanier Mondariz endlich als eigenständige Heimat betrachtet hätten.

Ich ging durch den Flur, öffnete die Tür zunächst nur einen Spalt.

Maria.

Sie hatte den Toten in seinem Bett gesehen, auf Kissen gestützt, als schlafe er nur. Sein Zimmer war mit Blumen geschmückt, das Fenster, durch das sie selbst als Nachbarskind von außen oft geblickt hatte, stehe weit offen. »Die Einrichtung ist wie früher. Über dem Schreibtisch hängt ein Familienstammbaum, der bis ins 16. Jahrhundert zurückreicht, in die galizische Kleinstadt Mondariz, nach der die Insel benannt wurde. Pedros Vorfahr war Steuermann auf der *Santa Barbara*, darauf war er als Kind sehr stolz. Eine alte spanische Münze, angeblich aus dem Besitz dieses Ahnen, liegt auf einem Samtkissen in der Vitrine. Im Fach darunter ein Fußball, den Pedros Vater seinem kleinen Sohn aus Brasilien mitbrachte. Er trägt die Unterschrift Pelés. Es hängt sogar ein Foto von mir an der Wand, ich hatte keine Ahnung davon. Es ist im *Chirinos* gemacht worden, an Pedros Geburtstag vor zwei Jahren.«

Ich brachte sie in die Küche.

»Er ist mir jahrelang aus dem Weg gegangen. Ich dachte immer, wir sind doch Freunde, wenn es drauf ankommt, können wir uns aufeinander verlassen. Wie damals. In Wahrheit hat er mich verzweifelt geliebt. Ich wollte es nicht wahrhaben.«

Ich setzte Teewasser auf. »Hätte es etwas geändert?«

Sie saß am Küchentisch und blickte auf die flackernde Kerze.

»Als ich in seinem Zimmer stand, dachte ich daran, wie lange ich ihn nicht mehr besucht habe. Als Kind hatte ich mir vorgestellt, immer wieder, ein ganzes Leben lang von draußen an seine Scheibe zu klopfen, wir waren doch Freunde. Er würde öffnen und ich würde ihm erzählen, was ich erlebt hätte draußen in der Welt, damals war Mondariz für uns groß. Er wäre immer zu Hause, während ich umherstreifte oder die Männer auf Fischzügen begleitete. Neben seinem Bett liegt noch heute eine Muschel auf dem Nachtschrank, die ich ihm einmal vom Strand mitbrachte, damals konnten wir unsere Hände hineinlegen, so groß war sie.«

Ich stellte zwei Tassen auf den Tisch und goss dampfendes Wasser ein.

»Ich muss immer daran denken, was geschehen wäre, wenn ich mich in jener Nacht vor Ihrem Haus nicht gewehrt hätte. Er wäre zu sich gekommen, er hätte mich erkannt. Er hätte sich bei mir entschuldigt, wie damals, als er mir als Kind zu heftig den Ball aus der Hand geschlagen hatte. ›Ich werde es nicht wieder tun, ich werde es nicht wieder tun …‹ Doktor Álvarez sagt, Pedro sei an den Folgen einer Hirnblutung gestorben.«

Ich nahm die Teebeutel aus unseren Tassen und ging damit zum Spülbecken.

»Wenn es nach Pedros Eltern gegangen wäre, hätten wir geheiratet. Sie luden meine Mutter und mich mehrfach zu großen Ausfahrten mit ihrem Kutter ein, am liebsten hätten sie mit Mutter einen Vertrag abgeschlossen: Wir wären schon als Kinder füreinander bestimmt gewesen.«

»Und Ihre Mutter?«

»Mutter hat darüber gelacht. Man könne das Leben eines Kindes nicht vorausplanen. Auf Mondariz war die Zahl von Gleichaltrigen begrenzt, noch zu Zeiten meiner Großeltern waren Absprachen zwischen Familien die Regel, die die Verbindungen von Neugeborenen regelten. Können Sie sich das vorstellen? In den Augen von Pedros Eltern war ihr Angebot großherzig, immerhin hatte Mutter einen zweifelhaften Ruf. Ihr machte das nichts aus, sie liebte ihre Freiheit. Sie hat nicht gewollt, dass ich überhaupt auf Mondariz bleibe.«

»Der Mann, mit dem Sie auf dem Marktplatz getanzt haben und der Ihnen in jener Nacht zu Hilfe gekommen ist: Ist er Ihr Freund?«

Sie sah mich kurz an. Dann nahm sie die Kerze vom Tisch und ging damit auf das Gemälde an der Wand zu. Von der Gasse waren Stimmen zu hören, die sich gleich wieder verloren.

»Javier weiß genau, dass ich ihn nicht will. Er werde auf mich warten, hat er einmal gesagt. Dabei erzählt man sich im Dorf von seinen zahlreichen Affären mit Touristinnen. Er ist ein Frauenheld.«

»Kennen Sie die Geschichte des Bildes?«, fragte ich. »Miguels Großvater hat es gemalt.«

Ich erzählte ihr von der Ausfahrt der beiden jungen Männer und dass nur einer von ihnen zur Insel zurückgekehrt war. »Der Eindruck war so stark, dass er über Jahre nicht verblasste: Nach einer Nacht, in der er auf dem Meer seinen Freund verloren hat, ragt düster das Felsmassiv aus dem Wasser – Mondariz. Miguels Großvater hat nur für dieses eine Bild angefangen zu malen. Als es ihm schließlich glückte, legte er den Pinsel zur Seite; er hat kein weiteres Bild mehr angefangen. Das Gemälde hängt seit gut hundert Jahren in dieser Küche.«

Es entstand eine Pause.

»Pedro hat mehrfach gesagt, er wolle mit mir ins Ausland gehen«, sagte Maria nach einer Weile. »Schon als Kind war das sein Plan. An einem Abend im *Chirinos* hat er es wiederholt, er war so betrunken, dass ich über ihn lachte. Als ich vorhin in seinem Zimmer stand, habe ich zum ersten Mal seit unserer Kindheit wieder seine Perspektive eingenommen: Ich hätte ihn zum glücklichen

Menschen machen können. Aber Sie haben wohl recht – es hätte keinen Unterschied gemacht, wenn ich um seine Gefühle gewusst hätte.«

Sie stand an der Wand und blickte durch den Flur in Richtung Haustür. Die Kerze in ihrer Hand flackerte, für einen Moment war nur noch eine Silhouette des Kopfes zu erkennen.

»Ich habe ihn in jener Nacht vor Ihrem Haus zum letzten Mal gesehen«, murmelte sie undeutlich.

Und setzte nach einer Weile hinzu: »Glauben Sie, dass Scham einen Menschen umbringen kann?«

Ich wurde vom Klingeln meines Telefons geweckt. Ich hatte den Gedanken an Verbindung mit der Heimat schon weitgehend aufgegeben: Draußen schien die Sonne, Luft strich durchs geöffnete Fenster herein. Ich griff nach dem Gerät, die angezeigte Nummer sagte mir nichts.

Die Verbindung war schlecht, zunächst erkannte ich deine Mutter gar nicht. Erst als sie ihren Namen wiederholte und zu lachen begann, verband sich die Stimme mit meinem Bild von ihr. Ich ging zum Fenster und lehnte mich hinaus. Der Himmel war tiefblau, unten auf der Gasse schleppte eine Frau einen Korb mit Wäsche. Vom Meer her waren die Rufe von Möwen zu hören.

Wo ich sei? Wie es mir gehe? Sie habe so oft an mich gedacht.

Die Frau auf der Gasse setzte ihren Korb ab und blickte zu mir hinauf. Sie griff in die Taschen ihres Rockes und suchte wohl nach ihren Schlüsseln. Leise war Antonios Klavierspiel zu hören.

»Wie geht es dir?«, fragte deine Mutter noch einmal.

»Ich bin verreist. Es ist früher Morgen.« Wind wehte mir ins Gesicht, ich schloss die Augen.

»Aber ich verstehe das nicht«, sagte sie, »es geht euch beiden so schlecht. Was ist denn los mit euch? Stimmt es, dass ihr nicht mehr zusammen seid?«

Deine Eltern sind viel gereist, den Drang, Unbekanntes zu erkunden, statt im Leben die Sicherheit eines festen Gerüstes anzustreben, teilst du mit ihnen. Musste deine Mutter demnach nicht Verständnis für den Impuls haben, aus der Begrenzung einer langjährigen Beziehung auszubrechen?

»Meine eigene Tochter will mir nichts sagen. Dabei mache ich mir doch Sorgen.«

»Ich weiß nicht, ob es ihr recht wäre, wenn ich darüber rede«, entgegnete ich. »Ich fühle mich nicht frei. Ohnehin verstehe ich selbst nicht, wie es passiert ist.«

Es entstand eine Pause. Deine Mutter begann zu schluchzen, sie hätte mich ja auch immer geliebt, beide Eltern hätten mich wie einen Sohn betrachtet. Ich sei ja über Jahre Teil der Familie gewesen.

»Wo bist du?«, fragte deine Mutter noch einmal. »Mondariz? Gibt es das überhaupt?«

Wir verabschiedeten uns herzlich, ich bedankte mich für den Anruf; ich hätte in letzter Zeit häufig an sie gedacht.

»Wir werden umziehen, weißt du das überhaupt?«, fragte deine Mutter noch. »Vielleicht hast du Zeit, zur Hauseinweihung zu kommen? Eine große Feier, es wird wie früher …«

Ich klopfte gegen elf bei Familie Ruiz. Antonios Mutter öffnete, sie hatte Teig an den Fingern. Sie nickte mir zu. »Sie kennen den Weg ja«, sagte sie.

Antonio hörte erst auf zu spielen, als ich neben den Flügel trat. Die Bleistiftzeichnung von dir lag auf der schwarz lackierten Deckplatte des Instruments. Antonio errötete leicht. Er stand auf und gab mir die Hand. »Diese Läufe bringen mich zur Verzweiflung«, sagte er. »Bach schreibt Passagen nicht nur um ihrer Virtuosität willen. Er schreibt überhaupt nicht für die Hand des Spielers, ja nicht einmal für ein spezielles Instrument – diese Musik ist absolut. Wie soll man sie also spielen?« Er lachte und klappte die Noten zu.

»Ich wollte mich bedanken«, sagte ich. »Ich hatte seit dem Konzert in der *Iglesia* noch keine Gelegenheit dazu.«

Er schlug die Augen nieder und machte eine wegwerfende Handbewegung. »Seien Sie ehrlich: Fanden Sie das Konzert nicht sehr schlecht?«

»Es war ein großes Erlebnis für mich.«

Er blickte mich von unten herauf an. Er konnte das Lächeln nicht unterdrücken. »Wirklich?«

»Ja.«

Er wandte sich halb ab. Ich konnte sehen, dass er für einen kurzen Moment die mir abgewandte Hand zur Faust ballte. Schon im nächsten Moment aber schränkte er selbst mein Lob ein: »Der Anfang des Konzertes war ziemlich missraten. Ich war nervös. Ich hatte nur ein paar Freunde und Familienangehörige eingeladen … Übrigens wollte auch ich Ihnen noch danken: Durch Sie sind die Coimbra-Variationen erst zu vollem Leben erwacht. Ich erschrak, als die Stimme, die ich doch an dieser Stelle zu denken gewöhnt bin, mir aus der Kirche entgegenklang. Wie wohl die meisten Besucher konnte ich den Ursprung des Gesangs nicht lokalisieren. Es war, als sei der Kirchenraum nicht nur Resonanzraum meines Spiels, sondern meiner Gedanken geworden. Für einen Moment schien es mir, als würde die Musik auch ohne meine Bewegungen weitergehen: Ich wollte meine Hände allmählich von der Tastatur heben, so behutsam, dass nicht einmal ich den Unterschied bemerkt hätte. Als Sie zu singen aufhörten, hörte ich auch das eigene Spiel nur mehr wie von außen. Ich glaube, ich habe in diesem Moment selbst zu summen begonnen.«

Er bot mir Kaffee an, wir saßen an einem kleinen Tisch am Fenster und sahen hinaus.

»Glauben Sie, ich könnte an einer deutschen Hochschule studieren? Ist mein Spiel nicht zu schlecht?«

Mir fiel ein, wie Miguel mich nach der Qualität der Kompositionen Coimbras gefragt hatte.

»Ich bin kein Musiker«, sagte ich ausweichend.

»Aber Sie kennen doch sicher viele Musiker. Sie können einschätzen, wie hoch das Niveau an Hochschulen ist.«

»Bei Aufnahmeprüfungen wird der Charakter und das wahre Talent von Bewerbern oft gar nicht bemerkt. Sie müssten darauf achten, dass Ihre Darbietung weitgehend unangreifbar ist.«

»Könnte mir das gelingen?«

»Ich wünsche es Ihnen«, sagte ich.

Ich war mit Miguel zum Besuch des Coimbrahauses verabredet; Antonio wollte uns begleiten.

Wir gingen die Via Umbria hinab zum Strand; an dieser Stelle war ich Antonio zehn Jahre zuvor zum ersten Mal begegnet. Marias Fenster stand offen, ich sah hinauf, während Antonio aufs Meer blickte.

»Sehen Sie da draußen?«, fragte er. »Die Fähre passiert Mondariz nur einmal im Monat.«

Wir überquerten vom Hafen aus den Marktplatz und bogen in nördlicher Richtung in die Via Inmaculada ein.

Miguel stand vor dem Coimbrahaus, einen großen Schlüsselbund in der Hand. Auf der gegenüberliegenden Seite der an dieser Stelle zum Vorplatz erweiterten Gasse schloss der Padre gerade die Flügeltüren zur *Iglesia* auf.

»Ist es Ihnen recht, dass ich Antonio mitgebracht habe?«, fragte ich Miguel.

»Es ist mir eine Ehre«, sagte er vergnügt.

Antonio lachte laut auf.

Das Geburts- und spätere Wohnhaus des Komponisten

sei heute leider in keinem guten Zustand. »Wir wollten das Haus zum Museum herrichten, in dem der Besucher sowohl über den Komponisten als auch die Geschichte der Insel etwas hätte erfahren können. Die Evakuierung hat diese Pläne durchkreuzt; danach ließ sich das Vorhaben nicht mehr durchsetzen. Vielleicht ist die Last der Geschichte für eine Gemeinschaft von wenigen hundert Menschen einfach zu groß.«

Wir stiegen über ein paar Kisten, die im Eingangsbereich standen.

Das Haus wirkt ähnlich wie das Haus, das ich selbst bewohne: weißgekalkte Wände, knarrender Holzboden, die Decke des Erdgeschosses aber ist so niedrig, dass ich fürchtete, mir an den Trägerbalken den Kopf zu stoßen.

Als wir damals gemeinsam auf der Insel waren, hing neben dem Eingang an der Fassade eine schimmernde Messingplakette, auf der der Name José Diego Coimbra zu lesen stand, darunter in kleinerer Schrift die Lebensdaten des Komponisten: 1824–1865. Ich fragte Miguel, was aus der Plakette geworden sei.

»Ich habe sie abgeschraubt«, sagte er. »In der Zeit der Evakuierung hatten wir Angst vor Plünderungen.«

Tatsächlich sei in das Coimbrahaus eingebrochen worden, außer einigen alten Vasen und einem bestickten Sessel sei aber nichts entwendet worden. »Ich habe Ihnen ja davon erzählt. Das Büro im Dachgeschoss wurde durchwühlt, es befanden sich aber weder Geld noch Wertgegenstände in dem Raum. Raoul de Hostos, der Bruder des Hotelwirts, gab die Idee eines Museums auf. Er lebt inzwischen in Spanien und versucht seit Jahren, das Haus zu verkaufen. Alle Versuche, ihn umzustimmen, waren vergeblich. Jetzt hofft Rafael darauf, dass sich kein Käufer finden wird.«

»Kann er es nicht selbst kaufen?«

Miguel schüttelte den Kopf. »Er ist schon jetzt hoch verschuldet bei seinem Bruder.«

Er schob zwei Kisten zur Seite und blieb in der Mitte des Raumes stehen. »Bis in die frühen 80er-Jahre wohnte in dem Haus eine Nachfahrin des Komponisten. Coimbra hatte keine Kinder, er vermachte das Gebäude und seine wenigen Habseligkeiten dem Sohn seiner Schwester, zu der er ein besonders inniges Verhältnis gehabt haben soll. Die letzte Nachfahrin dieser Linie, Señora Carlos, war eine zurückgezogene Frau, die, wie sie selbst sagte, gar keinen Sinn für Musik hatte. Dennoch hat sie es sich in den letzten Jahren ihres Lebens zur Aufgabe gemacht, Manuskripte, Briefe und Tagebücher zu sichten, die sich seit über hundert Jahren in Kisten und Truhen auf dem Dachboden befunden hatten. Es scheinen vor allem die autobiografischen Zeugnisse ihres Urahns gewesen zu sein, die die alte Frau anzogen; an den künstlerischen Wert seiner Arbeiten dachte sie nicht. Der Familie hing der Ruf des Sonderlichen an: Ihre ältere Schwester, mit der Señora Carlos bis zu deren Tod zusammenlebte, wies mehrere Verehrer ab und schien ihr ganzes Leben über nur Señora Carlos zugetan. Diese war kurz verheiratet gewesen, ihr

Mann aber hatte Mondariz wenige Wochen nach der Eheschließung verlassen – er könne nicht mit zwei Frauen gleichzeitig leben, die einander überdies niemals auch nur für Minuten aus den Augen ließen. Tagsüber sah man die Schwestern Arm in Arm durch die Gasse schlendern, sie fuhren einander mit den Händen durchs Haar, lachten, die Vertrautheit zwischen ihnen war so groß, dass die beiden Außenstehende oft nicht einmal wahrnahmen. Als ihre Schwester starb, war Señora Carlos etwa fünfzig, als ich mit ihr in näheren Kontakt trat, schon über siebzig. Ich begann damals meine Studien zur Geschichte der Insel und interessierte mich für schriftliche Zeugnisse, Briefe, Karten, Aufzeichnungen. Den Namen Coimbra kannte man auf Mondariz: Man wusste, dass er komponiert hatte. Die Vorstellung vom eigenbrötlerischen Exzentriker hing wie ein Emblem über der ganzen Familie und schien auch Señora Carlos noch gut zu charakterisieren. Sie begegnete meinen Nachfragen mit Misstrauen, als fürchte sie, ein Fremder wolle sich in ein inniges Verhältnis hineindrängen. Über Jahre hinweg war ihre Hauptbeschäftigung der Umgang mit den Schriften Coimbras. Wie ich erst nach ihrem Tod entdeckte, hat sie etliche seiner Briefe über die Kluft der Generationen hinweg sogar beantwortet. Sie fantasierte sich in ein Leben hinein, das sie nicht nur nicht gelebt hatte, sondern gar nicht hätte leben können. Vielleicht erschlich sie sich so Zeitlosigkeit, späte Jugend. Tatsächlich lesen sich manche ihrer Briefe wie die Liebesgeständnisse einer jungen Frau.«

Miguel öffnete eine Tür. Wir betraten ein niedriges Zimmer, in dessen Ecke ein alter Flügel stand. Er öffnete die Fensterläden, durch eine auf das Haus zulaufende Gasse war ein Teil des Abhangs zu sehen, der hinter dem Dorf zum Wald hinaufführt. Auf dem Notenpult des Instrumentes stand eine handgeschriebene Partitur.

»Señora Carlos hat sich in den letzten Jahren ihres Lebens immer wieder ans Klavier gesetzt. Nicht, dass sie versucht hätte zu spielen: Mitunter drückte sie über Stunden nur einen einzigen Akkord, mit geschlossenen Augen, summend, bis die Nachbarn ans Fenster klopften und sie baten, aufzuhören. Ich hoffte, sie würde mir endlich doch die Erlaubnis geben, den Nachlass Coimbras einzusehen. Es gab vereinzelt Nachfragen aus dem Dorf, manche Stücke Coimbras sind in Druckfassungen erschienen und wurden von den wenigen Musikliebhabern der Insel nie ganz vergessen. Wir saßen hier, in diesem Raum. Sie beteuerte, dass sie das Haus aufgeräumt hätte, dreimal, fünfmal, wieder und wieder hätte sie auch alle Papiere geordnet, doch hätte sie nie das Gefühl, damit fertig zu sein, es ergebe sich immer eine neue Ordnung, die die alte schon im Ansatz überholt und falsch erscheinen lasse. ›Über Generationen hat meine Familie in diesem Haus gelebt – mit mir wird diese Geschichte zu Ende gehen‹, sagte sie. Vielleicht stellte sie sich vor, mit ihrer Freundschaft zu Coimbra Anfang und Ende miteinander zu verbinden, die Familienhistorie zum Kreis zu runden. Zum Abschied drückte sie mir einen Schlüssel zum Haus in die Hand.

Sie sah mich lange schweigend an. Ich würde bald wiederkommen, versprach ich. Wenige Tage später starb sie. Da es keinen Erben gab, fiel der Besitz der Administration zu, die das Gebäude verkaufte.«

Er führte uns eine knarrende Holztreppe hinauf. Im ersten Stockwerk liegen in einigen Schaukästen Handschriften aus. Andere Schaukästen sind noch unbestückt, während am Boden Kartons mit Manuskripten stehen.

Miguel seufzte.

»Sehr weit sind wir damals nicht gekommen, und ich habe die Arbeit allein nicht fortgesetzt. Señora Carlos hat die Zeugnisse Coimbras mit Entgegnungen aus ihrer eigenen Feder zu einer sehr eigenwilligen und kaum mehr entwirrbaren größeren Erzählung kombiniert. In zunehmender Verwirrung des Alters war sie der Meinung, mit Coimbra selbst zu kommunizieren, dessen Briefe sie nach und nach vom Dachboden holte, als würden sie dort oben als Antwort auf ihre eigenen Texte erst entstehen. Sie hat so eine neue Abfolge erschaffen – es würde Monate dauern, die Schriften Coimbras wieder in deren eigene Chronologie zu bringen.«

»Weshalb existieren überhaupt so viele Aufzeichnungen des Komponisten?«, wollte ich wissen. »Hat er die Briefe nicht abgeschickt? Oder Abschriften angefertigt, die er behalten hat?«

Miguel schüttelte den Kopf. »Wir wissen es nicht. Fest steht: Er hat sein ganzes Leben lang mit verschiedenen Freunden korrespondiert. Ob er die Briefe später zurückforderte, ob er Kopien erstellte oder die Briefe nicht abschickte, wissen wir nicht. Vielleicht wurden sie der Familie als Teil der Totenehrung zu seiner Beerdigung zurückgegeben.«

Antonio stand über einen Schaukasten gebeugt und summte eine Melodie. Durch das Fenster war ein Teil des blauen Himmels zu sehen. Von der Gasse drangen Lachen und Kreischen von Kindern zu uns herauf.

»Ich gebe Ihnen gern einen Schlüssel zum Haus«, bot mir Miguel an. »Sie können die Papiere einsehen, wann immer Sie wollen. Ich fürchte seit Jahren den Tag, an dem das Haus geräumt werden muss. Vielleicht werde ich einmal den gesamten Nachlass Coimbras vor dem Müll retten müssen.«

Es war schon Mittag, als wir wieder ins Freie traten.

Ich hatte einen Teil des Gespräches mit Miguel aufgezeichnet und verstaute das Aufnahmegerät in meiner Jacke.

Der Padre stand vor der Tür der Kirche und brachte ein Plakat an. Als er uns sah, hob er die Hand.

Miguel ging auf ihn zu.

Die Sonne stand jetzt so hoch, dass die Häuser keine Schatten mehr warfen, die Pflastersteine vor der *Iglesia* glänzten hell im Licht.

Miguel winkte uns zu sich.

Damals war der Geistliche ein junger Mann gewesen, Mitte dreißig vielleicht. Als ich ihn jetzt grüßte, zogen sich seine Augenbrauen zusammen; er überlegte angestrengt.

»Sie sind das ...«, murmelte er nach einer Weile und gab mir die Hand.

»Ich war damals in Begleitung einer Frau in der Kirche«, sagte ich.

»Ich erinnere mich ... Wir standen miteinander am Sarkophag Nicolás Ferrers. Ich erinnere mich an das Gespräch. Was ist aus ihr geworden? Geht es ihr gut?«

»Ich denke schon, ja. Wir haben nicht mehr viel Kontakt.«

Der Padre sah mich an. »Eine bemerkenswerte junge Frau. Ich dachte damals, sie würde bestimmt wiederkommen. Jetzt sind Sie da.« Er lächelte. »Es gibt Reisende, bei denen man den Eindruck bekommt, sie würden ihren Aufenthalt hier nicht vergessen, während andere Mondariz und uns Bewohner nur als Kuriosität wahrnehmen. Sie war sehr aufmerksam. Ich habe noch oft über unser Gespräch nachgedacht.«

»Der Sarkophag steht immer noch an seinem Platz«, wandte ich etwas spitz ein.

Der Padre hob die Hände. »Wissen Sie, dass ein Vorgänger von mir, der erste Padre der Insel, der noch mit der *Santa Barbara* aus Spanien gekommen war, die Gebeine des Kapitäns aus der Kirche schaffen ließ? Er ist unter nie geklärten Umständen verschwunden, während die Überreste Ferrers in den Sarkophag nahe dem Altar gebettet wurden. Wollen Sie, dass ich den Zorn des Dorfes auf mich ziehe? Wollen Sie, dass man mich nachts von der Insel schafft?«

Wir lachten.

Das Plakat, das er an der mächtigen Holztür angebracht hatte, kündigte den Trauergottesdienst für Pedro Martinez an.

»Schon morgen?«, fragte Miguel.

Der Padre nickte. »Ich wäre erleichtert, wenn es bereits heute wäre. Die Beisetzung erfolgt ja ohnehin Tage später. Erinnern Sie sich an die Zeit der Evakuierung, Don Miguel? Es waren nur noch eine Handvoll Menschen auf Mondariz, und alle fürchteten sich vor Übergriffen und Plünderungen. Vielleicht waren Menschen heimlich hiergeblieben und gaben sich uns mit Bedacht nicht zu erkennen? Ich fürchtete mich nicht vor einem Ausbruch des *cima* – eine im Wind knarrende Tür aber konnte mich in Panik versetzen. Zum ersten Mal seit dieser Zeit habe ich wieder ein ähnliches Gefühl. Verstehen Sie mich, Don Miguel?«

»Machen Sie sich keine Sorgen. Auch damals ist nichts passiert.«

Der Padre sah aus den Augenwinkeln zu mir herüber. »Passen Sie auf sich auf.«

Wir gingen zum Hotel hinüber. Rafael de Hostos stellte einen Tisch ins Freie und brachte uns Speisekarten. »Wollen Sie sich wieder überraschen lassen?«, fragte er.

»Bitte.«

Miguel blickte zum Waldrand hinauf. Die Tür zu seinem Haus stand offen, ich meinte sogar einen breiten Sonnenhut erkennen zu können, der über der Lehne der Sitzbank hing.

»Ich kann mir mittlerweile gar nicht mehr vorstellen, hier unten zu wohnen«, sagte er. »Meine Tochter schreibt mir in jedem Brief, ich solle doch ins Dorf zurückziehen. Sie macht sich Sorgen.« Er schüttelte den Kopf. »Solange ich den Fußweg bewältigen kann …«

Es gebe Zeiten, in denen er tagelang keinen Menschen treffe. Wenn er wolle, könne er das dörfliche Leben von seinem Fenster aus verfolgen, ohne das Haus zu verlassen. Manchmal, wenn er nachts wach werde, setze er sich im Dunkeln auf die Bank: In einem Zimmer des Hotels brennt schon Licht, ein Fischerboot läuft aus dem Hafen aus, mit tuckerndem Motor und schwach erleuchteter Führerkabine. Schnarchend, gurgelnd, schweigend erfindet die Insel sich selbst neu, spannt unter der Oberfläche und vor sich selbst verborgen die Muskeln, um später, mit Tagesanbruch, zu verwirklichen, was sich vielleicht im Schlaf schon angekündigt hat: Männer und Frauen in Arbeitskitteln trotten die Promenade zum Busbahnhof hinüber. Fischer tragen Werkzeugkästen zum Hafen. Hunde springen durch die Gassen. Später treten die wenigen Schulkinder aus den Häusern, mit Ledermappen oder bunten Ranzen. Manchmal kann Miguel schon an der Körperhaltung Familienähnlichkeiten zu Schülern festmachen, die er selbst früher unterrichtet hat.

Erste Boote kommen von ihrem nächtlichen Fangzug zurück, während andere ablegen: Der Hafen füllt sich. Frauen mit Wäschekörben oder Einkaufstaschen begegnen einander in schmalen Durchgängen, neben Haustüren oder auf dem Marktplatz, grüßen, erkundigen sich nach dem Wohlbefinden, ein Wort ergibt das andere, die Schatten werden kürzer: Vormittag. Manchmal sieht Miguel den Wirt des Hotels auf die Plaza treten, bei schönem Wetter stellt Rafael Tische ins Freie. Vom Blockhaus aus ergeben sich Ordnungen, die den Beteiligten selbst verborgen bleiben. Nach einem Diebstahl im Hotel wurde Miguel sogar einmal von Señor Calotta befragt, ob ihm von seiner Bank aus nichts Ungewöhnliches aufgefallen sei.

»Wäre ich Schriftsteller«, sagte er lächelnd, indem er sich wieder Antonio und mir zuwendete, »ich hätte niemals über die Geschichte der Insel geschrieben, sondern über ihre Gegenwart: über den Blick hinab auf die Dächer, die Gassen, über die Menschen und ihre alltäglichen Verrichtungen. In einem Moment spiegelt sich alle Vergangenheit, verdichtet sich wie Licht in einem Tropfen, als sei alles Geschehene nur ein Vorspiel gewesen, Bedingung für ein Jetzt, das dann kaum bemerkt wird, weil es so schwerelos ist, gleichzeitig träge wie hellwach, losgelöst von aller Absicht. Möwen fliegen vom Platz auf. Handwerker tragen ein Ruderboot über den Marktplatz. Die Kirchenglocken beginnen zu läuten.«

Rafael de Hostos kam mit einem Tablett mit Getränken an unseren Tisch.

»Wohnt Ihre Tochter schon lange nicht mehr auf Mondariz?«, erkundigte ich mich.

»Seit über dreißig Jahren.«

Wir tranken Wein und Wasser, Miguel wollte auf das Konzert anstoßen. »Das erste Mal seit Jahrzehnten, dass die Klaviervariationen wieder öffentlich zu hören waren!«

Antonio lächelte verlegen. »Auf das Museum«, sagte er. Und setzte, indem er mich anblickte, hinzu: »Und auf Ihre Arbeit über Coimbra. Es wird das erste Mal sein, dass man in Deutschland etwas über den Komponisten erfährt.«

Rafael de Hostos stellte Schälchen mit Oliven auf den Tisch. Das Rattern eines Bootes war zu hören, das von Osten her auf das Hafenbecken zusteuerte.

»Tatsächlich denke ich darüber nach, das Thema auch in einem Radiobeitrag zu bearbeiten. Ich wollte Sie schon fragen, Señor Ruiz, ob Sie bereit wären, mir die Variationen noch einmal vorzuspielen. Ich würde Ihre Interpretation gerne aufnehmen.«

Rafael de Hostos blieb neben dem Tisch stehen.

Antonio stand der Mund offen. »Doch«, sagte er gedehnt. »Sicherlich.«

Der Wirt räusperte sich. »Erinnern Sie sich noch an das Filmteam, Don Miguel? Sie hatten doch damals auch mit ihnen Kontakt. Amerikaner, wissen Sie noch? Während eines Aufenthaltes bei mir im Hotel entstand die Idee, über Mondariz eine abendfüllende Dokumentation zu drehen. Dabei waren die jungen Leute nur im Urlaub. Bei Ausflügen ins Gebirge machten sie mit einer Handkamera

Probeaufnahmen. Waren sie nicht sogar an der Entdeckung der Grabkammer beteiligt?«

Miguel nickte. »Ihnen fiel die schmale Spalte als Erstes auf, die seit dem Felsrutsch etwa in der Mitte zwischen dem Hochplateau und dem Fuß der Felswand verläuft. Man kann von unten nicht erkennen, ob es sich nur um einen Vorsprung oder um einen Riss handelt. Die Amerikaner waren auch die Ersten, die sich vom *cima* abseilten und die Grotte betraten.«

»Sie haben die geplante Dokumentation nie gedreht, oder?«, wollte Antonio wissen.

»Sie hatten die Zimmer schon gebucht, alles war vorbereitet«, antwortete Rafael de Hostos. »Dann kam die Evakuierung. Das Hotel musste von einem Tag auf den anderen geschlossen werden.«

Das Rattern des Motorbootes war lauter geworden und wurde durch den Schalltrichter des Hafenbeckens noch verstärkt. Stimmen waren zu hören, Männerlachen. Zwei Möwen kreisten in der Luft. Schließlich ging der Motor des Bootes aus.

»Haben Sie von den Amerikanern noch einmal etwas gehört?«, erkundigte sich Miguel.

Der Wirt schüttelte den Kopf. »Ich habe später gedacht, dass sie gerade in der Zeit der Evakuierung hätten drehen sollen – denken Sie nur, was das für ein Film hätte werden können …« Er zuckte mit den Schultern.

Dann wandte er sich vom Tisch ab und stieg die Freitreppe zum Hotel hinauf.

Die Fischer trugen Plastikwannen und stellten sie in die Mitte des Platzes. Zwei Männer in Arbeitskitteln bauten einen Holztisch auf. Sie wuchteten die Wannen auf die mächtige Holzplatte. Ich lehnte mich zurück und ließ den Kopf gegen die Wand des Hotels sinken. Die Männer auf dem Platz arbeiteten schweigend. Für einen Moment war es ganz still.

Grüppchen standen um den Tisch herum, Frauen hielten Körbe in den Händen und beugten sich über die ausliegenden Wannen. Javier hatte eine schwarze Binde um seinen Arm gewickelt, deren Enden im Wind flatterten. Er schlug die von den Käufern ausgewählten Fische in Papier ein und reichte sie ihnen. Ein Blatt glitt ihm aus der Hand und wurde vom Wind über den Platz bis zum Hafenbecken getragen. Dort in die Höhe gewirbelt, kreiste es um sich selbst, um sich weit oben aufzufalten und dann steil in die Tiefe zu fallen.

Ein Kind lief zum Rand des Platzes und blickte über das Geländer ins Hafenbecken.

Zwei Fischer stiegen die Treppe zur Kaimauer hinauf.

Rafael de Hostos kam mit einem Tablett ins Freie. Nur einer der Teller war mit einer Servierglocke bedeckt, die im Sonnenlicht funkelte. »Wir wollen eben, dass sich gerade unsere Gäste aus Übersee auf Mondariz wohlfühlen …«

Ich sah ihn skeptisch an.

Auf den beiden anderen Tellern waren Fischfilets zu

sehen; milder Geruch von Kräutern und Butter stieg von ihnen auf.

»Sie haben bei Ihrem letzten Überraschungsmenü ein gewisses Misstrauen erkennen lassen«, erklärte der Wirt.

Vom Platz her blickten mehrere Gesichter zu uns herüber, für einen Moment glaubte ich Maria erkennen zu können: Ich beugte mich vor.

Eine Gruppe älterer Frauen in schwarzen Kleidern schob sich vor den Fischstand und versperrte mir die Sicht.

Der Wirt griff mit ausladender Geste nach der Servierglocke. »Wir haben uns gefragt: Welche Speise wird einen Menschen erfreuen, der befürchtet, sein Essen könne vor ihm davonlaufen, sich auf dem Teller winden, ihn aus großen Augen anschauen? Steht einem solchen Reisenden, bei aller offenkundigen Bereitschaft, sich dem Fremden anzuvertrauen, der Sinn in Wahrheit nicht doch nach Vertrautem? Sehnt er sich nicht insgeheim zurück nach einer Zeit der Fraglosigkeit, in der sich die bunte Welt der Erscheinungen um ihn her mühelos zu einem harmonischen Ganzen fügten? Der Welt der Kindheit?«

Rafael de Hostos stand breitbeinig am Tisch, sein dunkles, streng nach hinten gelegtes Haar glänzte in der Sonne. Sein Gesicht hatte einen geradezu schwärmerischen Ausdruck angenommen, zu dem seine untersetzte Statur und die förmliche Kleidung einen seltsamen Kontrast bildeten. »Was also ist es, das einen solchen Mann, fernab der Heimat und auf der Suche nach der verlorenen Zeit, erfreuen und stärken kann? Nach welcher Speise verlangt es ihn, diesen Bummler der Weltmeere und feinsinnigen Virtuosen der Beobachtung?«

Mit ruckartiger Bewegung hob er die metallisch spiegelnde Glocke an.

Inmitten eines Sees aus Vanillesoße erhob sich groß und rund ein bayerischer Germknödel.

Miguel und Antonio lachten.

»Wollen Sie noch Bier dazu?«, fragte Rafael de Hostos.

Ich hob die geöffneten Handflächen in die Höhe. »Natürlich ...«

Ich begleitete Miguel bis zu seinem Blockhaus und verabschiedete mich dort von ihm. Das Dorf unter uns sah aus wie eine Miniatur, ich hätte mit der Hand hineingreifen und die Oberflächen befühlen wollen, geneigte Dächer, raue Fassaden, den hoch emporragenden Kirchturm mit dem Wetterhahn an der Spitze. Auf dem Marktplatz standen Menschen zusammen, das Gedränge war jetzt so dicht, dass man den Tisch und die ausliegenden Wannen mit Fisch nicht mehr ausmachen konnte. Als ich Maria zu erkennen glaubte, dachte ich daran, sie mit zwei Fingern in die Höhe zu heben und auf meinen Arm zu setzen: Sie würde mich auf meinem Ausflug ins Gebirge begleiten.

Ich gab Miguel die Hand. »Vielen Dank für alles«, sagte ich.

Dann folgte ich dem Weg in den Wald hinein.

Die Küstenlinie lag schon im Schatten, als ich die Stelle erreichte, an der der Weg bis an den Geröllhang heranführt. Mein Blick streifte über die aufgetürmten Felsbrocken, hier und dort haben Bäume in kleinen Spalten unsicheren Halt gefunden und recken ihre dürren Äste in die Höhe. Unten kletterten zwei Frauen über das Geröll, eine der beiden trug einen dunklen Pferdeschwanz, während das kurze Haar der anderen in braunen Strähnen um ihren Kopf flatterte. Ich beugte mich nach vorn und sah in westlicher Richtung einen Teil des Schiffswracks; der Schriftzug ›*El Satélite*‹ wurde von der Wasseroberfläche umspielt.

Penélope erklomm einen Felsblock, der wie ein Sprungbrett nach vorn ragt, und half ihrer Begleiterin hinauf: Erst jetzt erkannte ich in ihr die junge Frau, die Penélope im *Chirinos* geküsst und mit der sie eng umschlungen getanzt und die sie später auf dem Marktplatz geohrfeigt hatte. Die beiden saßen nebeneinander und blickten aufs Meer. Auf dieser Höhe sind auch wir beide einmal schwimmen gewesen, so kam mir in den Sinn, vielleicht saßen wir sogar auf demselben Vorsprung. Später kamen wir noch einmal wieder und untersuchten die Stelle: Du hattest deinen Ring verloren. Erst als es dunkel wurde, zogen wir mit hängenden Köpfen ab. »Ist nicht so schlimm«, sagte ich. »Dann kauf ich dir halt einen neuen.« – Du sahst mich von unten herauf an. – »In zehn Jahren, wenn ich das Geld habe.« – Wir lachten beide. Zehn Jahre schien wie eine unausdenkbar lange Zeit.

Als unter mir ein Stückchen Grund zu bröckeln begann, sprang ich zurück. Sand und kleine Steinchen lösten sich und rieselten hinab. Aus der Tiefe war das Kreischen der Mädchen zu hören, im nächsten Moment grelles Lachen.

Bei meinem nächsten Besuch auf Mondariz wird der Weg nicht mehr nur eingedellt sein, das Geländer schwebt an einer Stelle schon jetzt über dem Abgrund. Wahrscheinlich wird die ganze Nordkurve erodieren, sodass sich unten das Geröll auf breiter Front dem Meer entgegenschieben wird.

In seinem Buch spekuliert Miguel, ob nicht ganz Mondariz ohne sich wiederholende vulkanische Aktivität vom Meer komplett abgetragen worden wäre: Ein großer Ausbruch ereignet sich im Durchschnitt alle fünfhundert bis tausend Jahre.

Der Weg fällt nach Westen hin leicht ab und führt durch den Wald auf das Hochplateau zu. Der Baumbestand ist an manchen Stellen so dicht, dass sich der Weg darin zu verlieren droht. Die Kiesbestreuung wird dünner, es gibt keine einzige befestigte, asphaltierte Schneise durch das Gebirge. Zu gewissen Zeiten wird Holz geschlagen. Danach aber sind die Pfade wieder verlassen und es mag Tage und ganze Wochen geben, in denen kein Mensch seinen Fuß in den Wald setzt.

Ich erreichte die Abzweigung, die zum Stausee führt; wir sind diese Strecke damals mehrfach gegangen. Eine Frau kam auf mich zu, deren langes blondes Haar mich an die junge Frau erinnerte, die damals in der *Casa Fuentes* wohnte. Hatte Miguel mir nicht erzählt, Señor Fuentes und die junge Señora hätten die Insel unbemerkt schon vor Jahren, noch vor der Evakuierung verlassen? Ich hob die Hand. Ihr Haar wehte im Wind. Damals hatten wir sie am Stausee getroffen; für einen Moment hatte es ausgesehen, als wolle sie vom gegenüberliegenden Ufer zu uns herüberschwimmen. Vom Fenster der *Casa* aus hatte sie uns mehrfach zugenickt, bis Señor Fuentes sie in den Raum gezogen hatte. Einmal hatte sie sich sogar hinausgelehnt, als wolle sie uns etwas zurufen. Wir hatten sie noch vom Hang aus gegrüßt. Als wir die Stelle erreicht hatten, war das Fenster geschlossen und Señora Fuentes nicht mehr zu sehen gewesen.

Ich blieb an der Wegkreuzung stehen und trat mit dem Fuß nach einem Stein. Aus der Entfernung sah sie noch immer wie ein junges Mädchen aus: Ihr Gang war elastisch und schien bei aller Leichtigkeit doch zögernd. Señora Fuentes, so ging es mir durch den Kopf, ist uns beiden im Gedächtnis geblieben. Nachdem wir sie jahrelang nie erwähnt hatten, fragtest du mich einmal unvermittelt: »Ob Señora Fuentes wohl noch lebt?« Ich hatte schon gedöst; jetzt richtete ich mich halb im Bett auf. Ich rieb mir die Stirn. »Wie meinst du das? Sie war noch jung …« – »Wir hätten ihr helfen sollen. Wahrscheinlich wollte sie weg von ihm.« – »Sie war doch keine Gefangene«, entgegnete ich. »Sie ging allein aus dem Haus, sie ging schwimmen, weißt du das nicht mehr?«

Trotzdem musste der Gedanke auch in mir nachgewirkt

haben. Bei einem Streit vor etwa zwei Jahren rief ich einmal aus: »Du tust gerade, als sehnte ich mich in Wahrheit nach einer zweiten Señora Fuentes.«

Die Frau war in einiger Entfernung stehengeblieben. Sie bückte sich, wie um etwas vom Boden aufzuheben, und sah in Wahrheit zu mir herüber.

Zum zweiten Mal hob ich die Hand, worauf sie nicht reagierte.

Dann wandte sie sich unvermittelt ab und lief den Weg zum Stausee zurück.

Ich zog Miguels Buch über Mondariz aus der Tasche: Der Weg durch den Wald zum Hochplateau stammt noch aus der Zeit des Schmiedes Chirinos. Die Prozessionen folgten immer derselben Route, bereits bei ihrer ersten Zusammenkunft schafften die Pilger im frühen 17. Jahrhundert Gestrüpp beiseite und fällten Bäume. Man nannte den Weg ›*Derrotero del Fuego*‹, Weg des Feuers; wenn der Zug sich nach Abhaltung der rituellen Gebete und Opferhandlungen vom Hochplateau aus wieder zum Dorf in Bewegung setzte, erinnerte das Leuchten der Fackeln, dieser Strom aus Licht an langsam aus dem Berg quellende Lava. Womöglich würde das Gebirge genau entlang der so markierten Linie in den Tagen des Zorns zerbersten, spränge auf wie eine Schote, worauf beide Hälften, Nord und Süd, im Meer versinken würden, dergestalt jenen größeren Untergang einleitend, der endlich alles Land auf Erden mit hinabreißen würde.

Noch heute erinnern aus Backstein gezimmerte Schreine entlang des Weges an diese Vorstellung: Sie sind mit Marien- oder Kreuzigungsdarstellungen geschmückt. Kerzen und Gebinde aus Strohblumen bezeugen die Dankbarkeit der Dorfbewohner und bekräftigen die Bitte um göttlichen Beistand. In der Nähe des Felsabbruchs unter dem *cima* stehen im Schrein unter einer geschnitzten Marienfigur ungeöffnete Weinflaschen und Gläser mit Münzen. Nicht weit davon entfernt sah ich im Gras neben einer Feuerstelle zertretene Bierdosen, Zigarettenkippen und ein altes Kondom.

Es dämmerte schon, als ich am Fuß der Felswand stand. Eine etwa zwei Meter hohe Geröllschicht ist großteils von Büschen und Gras überwuchert. Darüber erhebt sich der Fels als nackte, kahle Fläche, er sieht aus wie geschliffen. Etwa in der Mitte der Wand ist eine Art Vorsprung zu erkennen, der Eingang zur Grabkammer.

Um mich herum strich kühler Wind durch die Bäume.

Ich knöpfte mir die Jacke zu.

Der Weg knickt nach rechts ab und verläuft als schmaler Felsvorsprung entlang der Wand nach Norden. Nach etwa dreißig Metern macht er eine Biegung nach links und steigt dann in weitem Bogen zum westlichen Ende des Hochplateaus an. Niedrige Büsche strecken ihre Äste über den Pfad. Steinbrocken sind mit Moos überwuchert. Der Boden ist feucht und senkt sich an der dem Felsmassiv abgewandten Seite in die Tiefe. An einigen Stellen ist zwischen Bäumen ein Tau als Geländer gespannt.

Das Hochplateau ist eine nahezu ebene Fläche, ein auf der Ost-West-Achse in die Länge gezogenes Rechteck: Der Himmel spannt sich weit bis zum Horizont, das Meer umgibt einen von allen Seiten. Damals nahmen wir uns an den Händen, legten uns auf den Rücken und blickten in die Höhe. »Wir haben beide einen Wunsch frei, ja?«, schlugst du vor. – Ich nickte. »Gut.« – Auch später haben wir uns nie gesagt, was wir uns an diesem Abend wünschten.

Ich ging über den Steinboden. Wind rüttelte an meinen Kleidern, schlug mir ins Gesicht, wann immer ich aufsah. Die Vulkanspalte verläuft als schmaler Riss etwa in der Mitte der Ebene, es sieht aus, als fassten zwei Hälften ineinander, ohne den einmal entstandenen Bruch aber noch überwinden zu können: Der östliche Teil der Ebene ist wie um eine Stufe gegenüber dem westlichen Teil erhöht. Papierfetzen und Glassplitter stecken in der Spalte. Miguel äußert in seinem Buch die Vermutung, schon die Ureinwohner von Mondariz hätten den Vulkan durch Opfergaben besänftigen wollen.

Bis heute sind im Boden vier Kerben zu erkennen, in denen damals die Grundpfeiler des Holzgerüstes steckten, das die Fackelträger als Höhepunkt ihrer nächtlichen Zeremonien erklommen. Die Kerben befinden sich im Abstand von etwa jeweils zwei Metern zu beiden Seiten der Spalte. Ich versuchte, aus dem Neigungswinkel der Kerben auf die Höhe des Gerüstes zu schließen – laut Miguels Buch dürfte es über zehn Meter gemessen haben. Angeblich griff das Feuer in der letzten Nacht der sektiererischen Aufmärsche vom lichterloh brennenden Holzgerüst auf die Ebene selbst über, die damals noch von dürrem Gras und Gestrüpp bedeckt war. Seit dieser Zeit sei die Ebene kahl, nackter Fels, auf dem sich keine Vegetation mehr habe halten können.

Im Westen lag über dem Horizont ein leichter Rotschimmer – am Firmament waren bereits Sterne zu erkennen. Ich ging zum Geländer an der Ostseite hinüber. Von einem senkrechten Metallstützpfosten hing eine Strickleiter über den Rand des Abgrunds, ich zog sie ein Stück hinauf und prüfte ihre Festigkeit. Dann kroch ich unter dem Geländer hindurch.

Miguel hatte mich vor dem Abstieg gewarnt: Ein Junge habe beim Verlassen der Höhle fehlgegriffen und sei abgestürzt. Miguel habe die Leiter mehrfach entfernt, das Überschreiten des Geländers sei streng verboten; er wisse nicht, wer die Leitern immer wieder anbringe. »Wir hätten uns als Jugendliche auch nicht von einem solchen Ort fernhalten lassen«, räumte er ein. »Die Reaktionen der Erwachsenen dagegen zeugen von Scheu, in vielen Fällen geradezu von Widerwillen.«

Unwillkürlich dachte ich darüber nach, was ich dir noch sagen wollte, es kam mir vor, als könne man die Jahre überschlagen wie Seiten in einem Buch. In allen Tiefen des Himmels waren Sterne zu sehen, heller und deutlicher, als ich sie je an einem Ort wahrgenommen hatte.

Ich hielt mich mit beiden Händen fest, tastete mit den Fußspitzen nach jeder neuen Sprosse. Die Wand fällt senkrecht in die Tiefe, damals wolltest du nicht einmal, dass ich mich weit über ein Geländer beugte.

»Wenn, dann müssen wir es gemeinsam tun«, sagtest du.

Einmal stiegen wir über die Absperrung am Nordhang des *cima* und blickten hinab: Der Abgrund fällt dort noch weiter in die Tiefe, der kleine Weg bildet nur einen unbedeutenden Vorsprung, über den der Stein leicht hinwegsprang, den du fallen ließt. Weiter und weiter hinab, wir hielten uns gegenseitig, umklammerten mit den freien Händen das Geländer. Einmal streifte der Stein noch die Wand, prallte weit unten auf einen Felsbrocken und sprang in die weiß aufgeschäumte See.

Du zogst mich zurück.

»Nicht so weit vor.«

Fröstelnd krochen wir unter dem Geländer wieder auf die Ebene zurück.

Die Ostseite des Plateaus war damals noch von Gestrüpp bedeckt, heute ist die Wand von Furchen durchzogen, nackter Fels. Das Seil knarrte bei jedem neuen Tritt, mir fiel ein, dass du damals wahrscheinlich als Erste hättest hinabsteigen wollen, der Gedanke, dass mir etwas zustoßen könnte, war dir unerträglich.

»Aber hast du denn keine Angst um dich selbst?«, fragte ich dich einmal.

Du zucktest mit den Schultern. »Ich mag eben nicht ohne dich sein«, sagtest du und lachtest laut auf, als hättest du mich in einem Geschicklichkeitsspiel geschlagen.

Ich erreichte den Eingangsspalt, stieg noch mehrere Stufen weiter hinab und griff dann von unten mit der Hand nach dem Vorsprung. Dann zog ich mich nach vorn. Aus dem Wald war der Ruf eines Vogels zu hören.

Nah dem Eingang lag am Boden eine Kerze, vergeblich durchsuchte ich meine Kleider nach einem Feuerzeug.

Es roch nach Bier und vermodertem Holz.

Als sich meine Augen langsam an das schwache Licht gewöhnten, wurden Einzelheiten sichtbar: die zum Opferraum hinabführenden Stufen, auf denen Zigarettenkippen und Kronkorken lagen, Kritzeleien an den Wänden.

Die Wand des Opferraumes ist von einem großen Sprühbild bedeckt: Aus der geöffneten Decke eines grinsenden grünen Schädels steigt wie aus einem roten Ozean eine gelbe Sonne auf.

An einer Stelle lehnte weit hinten eine Postkarte an der Wand, die die Insel bei Sonnenschein zeigt. Ich kroch die niedrigen Stufen hinab und hob sie auf: Die Rückseite war mit asiatischen Schriftzeichen übersät, die ich nicht verstehen konnte.

Ich schob die Karte in die Tasche meiner Jacke.

Ich dachte an die Szene, die Doktor Álvarez mir beschrieben und die ich auf den Fotos in seiner Praxis gesehen hatte: Eine zusammengekrümmte Frau reckt im Eingangsbereich den spanischen Säbel der Sonne entgegen, ein Säugling liegt mit aufgesägtem Schädel auf einem Steinsockel in der Mitte der Kammer, neben ihm das

Skelett eines Mannes. Es war, als hätten sich diese letzten ersten Menschen in den einzigen noch unbesetzten Winkel ihrer Heimat zurückgezogen wie in eine Schale. In einem verzweifelten Ritual töten die Eltern ihr Kind, opfert der Mann seine Frau, rammt schließlich sich selbst den Keil seines Beils in den Bauch, taumelt, stürzt neben dem Leichnam seines Kindes zu Boden. Draußen singen Vögel. Die Spanier schaffen vom Schiff ihre Vorräte an Land.

Demgegenüber war das Bild, das sich mir bot, karg, nüchtern, nur die einsetzende Dunkelheit verlieh dem Ort vielleicht noch so etwas wie eine Aura der Vergangenheit.

An einer Stelle gegenüber dem Sonnengraffiti ist an die Wand der Grotte mit Lippenstift ein rotes Herzchen geschmiert.

Ich kniete mich in der Mitte der Kammer auf den Boden und blickte durch den Eingangsspalt hinaus: Ein schmaler Streifen des Horizonts war zu sehen, die äußerste Linie zwischen Meer und Himmel. Am Morgen würden die ersten Strahlen der Sonne einfallen und das bunte Abbild eines grünen Schädels aufleuchten lassen, aus dem, wie zur Antwort, eine gelbe Sonne aufgeht. Die Wand war warm, überhaupt schien mir die Temperatur in der Kammer im Vergleich zur offenen Fläche des Plateaus spürbar höher zu sein.

Es gibt verschiedene Gerüchte, was mit den Überresten passiert sein könnte, die in der Grotte gefunden wurden. Doktor Álvarez selbst, so heißt es etwa, habe sie entfernt, um sie vor dem Zugriff der Dorfjugend in Sicherheit zu bringen; er lagere sie in Tücher gehüllt im Keller seiner Praxis. Manche Dorfbewohner geben den Amerikanern die Schuld. Seien sie nicht überstürzt abgereist, ohne sich auch nur zu bedanken, ohne sich zu verabschieden? Besonders weit verbreitet aber ist die Überzeugung, Einheimische hätten die Skelette aus der Grotte geschafft. Ein Schädel sowie der spanische Säbel seien später sogar für kurze Zeit bei Señora Batani im Schaufenster gelegen – ein Tourist aus Algerien habe die Stücke erstanden. Die restlichen Funde seien Jahre später in Kolumbien aufgetaucht, wo sie bei einer Auktion für weniger als fünfzig Dollar den Besitzer gewechselt hätten.

Ich strich mit der Hand über den Boden.

Der frühere Standort des Steinpodestes lässt sich als leichte Delle gut ertasten. Der massive Sockel war offenbar zu schwer, um ihn zu tragen: Kratzspuren im Boden führen die Stufen hinauf und finden sich am Rand des Spaltes. Man hat den Brocken in die Tiefe geworfen, wo er zerschellt ist. Womöglich liegen bis heute Splitter im Geröll, die mit Spuren von Ornamenten bedeckt sind.

Ich ging zum Eingangsspalt zurück. Decke und Boden der Kammer laufen aufeinander zu, sodass man die letzten Schritte zu kriechen gezwungen ist. Ich legte mich hin und blickte zum Wald hinab.

»Die Dorfbewohner versuchen einem beständig etwas zu verkaufen, ist Ihnen das noch nicht aufgefallen?« Wir hatten Señor Fuentes auf dem Weg vom Stausee getroffen. »Es ist, als hänge die Selbstachtung dieser Menschen von der Menge an Fremdwährung ab, die sie Touristen aus der Tasche ziehen.« Er zuckte mit den Schultern. »Verstehen Sie mich richtig – ich war mein Leben lang Geschäftsmann. Ich glaube daran, dass Handel Menschen zusammenbringt, ich glaube an das Verbindende des Warenflusses, ja, ich glaube an die heilende Kraft des Geldes. Ich bin Kapitalist. Aber was die Leute hier für ein paar lumpige Dollars zu tun bereit sind –« Er spuckte verächtlich aus. »Sie haben die höhere Dimension von Kauf und Verkauf nicht verstanden, kein Einziger von ihnen.« Ein Speicheltropfen blieb an der fleischigen Unterlippe hängen und rann von dort zum Kinn hinab. Dann grinste er mich an. Es entstand eine Pause. Señor Fuentes zog ein Taschentuch aus der Jacke und wischte sich den Mund. »Haben Sie meine Frau gesehen?«, fragte er unvermittelt. Obwohl wir ihr am See begegnet waren, schüttelten wir jetzt beide den Kopf.

Es waren die einzigen Sätze, die ich den alten *gringo* je sprechen hörte.

Ich lag am Eingang und blickte hinaus. Ich muss wohl eingeschlafen sein: Als ich zum zweiten Mal die Grotte betrat, hatte ich den Eindruck einer Diskontinuität, als klafften das Bild vor meinen Augen und meine Bewegungen im Raum, zunächst kaum merklich, dann aber mit ständig zunehmendem Abstand weiter und weiter auseinander. Mir war, als hätte ich die Grotte früher betreten oder als befände ich mich im Gegenteil in einer schon deutlich späteren Zeit meines Lebens, ich sah meine Hand über die Wände der Höhle streichen und spürte gleichzeitig, wie ich mich auf ein Sofa setzte, wie ich wenig später wieder daraus aufstand und durch ein offenbar geräumiges Zimmer ging. Ich hörte mich lachen. Ich sah mich über den Boden der Grotte kriechen, spürte aber, dass ich mich schon hingelegt hatte, dass ich schlief, für einen Augenblick hatte ich die Befürchtung, ich sei gestorben. Mein Lachen machte mir Angst. Einmal stieß ich mir den Kopf, was den Eindruck von Benommenheit nur verstärkte. Saß ich in Wahrheit schon im *Chirinos* und schilderte meinen Ausflug? War ich in Berlin und dachte über die zurückliegende Reise nach? Mir fiel ein gemeinsamer Vormittag mit Maria in ihrer Dachkammer ein, das plötzliche Gefühl, sie wie aus großer Entfernung und wie durch einen Tunnel von oben herab zu betrachten. Die Erinnerung tat mir gut, ich wurde ruhiger. Sonnenlicht fiel durch das schräge Dachfenster ins Zimmer; ich griff nach meiner Teetasse und hielt sie mir vor das Gesicht.

In einem weiteren Traum lag ich am Eingang der Grotte auf der obersten Stufe. Weit unten sah ich Boote ankern und wieder ablegen, hinter den Steinmauern des Dorfes vollzog sich ein Zeitrafferleben, über das der Wind vom Ozean in breiter und nie endender Bewegung hinwegfloss. Ich dachte an meine Eltern, an Jugendwünsche, an frühere Vorstellungen von einem zukünftigen Leben, die sich mit ähnlichen Vorstellungen von Inselbewohnern verbanden, Maria, Pedro, Miguel, im Licht der untergehenden Sonne drehten wir uns im Kreis, in Rüschenhemden, Pumphosen und weiten Röcken tanzten wir zur Musik eines kleinen Orchesters über den Marktplatz. Der Träumende stützte sein Kinn auf die Hände, ich spürte ihn lächeln. Vielleicht lächelte er über mich: Die Schönheit des Momentes war vollkommen.

Über dem Wald war rund und fahl leuchtend der Mond zu sehen. Während der Mann am Boden leise eine Melodie zu singen begann, summte ich unhörbar eine Gegenstimme.

Weit unten wiegten sich Bäume im Wind.

Mit dem Gefühl erster Sonnenstrahlen auf meinem Gesicht erwachte ich. Das Dorf war hinter dem Bergrücken nicht zu sehen, wohl aber hörte ich das Läuten der Kirchenglocken. Meine Hände waren zerkratzt, als hätte ich selbst das Steinpodest über den Boden gerückt. Mein Rücken schmerzte. Ich zog ein Taschentuch aus der Hose.

Ich griff nach der Leiter und machte mich an den Aufstieg.

Ins Dorf zurückgekehrt, schlich ich durch die Gassen. Aus dem Haus der Familie Ruiz war Klavierspiel zu hören.

Eine alte Frau verschwand vor mir in einem Hauseingang.

Ich schloss die Tür zu Miguels Haus auf, das ich seit

Tagen bewohne, wusch mich, erklomm die Treppen zum Dachgeschoss und legte mich ins Bett.

Einmal meinte ich, von draußen das monotone Singen eines Leichenzuges zu hören.

Am Mittag eilte ich zur *Iglesia*. Es war ein strahlend sonniger Tag, der Himmel war so blau, dass ich auf dem Marktplatz stehenblieb, die Arme öffnete und den Kopf in den Nacken legte. Wind strich über die Insel, im Hafenbecken schwankten die Masten kleiner Boote.

Die Kirchenbänke waren mit Schwarzgekleideten besetzt. Bei meinem Eintritt wandten Menschen in den hinteren Reihen die Köpfe nach mir um: Die Tür knarrte. Vor dem Altar stand aufgebahrt der Sarg, der mit dunkelblauem Tuch bedeckt war. Der Padre hob die Arme und segnete seine Gemeinde. Schluchzen war zu hören. Ich erreichte eine Sitzbank und setzte mich an den Mittelgang. Eine alte Frau mit schwarzer Haube schüttelte kaum merklich den Kopf.

Der Padre sprach von Pedros Leben, einem stillen zurückgezogenen Leben, das sich ausschließlich auf Mondariz vollzogen hätte, nicht einmal während der Evakuierung habe der junge Mann die Insel verlassen wollen. »Ich habe ihn gerade in dieser Zeit näher kennengelernt«, sagte der Padre, »in einer Zeit, in der die verbliebenen Dorfbewohner viele Male am Tag zum Gebirge aufblickten, ob die Rauchbildung zugenommen hätte. Wir haben miteinander gebetet. Einmal sagte er zu mir: ›Unsere Eltern und Großeltern haben mit der Gefahr gelebt. Das hat unsere Kultur über Generationen geprägt.‹ Er war ein stiller Mensch. Er hat im Bewusstsein der eigenen Vergänglichkeit gelebt und im Vertrauen auf die Geborgenheit in Gott.«

Es wurde gesungen.

Während des Gebetes verschmolzen die Stimmen der Gemeindemitglieder zu einem alle Register umfassenden Bordun.

Der Sarg bleibt nach Totenmessen noch zwei Tage lang im Altarraum aufgebahrt; am Mittag des dritten Tages erst findet gemäß der Tradition der Insel die Beisetzung auf dem benachbarten Friedhof statt. Während dieser Zeit halten Familienangehörige und nahe Freunde die Totenwache ab. Oft kommt noch der Geistliche dazu, betet für die Verstorbenen und segnet die Hinterbliebenen.

Schweigend und mit gesenkten Köpfen verließen die Menschen die Kirche.

Im Altarraum zündete der Padre eine weiße Kerze an.

»Stimmt es, dass Sie Pedro totgeprügelt haben?«

Die Umstehenden traten auseinander, man wandte erschrocken den Kopf nach mir um. Wir standen auf dem kleinen Platz vor der *Iglesia*.

»Ich habe ihm nichts getan.«

»Gut.« Penélope lächelte. Sie griff nach meiner Hand und zog mich durch die Menge zum Marktplatz. »Wie verkrustet Ihre Hände sind. Sind Sie gestürzt?«

Auf dem Platz standen schwarz gekleidete Menschen

in Gruppen zusammen. Ein Chor aus sechs Frauen sang ein *Ave Maria*.

Javier flüsterte Maria etwas zu, auf einmal standen die beiden vor mir. Der Wind war frisch, der Himmel weit geöffnet, als befänden wir alle uns auf offener See.

»Sie sind auch hier.« Maria war bleich und sah übernächtigt aus. »Ich habe Señor Calotta erzählt, wie Sie in jener Nacht zu schlichten versucht haben.«

Javier wischte sich die Augen. »Er war mein Freund. Er war mein bester Freund.« Er streckte die Hand nach Maria aus, ließ sie gleich wieder sinken. Sein Atem roch nach Alkohol. Maria lächelte mich von unten herauf an und zuckte entschuldigend mit den Schultern. Sie umfasste Javiers Oberkörper, um ihn zu stützen.

Eine Frau hielt Penélope fest, es war die dunkelhaarige Schönheit, mit der ich sie im *Chirinos* hatte tanzen sehen. Penélope wandte sich um. »Juanita!« Sie reichte der Frau die Hand. Zu dritt schoben wir uns durch die Menge.

In der Mitte des Platzes war eine etwa meterhohe Holzbühne aufgebaut.

Juanita schüttelte den Kopf. »Nicht!«, flüsterte sie Penélope zu.

In zwei Sprüngen hatte Penélope die Stufen erklommen. Ein Raunen ging durch die Menge.

»Das letzte Mal, dass ich Pedro sah, war am Nachmittag vor seinem Tod«, rief Penélope. Von der Bühne aus war ihre Stimme über den Platz deutlich zu hören. »Er kam zum Bootsverleih hinunter und bat mich, ihn zu fahren. Er wollte immer weiter hinaus, ›wir kehren einfach nicht mehr um‹, sagte er. Er legte sich auf die Planken, ihm war schwindelig. Als die Insel nicht mehr zu sehen war, begann er zu singen:

›Die Sonne steht am Himmel,
Fels ragt aus weitem Meer,
Ich gebe dir die Hände,
Ich liebe dich so sehr.
Die Eltern sind gestorben,
die Freunde fort von hier,
wir bleiben beieinander,
versprichst du leise mir.‹«

Penélope sah sich auf dem Platz um.

Es war still geworden.

Als sie endlich doch den Rückweg angetreten habe, sagte sie, sei es Abend gewesen: »Pedro war eingeschlafen.«

Als Nächstes stieg ein kleiner Junge auf die Bühne. Pedro habe ihm beigebracht, aus Schilf Flöten zu bauen. Er zog eine Schilfflöte aus der Tasche und begann darauf zu spielen.

Ich ging zur Kaimauer und blickte hinunter. Auf dem Landungssteg lag ein Außenbordmotor neben einem Eimer.

Ich lehnte mich auf das Geländer und schloss die Augen.

Die Bühne bleibt drei Tage lang auf dem Marktplatz stehen. Die Familie des Verstorbenen hält Totenwache. Manchmal wenden sich die nächsten Verwandten nach der Beerdigung noch an die Dorfgemeinschaft, nachdem sie sich tagelang in der Abgeschiedenheit des Kirchenraumes mit dem Verlust auseinandergesetzt haben. Es heißt, der Brauch stamme noch aus der Frühzeit der spanischen Besiedelung, als auf dem Marktplatz öffentlich über den Verbleib der sterblichen Überreste des Kapitäns der *Santa Barbara* debattiert wurde. Erst später ist die Bühne zum Ort geworden, von dem aus jeder, der sich dazu berufen fühlt, seine Erinnerungen an den Toten mitteilen kann.

Ich ging die Promenade entlang bis zum Busbahnhof, setzte mich dort auf eine Bank und muss wohl eingeschlafen sein. Als die Türen eines Busses sich vor mir öffneten, stieg ich ein. Der Bus war fast leer, nur eine verschleierte Frau saß auf einer der hinteren Bänke und las eine Zeitschrift. Leises Radiogedudel war zu hören.

»Hatten Sie genug von den Traueransprachen?« Ich hatte mich in die Nähe des Fahrers ans Fenster gesetzt.

»Ich wollte allein sein.«

Der Fahrer lachte.

Der Bus ruckelte über das Kopfsteinpflaster. Die Scheiben waren verkratzt, in der Nähe meines Ellbogens war ein grinsendes Mondgesicht zu erkennen. Die Küstenlinie macht nach Süden hin einen weiten Bogen, von der Straße aus waren Sandbänke und Felsformationen zu sehen, die wie Arme ins Meer griffen. Einmal hupte der Fahrer, ohne dass ich einen Grund dafür ausmachen konnte.

»Einer meiner Vorgänger bei der Buslinie ist an dieser Stelle von der Fahrbahn abgekommen«, erklärte er. »Ich habe den kleinen Marienschrein am Straßenrand errichtet. Ich grüße die Jungfrau, das hat mir immer Glück gebracht.«

Die Fischfabrik besteht aus einer großen Betonhalle und drei wesentlich kleineren Verwaltungsgebäuden. Fisch und Meeresfrüchte werden hier *de la isla* eingelegt und in Gläser und Konservendosen abgefüllt, die an verschiedene Häfen Nord- und Südamerikas verschifft werden. Fabrikeigene Kähne laufen zweimal im Monat aus. Vor der Evakuierung arbeiteten bis zu hundertfünfzig Menschen hier, heute sind es noch etwa fünfzig. Die Produktion ist gering; dank einer konstanten Nachfrage, vor allem aus Bolivien, und hohen Produktpreisen arbeitet die Fabrik aber noch immer profitabel.

Ich traf Armando Stavo am Schiebetor zur Halle. »Meine Eltern kamen gegen Ende des Zweiten Weltkrieges hierher«, erzählte er. »Es wurden mehrere Familien auf Mondariz ansässig, die ursprünglich nach Südamerika hatten auswandern wollen: Tschechen, Polen und Deutsche. Ich kann mich nicht daran erinnern, dass in unserer Familie je über Politik gesprochen wurde. Nur über die Verwaltung der Insel machte mein Vater mitunter abfällige Bemerkungen. Er arbeitete zunächst selbst als Fischer, erkannte aber schnell, dass seine Neigungen mehr im Organisatorischen und Betriebswirtschaftlichen lagen. Er stellte Kontakte nach Bolivien und Paraguay her, kaufte seinen Fischerfreunden auf Mondariz feste Quoten ihres Fangs ab und stellte Mitarbeiter ein. Die ersten Konservendosen wurden 1951 gefertigt – damals gab es die Halle noch gar nicht. Bis in die 60er-Jahre hinein arbeitete der kleine Betrieb unter starkem Schuldendruck – dann erst begannen sich die Ausgaben allmählich zu amortisieren. Gegen Ende seines Lebens war Vater der bedeutendste Arbeitgeber auf Mondariz.«

Señor Stavo ist ein älterer Herr mit weißem Haar, das in unterschiedlichen Richtungen vom Kopf absteht. Er ist klein, wirkt aber noch immer kräftig. In seinem zerschlissenen Anzug sah er wie ein Verwaltungsangestellter oder Vorarbeiter aus.

»Die meisten Geschäftsideen scheitern in Mondariz an der Begrenztheit der Mittel, aber auch an den Vorbehalten der Einheimischen. Sogar ihren eigenen Ideen scheinen diese Menschen zu misstrauen – sie fürchten die eigene Provinzialität. Mein Vater war ein kleiner Mann, der gerne über sich lachte. Er konnte schon nach kurzer Zeit gut Spanisch. Die Fischer mochten ihn. Die Arbeiter der ersten Generation setzten auch ohne volle Bezahlung über Jahre die Arbeit fort.«

»Spielte das Tschechische in Ihrer Familie eine Rolle?«, wollte ich wissen. Obwohl Señor Stavo in Mondariz aufgewachsen ist, glaubte ich in manchen Wörtern Spuren eines slawischen Akzentes ausmachen zu können.

»Ich habe eine Tschechin geheiratet, darüber waren meine Eltern froh. Dabei hat es sich ganz ungeplant so ergeben – meine Frau kam als Touristin auf die Insel. Sie hatte zuvor eine Zeit lang in Spanien gelebt, auch ihre Eltern waren – allerdings wesentlich später und in einer ganz anderen politischen Situation – aus Prag geflohen. Wir sind manchmal drüben. Meine Frau schreibt bis heute regelmäßig Briefe an Freunde von früher.«

Wir schlenderten über den Vorplatz, auf dem leere Holzpaletten lagerten. Ein Gabelstapler und ein kleiner Laster standen an der Wand der Halle. Es roch nach Fisch. Señor Stavo zog einen Schlüsselbund aus der Tasche. »Mein Büro«, sagte er, indem er die Tür zum kleinsten der benachbarten Gebäude aufschloss. Auf dem Schreibtisch häuften sich Papiere, die Computertastatur war halb von einer Zeitung bedeckt. An der Wand hingen die geöffneten Kieferknochen eines Hais.

Er zog aus einem Regal ein dickes Buch und schlug es in der Mitte auf. »In keinem anderen Bereich weicht unsere Sprache stärker vom Spanischen des Mutterlandes ab«, sagte er und wies auf eine Illustration. »Die Neuankömmlinge haben fast alle Fischarten neu benannt, am Ende selbst solche, die ihnen aus der Alten Welt noch bekannt waren.« Er reichte mir das Buch. »Diese Sammlung habe ich selbst angefertigt. Die Fotografien wurden zum Großteil in der Fabrikhalle gemacht.«

Über Hunderte von Seiten enthielt das Buch Abbildungen von Fischen, Krebsen, Muscheln und Algen aus der Region, neben denen die lateinischen, die spanischen und die auf Mondariz üblichen Bezeichnungen zu lesen standen. Oft waren darunter handschriftliche Eintragungen zu sehen, die so klein waren, dass ich Mühe hatte, sie zu entziffern. Das Buch war in Leder eingebunden. »Unser Manual«, erklärte Señor Stavo. »Unsere Kunden mögen es, wenn neben den spanischen und englischen auch die Mondariz'schen Namen auf den Etiketten stehen. Es gibt Feinkostläden, die unsere Produkte zu Delikatessen erklären, weil deren Herkunft so exklusiv wirkt. Seit Jahren kommen immer wieder Touristen auf die Insel, die den Namen Mondariz nur von unseren Konservendosen kennen.«

Im Hinausgehen fragte mich Señor Stavo: »Stimmt es, dass Sie die *Casa Fuentes* kaufen wollen?«

Auf dem Vorplatz war der Bus zum Stehen gekommen, der Fahrer stieg aus und zündete sich eine Zigarette an.

Ich schüttelte den Kopf.

»Ich hätte Ihnen davon abgeraten«, sagte er in vertraulichem Tonfall. »Ich habe selbst darüber nachgedacht …« Er schüttelte den Kopf. »Die Lage ist zu abgeschieden. Gerade als Ausländer und gerade wenn man eine herausgehobene Funktion hat, sollte man sich nicht von der Dorfgemeinschaft absetzen.«

Ich fragte ihn, ob er Grund in Tschechien besitze.

Er winkte ab. »Meine Heimat ist hier. Ich werde Mondariz nicht mehr verlassen.«

Auf dem Marktplatz standen Menschen in kleinen Grüppchen zusammen. Auf der Holzbühne saßen Kinder und ließen die Beine baumeln. Das ganze Dorf lag bereits im Schatten.

Maria stand an derselben Stelle, an der ich sie vor meinem Ausflug zur Fabrik hatte stehen lassen, Javier war nicht mehr zu sehen. Sie blickte gedankenverloren aufs Meer, das in verschiedenen Grau- und Blautönen wie von innen heraus zu leuchten schien.

Als sie mich sah, lächelte sie.

Sie kam mir entgegen.

»Haben Sie auch gesprochen?«, fragte ich und wies mit dem Kopf auf die Bühne.

Sie senkte die Augen. »Man hat mich beschimpft.«

»Wer würde so etwas tun?«

Ihr Blick streifte zwei junge Männer, die breitbeinig auf der Freitreppe des Hotels hockten.

»Sie haben mich *puta* genannt, Hure.«

Ich stellte mir Maria auf der Bühne vor, der Platz ist angefüllt mit Menschen. Sie spricht stockend, sie zögert. Sie sucht nach Worten. Bei den ersten Zwischenrufen versagt ihr die Stimme. Tränen laufen ihr übers Gesicht.

»Wäre der Padre nicht dazwischengegangen, wäre es zur Schlägerei gekommen: Javier ist auf die beiden losgegangen.«

In diesem Moment auf dem Marktplatz von Mondariz fiel mir die letzte Vorstellung ein, in der ich dich gesehen habe.

Es war ein kleines Theater, das mit seinen rot bezogenen Klappstühlen und den roten Samtvorhängen wie ein alter Kinosaal wirkte. Es lag Veränderung in der Luft. Meine Sitznachbarin suchte ihr Programmheft, durchwühlte die Handtasche, die Taschen ihrer Jacke. Ich gab ihr meines. Vorbei die Zeit des Nervenfiebers, die Zeit, in der ich Angst um dich empfunden und mir die Nägel gekaut hatte. Ich vergaß, wo ich war, und versank in meinem Sitz.

An den Moment deines Auftritts erinnere ich mich nicht mehr, er vollzog sich ganz beiläufig. Im Zuschauerraum war es düster geworden, ich war von der Anreise erschöpft. Vielleicht hatte ich kurz die Augen geschlossen. Die Frau neben mir raschelte mit dem Programmheft. Ich hob den Kopf.

Du warst allein.

Es war dieses Bild, das mir plötzlich wieder in den Sinn kam und das ich erst jetzt ganz zu verstehen glaubte:

Als du dich vorbeugtest und über die Rampe in den Zuschauerraum sahst, gab es diesen nicht mehr – es war, als blicktest du in vollständige Leere.

Erst jetzt fiel mir auf, wie vollkommen die Illusion in diesen Momenten gewesen sein muss. Du fuhrst dir mit den Händen über die Schläfen. Es lag keinerlei Absicht mehr in deinen Bewegungen, der Übertritt war vollkommen. Als du zu sprechen begannst, erkannte ich die Stimme, die ich so oft gehört hatte und die sich in unserer Wohnung von der Stimme unserer Gespräche zur Bühnenstimme und zu einem Instrument entwickelt hatte, zwar noch. An diesem Abend aber verließ alles Deklamatorische diese Stimme.

Wenn es wahr ist, dass Menschen immer eine Maske tragen, dass sie immer schauspielern, so warst du der erste Mensch, den ich ohne Maske gesehen habe – es wurde mir erst in Mondariz klar, als mir Maria gegenüberstand und mir von ihrer Rede vor der Trauergemeinde berichtete.

Wir haben damals nach der Aufführung nicht mehr viel gesprochen; du wolltest dich umziehen.

Vor der Garderobe drängten sich Zuschauer.

Auf der Rückfahrt schlief ich ein und kam erst im Bahnhof wieder zu mir.

»Warum bringt niemand Javier in Verbindung mit dem, was geschehen ist?«, fragte ich. »Immerhin hat er doch auf Pedro eingetreten.«

Maria sah zu mir auf. Ich hatte leise gesprochen. Dennoch legte sie sich jetzt den Zeigefinger an die Lippen. »Man soll die Leute nicht auf Ideen bringen«, murmelte sie. »Sie haben keine Ahnung, wie schnell die Dinge eskalieren können bei uns.«

Ich hob die Hand und streckte sie nach Maria aus.

»Es ist nicht deine Schuld«, sagte ich.

»*¿Cómo dices?*«

»Es ist nicht deine Schuld.«

Sie blickte sich erschrocken um.

»Ich weiß«, flüsterte sie.

»Es ist nicht deine Schuld«, wiederholte ich.

Ihr Körper bebte. Als sie sich gegen meine Brust sinken ließ, drückte ich sie an mich. Passanten wandten sich nach uns um, Señora Batani stand der Mund offen. Ich strich Maria mit der Hand über die Schulter. Lautlos schluchzte sie. Die beiden jungen Männer auf der Freitreppe des Hotels hatten sich aufgerichtet und standen breitbeinig auf den Stufen. Sie kamen auf uns zu. Einer der beiden hatte die Fäuste geballt.

Stimmengewirr schwoll an, das Wort *puta* klang mir in den Ohren.

Eine Frau in meiner Nähe lachte.

Señor Calotta stand neben mir, vielleicht hatte er mich schon länger beobachtet.

Er gab mir mit betonter Heiterkeit die Hand. »Geht es Ihnen gut?«

Meine Handflächen waren schrundig und das plötzlich stärker gewordene Licht blendete mich.

»Ich war in der Grotte«, entgegnete ich, als sei damit alles erklärt. Wie zum Beweis zog ich die Postkarte aus meiner Jacke, die an der Wand der Opferkammer gelehnt hatte.

Señor Calotta nahm sie mit langsamen Bewegungen entgegen. »Die stammt von einem jungen Paar«, sagte er. »Aus Thailand oder Vietnam oder so. Die Karte sollte demjenigen, der sie finden würde, Glück bringen. Die beiden waren frisch verheiratet. Sie haben mir bei ihrer

Abreise davon erzählt, etwas verlegen, weil das Betreten der Grotte doch verboten ist.« Er drehte die Karte zwischen den Fingern. Postkarten wie diese füllen im Laden von Señora Batani zwei Drehgestelle. »Wir Inselbewohner haben Angst vor der Grotte. Wir sind ein bisschen abergläubisch, wissen Sie das?«

Er ließ den Blick schweifen; die beiden jungen Männer hatten sich schweigend zurückgezogen und sahen jetzt aus einem Abstand von etwa zwanzig Schritt zu uns herüber.

Maria hatte sich wieder aufgerichtet.

Señor Calotta reichte ihr die Hand.

»Soll ich Sie nach Hause begleiten?«, fragte er. »Ich wollte ohnehin gerade meine Runde drehen.«

Sie nickte schweigend.

Ich blieb auf dem Platz stehen und beobachtete, wie sich die Menschenansammlung auf dem Marktplatz langsam zerstreute.

Ich wollte zu den beiden Männern hinübergehen, doch auch sie wandten sich ab. So rasch die Aufregung entstanden war, so unmerklich war sie vergangen – ich traute meinen Augen nicht.

Schließlich überquerte ich den Platz, bog in die Via Inmaculada ein und ging von dort nach Hause.

In der Nacht stieg ich barfuß und halb nackt die Treppen zur Küche hinab. Ich hielt die Postkarte neben das kleine Gemälde an der Wand. Sie zeigen beide die Insel von Westen. Auf der Fotografie ist taghell ausgeleuchtet, was das Gemälde höchstens als Möglichkeit andeutet: Auf der Leinwand ist noch immer Nacht. Die ersten Strahlen erfassen den Umriss des Felsmassivs, das Gemälde verhält sich zur Fotografie geradezu komplementär.

Wahrscheinlich taumelte der junge Fischer, der bei der Ausfahrt seinen Freund verloren hatte, mit letzter Kraft an Land, zog das Boot noch wenige Meter über den Sand und fiel endlich zu Boden. Als er Stunden später erwachte, waren sein Haar, sein Gesicht, seine Kleidung voller Sand. Die Sonne schien. Er fürchtete sich davor, nach Hause zu gehen. Für ihn war das prägende Bild der Insel die Ansicht eines düster aus dem Meer aufragenden Felsens geworden, kein weiteres Bild würde die Eindrücke der Nacht je relativieren. Er ging zum Wasser hinunter. Er lief den Strand entlang. Er rief den Namen seines Freundes, wieder und wieder. Die See war ruhig, ein heiterer Sommertag. Er erhielt keine Antwort.

Ich klemmte die Fotografie unter den Rahmen des Gemäldes an die Wand.

Ich setzte mich an den Küchentisch, stellte die Kerze ab und fuhr mit dem Finger die Maserung des Holzes nach. Draußen hatte es zu regnen begonnen, leises Rauschen verbreitete sich im Haus. Ich blies die Kerze aus und blieb so lange sitzen, bis zumindest die Fenster als schwach schimmernde Unterbrechungen der Dunkelheit sichtbar wurden.

Dann stand ich auf und tastete mich die Stufen hinauf.

Regen prasselte auf das Dach des Hauses und bildete in der Tiefe der Gasse plätschernde Rinnsale. Die Fenster standen offen, bei Windstößen sprühte Regen ins Zimmer, bildete kleine Lachen auf den Fensterbrettern und tropfte von dort in unregelmäßigen Abständen zu Boden.

Ich wischte mit einem Handtuch die Dielenbretter trocken und schloss die Fenster. Dann legte ich mich wieder hin, es war früher Morgen. Vom Dachboden und von der Treppe her waren leises Knacken und Knirschen der Trägerbalken zu hören, es war, als spanne das alte Gebäude die Muskeln, recke sich, um endlich wieder in die eigene Unbeweglichkeit zurücksinken zu können.

Am Morgen ging ich zum Strand hinunter. Der Himmel war dicht verhangen, auch das Meer war düster, einmal war es mir, als hätte ich in der Ferne einen Delphin die Wasseroberfläche durchbrechen sehen. Regen sammelte sich in meinen Haaren, lief mir übers Gesicht. Ich schlenderte die Strandpromenade nach Norden. Die Küstenlinie war menschenleer. Wellen liefen breit und schwer den Sand hinauf.

Im Hafenbecken wiegten sich Masten, aus der Ferne war das durchdringende Licht eines Blitzes zu sehen. Der Marktplatz war verlassen, in einigen Häusern brannte Licht, das vom schwarz glänzenden Pflaster reflektiert wurde. Böen trieben den Regen vor sich her, wieder und wieder verdichtete sich das Rauschen, um sich gleich darauf wieder zurückzuziehen. Ich schloss die Augen.

»*¡Madre de Dios!*« Señora Batani stand über einen Korb gebeugt und war gerade dabei, Fischkonserven in ein ohnehin schon überladenes Regalfach zu stapeln. »Sie sind ja völlig durchnässt!«

Ich wischte mir eine Haarsträhne aus der Stirn. Um mich bildeten sich auf dem Steinboden kleine Pfützen.

Señora Batani richtete sich auf. »Warten Sie einen Moment.«

Ich blieb am Fenster stehen und blickte hinaus. Nach Osten hin waren manche Wolken jetzt fast schwarz, der Seegang war höher geworden. Wellen wurden von Gischt umweht, an manchen Stellen lösten sich die Grenzen auf. Die Wasseroberfläche war als solche kaum mehr zu erkennen: Himmel und Meer schienen einander zu spiegeln. Immer wieder trafen Tropfensalven frontal auf das Fenster, durch das ich blickte, Wind zog pfeifend durch den Türspalt herein.

Señora Batani reichte mir ein Handtuch. »Ist Ihnen nicht kalt?«

Ich schüttelte den Kopf und rieb mir mit dem Handtuch die Haare. Meine Kleider waren so nass, dass sie am Körper klebten.

Sie nahm die geschnitzte Holzpuppe aus der Auslage, die sie mir schon vor einigen Tagen angeboten hatte. »Haben Sie es sich jetzt doch anders überlegt? Wollen Sie sie kaufen?«

Ich nahm die Figur entgegen.

»Ich war früher schon Miguel«, behauptete die Frau,

»eine Zeit lang Doktor Álvarez, sogar Señor Calotta bin ich schon gewesen. Seitdem die Figur in meinem Laden steht, hat es keinen Wechsel mehr gegeben.«

Ich lachte laut auf. »Sie waren – Miguel?«

Señora Batani hatte sich wieder über den Korb gebeugt und räumte Konservendosen in ein Regal. »Sicherlich.«

»Wie ist es denn, Miguel zu sein?«

Sie zuckte mit den Schultern und sah aus den Augenwinkeln zu mir herüber. »Wie ist es denn, Sie zu sein? Es ist, wie es ist. Es passiert.«

Das Licht eines Blitzes erhellte den Verkaufsraum, selbst die Kasse und der Tresen im Hintergrund zeichneten sich für einen Moment überdeutlich ab.

»Hat sich Miguel zu dieser Zeit anders verhalten als heute?«, wollte ich wissen.

»Sie meinen, als ich Miguel war?«

Ich nickte.

»Ich denke nicht. Wenn man ein anderer Mensch wird, denkt man wie er. Das Körpergefühl ist völlig verändert, man nimmt die Welt anders wahr.«

»Von außen war also kein Unterschied feststellbar?«

»Ich denke nicht.« Sie richtete sich auf. »Wollen Sie die Figur jetzt kaufen oder nicht?«

Ich schüttelte den Kopf.

»Die Menschen hängen so sehr an ihrem Leben, weil sie glauben, sie seien damit untrennbar verbunden. In Wahrheit ist alles viel leichter. Leicht wie eine Feder, die von einem Luftzug in Balance gehalten wird. Alles schwebt.«

»Wer wollen Sie denn am liebsten sein?«, fragte ich.

Sie war so nah an mich herangetreten, dass ich die Hautschuppen auf ihrer Jacke erkennen konnte. »Ich wollte eigentlich immer Señora Batani sein«, erklärte sie bedächtig.

»Wer waren Sie denn früher?«

»Ach, lassen Sie uns besser nicht darüber reden. Mondariz ist so klein ... Seit ich die Figur besitze, bin ich, wer ich bin.«

Ich zahlte und packte meinen Einkauf zusammen.

Anstatt nach Hause zu gehen, bog ich hinter Señora Batanis Laden in die Via Nicolás ein. Hinter einigen Fenstern sah ich Menschen beim Frühstück sitzen, einmal begegnete mein Blick dem Blick einer Frau, die von ihrem Buch aufsah. Wir lächelten. Vielleicht vollzieht sich auch der Körpertausch auf Mondariz mit einem flüchtigen Blick, dachte ich.

Auf dem kleinen Friedhof hatten sich Pfützen gebildet, einer der Fußwege sah aus wie ein Wasserarm. Eine alte Frau in schwarzem Mantel und mit großer Schifferhaube auf dem Kopf kniete vor einem Grab am Boden und betete. Neben ihr stand in einer Lache eine flackernde Laterne.

Ich stellte meine Einkaufstasche an der Tür der *Iglesia* ab und trat ein. Vor dem Sarg im Altarraum standen drei schwarzgekleidete Menschen, die Mutter des Toten saß auf einem Holzstuhl. Der Padre stand hinter dem Sarg, sein leises Beten war durch das ganze Kirchenschiff zu hören. Zwei Besucher mit Fotoapparaten – wahrscheinlich Touristen – standen vor einem Gemälde an der Seitenwand und blickten verstohlen zu den Trauernden hinüber. Das Beten wurde lauter.

Der Padre kam durch den Mittelgang auf mich zu.

»Sie können dem Toten Ihre Reverenz erweisen, indem Sie sich vor den Sarg knien und für ihn beten«, flüsterte er mir zu.

Wasser rann mir über das Gesicht, ich wischte mir die Augen. Das Rauschen des Regens lief wie in Wellen durch den hohen Raum.

In kleinen Schritten ging der Padre voran.

Ich folgte ihm.

Ich legte meine Hand auf den Sarg und murmelte mit gesenktem Kopf ein paar Worte. Dann nickte ich den Angehörigen zu. Pedros Mutter stand von ihrem Stuhl auf. Sie sah mich eindringlich an.

»Haben Sie meinen Sohn angegriffen?« Ihre Stimme zitterte.

Ich schüttelte den Kopf. »Ich habe ihn von Maria getrennt, was er ohne Widerstand geschehen ließ. Es ging ihm gut.«

Sie umfasste meine Schultern, sah mir in die Augen. Ihr Griff war fest, der Blick fordernd, durchdringend, dabei aber ganz ruhig. Für einen Moment wollte ich es ihr glauben, dass sie in mein Leben hineinschauen könne, nicht nur jene Nacht lag vor dieser fremden Frau, nein, mein ganzer Aufenthalt auf Mondariz, mein Leben.

Pedros Vater trat neben seine Frau.

Der Padre hielt den Atem an.

Kerzen flackerten.

Von draußen drang kaum mehr Licht durch die Fenster.

Ich würde dich nicht wiedersehen, nicht mehr wie früher: Ich empfand dies mit einer Klarheit, die der Selbstverständlichkeit der früheren Zusammengehörigkeit nicht nachstand.

Ich nickte der Frau vor mir zu. »Es tut mir leid.«

In ihren Augen hatten sich Tränen gebildet, ihr Blick aber blieb fest. »Sie haben ihm nichts getan?«, fragte sie mehrfach. »Sie haben ihm wirklich nichts getan?«

Ihr Mann legte ihr die Hand auf die Schulter.

Ich schüttelte den Kopf.

Ihr Sohn würde draußen auf dem Friedhof beerdigt werden, ich hatte Pedro nicht einmal gekannt.

Ich hielt den Eheleuten die Hand hin.

Sie zögerten.

Als Pedros Vater sie langsam entgegennahm, schluchzte die Frau laut auf.

Ein Mann stand im Eingang der Kirche, gegen den Regen hielt er sich eine Plastiktüte über den Kopf. Offenbar hatte er gezögert, einzutreten.

»Was für ein Wetter!«, sagte ich. Wasser floss durch die Via Inmaculada, ein Gulli war überschwemmt. Stieg das Wasser weiter an, so wäre endlich das ganze Dorf von einem Netz von Rinnsalen durchzogen, in denen Algen,

Fische und Müll schwimmen würden. Die Kirchentür fiel hinter mir ins Schloss. Von fern war Donnergrollen zu hören.

»Im Norden soll eine Welle über den gesamten Küstenstreifen gelaufen sein, bis weit über das Geröllfeld«, sagte der Mann. Erst jetzt erkannte ich Javier.

»Wirklich?«, fragte ich ungläubig. Ich war einen Schritt zurückgetreten und sah ihn abschätzend an.

»Manchmal regnet es tagelang auf Mondariz. Haben Sie das schon mal erlebt?«

Ich schüttelte den Kopf.

»Es ist ein Wunder, dass die Siedlung überhaupt noch steht.«

Ich wollte mich losmachen und hinüber zum Coimbrahaus laufen.

Javier hielt mich zurück.

»Ist das Ihr Einkauf?«, fragte er mit Blick auf die Tüte, die innerhalb des steinernen Bogens vor der Tür an der Wand lehnte. »Sie sollten die Sachen hier nicht so stehen lassen, die Tüte ist sicher schon voller Wasser.«

»Danke«, sagte ich.

Er hielt mich am Ärmel fest. »Wir waren Freunde«, murmelte er mir ins Ohr. »Er hat mir verziehen. Sie haben doch selbst gesehen, wie wir Arm in Arm durch die Via Umbria zum Strand gingen. Ich habe mich entschuldigt und er hat mir verziehen.«

Sein Blick schweifte ziellos umher.

»Er wusste, was mit ihm geschehen würde, er wusste

es genau. Sein Blick – er war auf einmal nüchtern, ganz ruhig. Etwas verwundert vielleicht. Er sah seinen Tod, das weiß ich ganz sicher. Als Zeichen seiner Freundschaft ließ er sich von mir zum Strand führen, das haben Sie doch selbst gesehen.«

»Ich glaube, er hat sich geschämt.«

Es entstand eine Pause.

»Sie wird die Insel verlassen«, sagte er auf einmal. »Sie wird die Insel verlassen wie so viele andere auch. Sie haben sie als Hure beschimpft.«

Ich nickte.

»Was haben Sie ihr gesagt?«, fragte er.

Ich hob meine Tasche vom Boden auf.

»Ich habe ihr gesagt, dass es nicht ihre Schuld ist.«

Er nickte. Für einen Moment wirkte sein Gesicht so leer, als hätte er keines meiner Worte verstanden. »Ich träume von dieser Nacht in der Via Umbria. Sie wiederholt sich wieder und wieder. Und in jedem Traum trete ich fester zu, fester und fester, bis das Gesicht schon nicht mehr zu erkennen ist und der Schädel aufspringt. Und dann gehen wir zum Strand hinunter, Arm in Arm, wie Brüder.«

»Sie sollten selbst sprechen auf der Bühne. Noch ist Zeit dazu. Denken Sie darüber nach.«

»Ich habe davon geträumt«, sagte er. »Die Via Umbria verwandelt sich selbst in eine Bühne, und alle schauen mir zu.«

In der Gaststube des Hotels brannten Kerzen. Jugendliche warfen auf eine Zielscheibe an der Wand Dartpfeile. Regen prasselte gegen die Scheiben, draußen war der Himmel schwarz geworden. An einem Fenster neben der Tür standen Gäste und blickten schweigend auf den Platz: Das Licht aus dem Rathaus spiegelte sich auf dem nassen Pflaster. Ich stellte die Einkaufstasche ab.

»Ziemlich beeindruckend, finden Sie nicht?«, fragte Penélopes Großvater.

Ein älterer Mann hinter ihm wiegte den Kopf.

Der Wirt kam durch den Raum auf uns zu. Ich gab ihm die Hand.

»Es hat keine Unwetterwarnung gegeben in den letzten Tagen«, sagte er. »Auch Señor Morata hat sich nicht geäußert.«

»Es ist selten, dass es so dunkel wird am Tag«, sagte einer der Männer.

»Die gefährlichen Unwetter sind die heimlichen, schleichenden«, sagte Penélopes Großvater. »Auf dem Meer bilden sich haushohe Wellen. Sie laufen unhörbar über Meilen und Meilen und gewinnen dabei noch an Wucht. Jetzt ist der Seegang nahezu ruhig, nur Gischt spritzt meterweit über die Oberfläche. Die Wellen haben keine Kraft, sehen Sie das?«

Durch die Scheibe konnte man die Küstenlinie nur noch undeutlich erkennen.

Die Männer wandten sich ab. Penélopes Großvater legte mir die Hand auf die Schulter. »Wollen Sie Penélope mitnehmen, wenn Sie wieder abreisen?« Er tippte sich flüchtig mit dem Zeigefinger an die Lippen.

Eine junge Frau hatte eine Partie Dart gewonnen und klatschte in die Hände. Aus dem Hinterzimmer war das Aufeinanderprallen von Billardkugeln zu hören.

»Es gibt Fremde, die sich einmischen oder viel Lärm machen. Die meisten wollen nur Geld ausgeben, denen wird *El Mundo* schnell zu klein.« Penélopes Großvater hatte schlechten Atem, er sprach mit gedämpfter Stimme direkt in mein Ohr. »Ich habe Sie beobachtet. Sie kennen Miguel, Sie kennen Doktor Álvarez. Sie gehören fast schon dazu.«

Die Männer hatten sich wieder an einen Tisch gesetzt, wir waren die Einzigen, die noch am Fenster standen.

»Sie haben niemandem von Ihrer Ausfahrt mit ihr erzählt, oder?«

»Es ist nichts geschehen.«

Der Mann hob abwehrend die Hände.

Die Männer sahen vom Tisch auf, senkten aber gleich wieder die Blicke.

Penélopes Großvater ging ein paar Schritte zur Seite, er zog mich mit sich. Ein Blitz erhellte für Sekunden das Dorf, in dem kalten Licht wirkten selbst Regenstränge, als seien sie in der Bewegung erstarrt.

»Sie haben das Schiff ja gesehen – *El Satélite*.«

Ich nickte.

»Hat Ihnen Penélope davon erzählt?«

»Sie haben es aus Bolivien mitgebracht, nicht wahr?«

»Ich habe jahrelang in Bolivien gearbeitet«, sagte er. »Früher fühlten sich auch die jungen Leute auf Mondariz mit ihrer Heimat verbunden, es war eine Art Trotz. Ein schwimmendes Restaurant hätte sich rentiert, und nicht nur als Touristenattraktion. Heute glauben die Jugendlichen, sie müssten sich beweisen: Beziehungen zerbrechen, weil die Welt ihnen zu klein geworden ist. Ich kann das verstehen.«

Er lehnte den Oberkörper zurück und musterte mich. »Wollen Sie die *Casa Fuentes* kaufen?«

Ich schüttelte den Kopf.

»Damals waren Sie mit einer Frau hier. Jetzt sind Sie allein.«

Es entstand eine Pause.

Rafael de Hostos durchquerte mit einem Tablett den Raum und stellte auf den Tisch der Männer Bier- und Schnapsgläser.

»Penélope ist jung. Sie braucht einen Bezugspunkt im Leben, Erfahrungen außerhalb des begrenzten Raumes ihrer Kindheit. Manchmal blickt sie Nachmittage lang aus dem Fenster und malt sich aus, ganz Mondariz sei unterkellert.«

Ich sah ihn fragend an.

»Es war unser Spiel damals. Als sie klein war, haben wir oft gemeinsam Kellergänge erfunden, die vom *cima* ins Dorf führten und vom Dorf so weit hinunter, bis das Meer eindrang. In manchen dieser Gänge lebten Tiere, andere waren wie Festungen ausgebaut. Es gab sogar eine richtige

Stadt dort unten, mit Blumengeschäften und einem Kinderspielplatz. Daran erinnere ich mich genau.« Er lächelte. »Vielleicht will sie mich heute nur damit ärgern, ich kann sie nicht mehr gut einschätzen. Von Ihnen jedenfalls hat sie viel erzählt seit der gemeinsamen Ausfahrt. Sie haben sie beeindruckt.«

Ich machte eine wegwerfende Handbewegung. »Bestimmt nicht.«

An ihren unteren Rändern waren die Fenster beschlagen, Penélopes Großvater zog mit dem Finger eine Linie über eine Scheibe. »Es ist wegen dieser Freundin von ihr, nicht wahr? Juanita? Sie haben die beiden tanzen sehen. Das bedeutet nichts, sie spielt sowas doch nur. Ich dürfte das vielleicht nicht sagen – sie hat sich in Sie verliebt.«

»Unsinn.«

»Würden Sie sie mitnehmen? Zumindest, wenn sie schwanger wäre?«

Ich lachte laut auf.

Das Gespräch am Nebentisch verstummte.

»Was hat sie Ihnen nur erzählt«, flüsterte ich dem alten Mann zu. »Sie kann nicht schwanger sein. Nicht von mir.«

Das Rauschen war laut, Wasser rann die Hauswand hinab, platschte auf Stufen, hämmerte auf Fensterbretter und Scheiben. Ich sprang die Treppe hinab und lief in die Via Inmaculada. Ich durchwühlte meine Hosentaschen nach dem Schlüssel. Ein Mann huschte in das Innere der *Iglesia*, wahrscheinlich hatte Javier seit unserm Wortwechsel unschlüssig im Regen gestanden.

Ich schloss die Tür zum Coimbrahaus auf.

Das elektrische Licht funktionierte nicht.

Ich fand eine Kerze und ging zum Klavier.

Ich hatte die Variationen seit meinem Besuch bei Antonio nicht mehr gespielt.

Fast schien es mir, als stelle sich eine Verbindung zu dem ehemaligen Bewohner her, der selbst auf dem unbequemen Stühlchen gehockt hatte, während er die Finger über die Tasten hatte gleiten lassen, Tausende von Kilometern von meiner Heimat entfernt, Generationen vor meiner Zeit. Wenn ich leise spielte, ersetzten Rauschen und Gurgeln von der Gasse die Musik beinah.

In seiner letzten Fassung der Großen Sinfonie in cis-Moll hat Coimbra die Idee des Wucherns verschiedener Stimmen, das sich zum Teil im Unhörbaren, Verborgenen vollzieht, auf eine neue Ebene gehoben: Hier ist nicht mehr festgelegt, welche Stimmen erklingen sollen, der Dirigent kann während der Aufführung verschiedene Gruppen aus dem Gesamtensemble herausgreifen, während andere zu spielen lediglich vortäuschen sollen. Das kann bedeuten, dass die Spieler mit hochroten Köpfen ihre Instrumente zu streichen, zu zupfen, zu schlagen oder in sie hineinzublasen nur vorgeben, während tatsächlich aber eine Minderheit musiziert. Auf ein weiteres Signal des Dirigenten ziehen auch diese sich in den Bereich des nur Gestischen zurück, sodass für Momente das ganze Orchester, scheinbar tief in labyrinthische Klangwelten versunken, in Wahrheit schweigt. Die Partitur deutet durch Verdoppelungen verschiedener Linien höchstens an, welches Grundgerüst bestehen bleiben könnte; darüber hinaus ist das Changieren der Linien und Akkorde ganz dem Moment überlassen, der Eingebung des Dirigenten und der Intuition der Musiker. Die Musik ist drängend, harmonisch einfacher als die bis ins Polytonale sich vorwagende Brüderlichkeits-Sinfonie. War dort aber noch genau bezeichnet, welche Stimmen als reine Ideen oder als Vorbereitung klar ausformulierter Gedanken verborgen bleiben sollen, so liefert die Partitur der cis-Moll-Sinfonie einen Pool, aus dem während der Aufführung einzelne Instrumente herausgegriffen, wechselnde Gruppen in den Vordergrund gestellt oder auch alle Instrumente gleichzeitig miteinander kombiniert werden können. Das Notenbild ist fast durchgängig voll gesetzt, es gibt über weite Strecken nur wenige notierte Pausen: Seine eigene Aufgabe sah der Komponist in der Bereitstellung der Summe, aus denen einzelne Wahrnehmungen herauszugreifen Aufgabe der Aufführung sein sollte.

Coimbra hat in Briefen mehrfach darauf hingewiesen, wie gewisse Eindrücke seine Aufmerksamkeit im Alltag ganz banden, während andere Phänomene, auf die er sich ganz bewusst zu konzentrieren versuchte, noch im Moment von ihm abzuprallen schienen. So beschreibt er ein Gespräch mit seinem Onkel, in dem der zuckende Adamsapfel des alten Mannes und dessen schlecht sitzende Krawatte jeden Versuch, sich auf die Worte seines Gegenübers zu konzentrieren, scheitern ließen. Als auf eine Frage des Onkels hin eine unerwartete Pause eintrat, suchte Coimbra vergeblich nach Worten und begann schließlich, hysterisch zu lachen. Der Onkel, der sich mit Coimbra über die geplante Verlobung seiner Tochter hatte verständigen wollen, verließ erzürnt und unverrichteter Dinge das Haus. Ob er die wenig später vorgebrachte Entschuldigung Coimbras akzeptierte, ist fraglich: Die Verlobung des Komponisten mit seiner Cousine kam nicht zustande.

Seine Heimat, so begrenzt sie scheinen mag, war für Coimbra der Ort einer Fülle von gleichzeitig sich ereignenden Lebensläufen, Geräuschen, Handlungen, die sich zwar in scheinbarer Beschaulichkeit vollzogen, in Wahrheit die Auffassungsgabe jedes Einzelnen aber bei Weitem überschritten. »Man kennt die Insel nie«, schrieb er an einen Freund in Kolumbien, »und das, obwohl man jeden Winkel unzählige Male besucht hat. Jede Nacht schnarchen Menschen in ihren Betten, in ihren Träumen, in ihren Labyrinthen, während unter ihnen das Meer gurgelt und in Wellen über den Strand läuft, während Holz im Kamin knistert, während die alten Häuser im Wind ächzen, während Sterne am Himmel jagen, als seien tausend Jahre ein Tag, und während nur ich am Schreibtisch sitze, verschwimmendes Notenpapier vor Augen, um wenigstens einen Teil meines Schwindels ins Reich des Hörbaren zu überführen.«

Er sehnte sich danach, seine Heimat zu verlassen, und fürchtete sich davor, in der Fremde die Orientierung zu verlieren: »Wir bleiben auf unserer Insel wie Schiffbrüchige auf einer schmelzenden Eisscholle. Erst im letzten Moment, bevor der Untergrund nachgibt, glauben wir, unsere Welt endlich zu verstehen.«

Er suchte Geborgenheit und schreckte doch vor der Gemeinschaft immer wieder zurück. Er wurde verlacht, doch imponierte er den Zeitgenossen in seiner Halsstarrigkeit auch: Jedenfalls war er fleißig. Wenn er zur Beichte ging, meist abends, auf besondere Verabredung hin, so sprach er von Tönen, von Akzenten, von Melodieabschnitten, die er nur behauptet habe – als sei solcherart Betrug die tiefgreifendste Sünde. Dass er mit seinem Dienstmädchen schlief, räumte er schulterzuckend ein; er wolle sie bei nächster Gelegenheit zurück aufs Festland schicken. Die Briefe, die er Jahre später aus den Vereinigten Staaten von ihr bekam, liegen heute in einer Kiste auf dem Dachboden.

Plötzlich fiel helles Licht auf die Tastatur.

Ich fuhr herum und sah eine Taschenlampe von draußen durch die Scheibe leuchten. Ich wollte das Fenster öffnen, der Mann auf der Gasse winkte ab, schaltete die Lampe aus und verschwand in der Dunkelheit.

Mein Mobiltelefon piepte, ich zog es aus der Hosentasche.

Die Nachricht lautete: »Ich vermisse dich. Ich habe jetzt solche Angst, dich endgültig zu verlieren.«

Ich versuchte weiterzuspielen.

Tropfen schlugen gegen die Scheiben.

Auf einem Holzstich, der neben dem Flügel an der Wand hängt, sieht man die Fluten des Meeres sich wie ein Vorhang über der Insel zusammenziehen, die Menschen, klein wie Punkte, blicken zum Himmel auf.

Ich rannte durch die Gasse. Stoff klebte an meinem Körper, die Hose hing wie ein Sack an meinen Beinen. An manchen Stellen drang für kurze Momente ein Abschein von Tageslicht durch die noch immer schwarze Wolkendecke, im Licht eines Blitzes sah ich hoch oben den Waldrand und Miguels Blockhaus. Dann schoben sich die Wolken wieder ineinander, nur im Osten, am Horizont, ließ ein durchdringender Sonnenstrahl einen Streifen Meer hell aufstrahlen.

Donnergrollen war zu hören.

Neben dem Hotel blieb ich stehen.

Auf der gegenüberliegenden Seite des Platzes war Señor Calotta zu sehen. Er hielt eine Taschenlampe in der Hand und hatte sich einen Regenschirm unter den Arm geklemmt.

Er kam auf mich zu.

»Haben Sie keine Angst?« Regen und Wind waren so laut, dass ich ihn kaum verstehen konnte.

Ich schüttelte den Kopf.

»Seien Sie vorsichtig«, sagte er. »Nicht nur die Unwetter können auf Mondariz gefährlich werden.«

Ich nickte.

Er bot mir seinen Schirm an.

Wir gingen zum Hafenbecken, beugten uns über das Geländer. Der Lichtstreifen am Horizont war schmaler geworden, kurz schien es mir, als glänze das weiße Deck einer Fähre darin auf. Wind sauste in meinen Ohren, schlug mir ins Gesicht, sobald ich den Kopf drehte.

»Schauen Sie nur!« Señor Calotta wies auf das Wasser.

Für einen Moment glaubte auch ich den Umriss eines Kopfes zu erkennen, gleich darauf schien es mir, als schwanke ein Fass auf den Wellen.

Die am Rand des Beckens vertäuten Boote knarrten im Wind.

»Ein Marlin vielleicht oder ein Delphin.« Señor Calotta schaltete seine Taschenlampe ein und leuchtete ins Wasser. »Bei Sturm verirren sie sich manchmal.«

»Da drüben!«, rief ich aus.

Er richtete das Licht auf die von mir bezeichnete Stelle.

Wasser gurgelte.

»Haben Sie die Flosse gesehen?«, fragte er.

»Es sah aus wie ein Mensch.«

»Wie ein Mensch?«

Eine Windböe riss dem Polizisten den Schirm aus der Hand und trieb ihn schon im nächsten Moment bis weit über den Platz.

Señor Calotta lehnte sich gegen das Geländer.

»Wie ein Mensch?«, wiederholte er.

Er hielt die Taschenlampe mit beiden Händen.

Das Meer war wie von schwarzem Dunst bedeckt.

»Gehen Sie zum Hotel zurück. Ich steige allein hinunter.«

»Zu zweit sehen wir besser«, gab ich zurück.

Señor Calotta ging voran. Manche Windstöße waren so stark, dass mir der Atem stockte. Auf den Holzstufen geriet ich ins Rutschen, bekam aber das Geländer zu fassen. Unten angekommen durchwühlte ich die Hosentaschen, fand mein Telefon, drehte es kurz in der Hand und ließ es gleich darauf wieder zurückfallen. Zur Einweihung ihres Hauses werde ich deine Eltern besuchen, dachte ich. Der Gedanke an ein Wiedersehen tat mir gut.

In der Mitte des Stegs ist an der Balustrade ein Rettungsring angebracht; an dieser Stelle blieb Señor Calotta stehen und ließ das Licht über die Wellen gleiten. Wasser platschte von unten gegen den Steg, das Echo der Kaimauer verstärkte das Geräusch.

Die Grenze zwischen Tag und Nacht war am Horizont wie mit dem Lineal gezogen.

»Vor ein paar Jahren hat ein Fischer einen Marlin im Hafenbecken erbeutet. Es war der größte Fang des ganzen Jahres.«

»Haben Sie ihn gesehen?«, fragte ich.

Er streckte den Arm mit der Taschenlampe aus. »Dort! Dort drüben! Die Tiere geraten in Panik, wenn sie eingesperrt sind. Er kommt direkt auf uns zu, sehen Sie das?« Er hielt die Lampe gerade nach vorn.

Eine Regenböe prallte wie eine Woge auf den Steg.

Ich strich mir mit der Hand übers Gesicht.

»Er ist abgedreht!«, rief er mir zu. »Jetzt macht er an der Kaimauer kehrt. Die Rückenflosse schneidet eine Welle. Gleich wird er springen.«

Ich versuchte vergeblich, in Wellen, Gischt und schwarzem Schaum noch Einzelheiten zu unterscheiden.

Endlich schüttelte Señor Calotta den Kopf.

Seine Haltung entspannte sich.

»Er ist getaucht«, sagte er. »Wahrscheinlich hat er den Ausgang gefunden. Diese Fische schwimmen schneller als Motorboote, wussten Sie das?«

Seine Uniformjacke war vollgesogen, das weiße Hemd klebte in Falten an seiner Brust.

Er knipste die Taschenlampe aus.

»Gehen wir zurück«, sagte er.

Ich ging nach Hause, packte den Einkauf aus. Ich wusch mich, schlief in der Badewanne ein.

Als ich ans Fenster trat, war es Nachmittag.

Der Himmel war in verschiedenen Grautönen verhangen, auf der Gasse standen hohe Pfützen.

Es nieselte.

Ich zog mir trockene Kleider an und ging hinaus.

Die Häuser des Dorfes standen zusammengedrängt am Hang wie eingeschüchterte Tiere. Nebelschwaden verhüllten Teile der Siedlung und trieben als weiße Auslassungen auf den Hafen zu. Der Platz glänzte, Dunst lag über den Pfützen. Auf dem Geländer zum Hafenbecken saßen Möwen.

Im Hotel brannte Licht. Hinter den Fenstern des Erdgeschosses waren Silhouetten von Menschen zu sehen, über Tische gebeugt, plaudernd.

Ich schlenderte zum Hafen hinüber. Bootsmasten schwankten, die Wasseroberfläche war von Sprühregen aufgeraut. Im Becken schwammen Gegenstände: eine Plastikflasche, ein Kanister, eine große Holzplanke. Ich stieg die Stufen hinab und zog einen Kinderschuh aus dem Wasser. Ich stellte den Schuh auf den Landungssteg, ging bis zu dessen Ende nach vorn und blickte aufs offene Meer hinaus.

Im Laufe des Tages nahm der Regen wieder zu. Ich saß am Fenster, beobachtete den Lauf der Tropfen auf der Scheibe, mitunter drehte ich das Telefon in meiner Hand. Es zeigte mir jetzt durchgängig keinen Empfang an.

Ich wollte Partituren Coimbras analysieren, doch fiel es mir schwer, mich darauf zu konzentrieren.

Ich stand auf.

Ich legte ein paar Briefe auf den Schreibtisch.

In etlichen Umschlägen stecken neben Coimbras Schreiben die Antworten von Señora Carlos, jener Nachfahrin, die, um mehr als ein Jahrhundert versetzt, am Ende ihres Lebens mit ihm in Kontakt zu treten versuchte. Manchmal sind ihre Entgegnungen direkt auf die Rückseite eines Briefes notiert. Randbemerkungen aus ihrer

Feder finden sich aber an ganz verschiedenen Stellen auf den Blättern.

»Gib mir noch Zeit!«, bittet sie etwa, um wenig später neben seine Zeilen zu schreiben: »Ich kann es dir nicht sagen. Noch nicht!«

Oft lassen sich ihre Einwürfe kaum auf die Inhalte seiner Briefe beziehen: »Zu Abend gab es Miesmuscheln, zu seinen Lebzeiten das Lieblingsessen *Papás*.« Einmal nennt sie ihn: »Verehrter José«. Dann wieder scheint alle Distanz überwunden: »Geliebter!« Sie hatte den Eindruck, dass er in seinen Schriften lebe wie eine Stimme, wie ein Gespenst; indem sie ihn ansprach, vermittelte sie ihm die Welt. Sie schilderte ihm die Insel, Gänge über die Strandpromenade, einen Kirchbesuch hundertzwanzig Jahre nach seinem Tod. Und immer wieder Sätze wie: »Vielleicht ahnst Du die Wahrheit.« – »Blickst Du nicht längst in meine Gedanken hinein?«

Es war schon Abend, das *Chirinos* war gut besucht. Maria sah mich durch die Scheibe, zögerte einen Moment, senkte den Blick. Dann winkte sie mir zu. Als ich eintrat, verstummten an einigen Tischen die Gespräche. Ich setzte mich neben Señor Morata an den Tresen.

»Kannten Sie Señora Carlos?«, fragte ich ihn.

»Sie interessieren sich für Señora Carlos?« Seine Stimme war alt und hoch und knarrte. Er sah mich mit zusammengekniffenen Augen an.

»Ich beschäftige mich mit dem Nachlass des Komponisten Coimbra. Señora Carlos hat einige seiner Manuskripte mit Anmerkungen versehen.«

»Waren Sie im Freien heute? Haben Sie den Himmel gesehen? Schwarz, sage ich Ihnen. Wie in der Nacht. Schauen Sie sich um: Viele der Menschen, die jetzt beieinandersitzen und trinken, hatten Angst, Angst um ihr Dorf, Angst um die Boote. Ein paar Fischer sollen immer noch draußen sein.«

»Haben Sie Anzeichen bemerkt, die im Vorfeld auf das Gewitter hingedeutet hätten? Haben Sie den Sturm vorhergesagt?«

Der alte Mann räusperte sich. »Ich war krank die letzten Tage«, erklärte er kleinlaut und lächelte mich schief an. »Ich habe viel geschlafen.« Er machte eine wegwerfende Handbewegung. »Aber es ist ja auch kaum etwas passiert. Einige Keller sollen überflutet sein. Das ist alles.« Er zog die Schultern in die Höhe, kratzte sich am Arm.

Maria stellte ein Glas Bier vor mich auf den Tresen.

Ich prostete dem alten Mann zu.

Er sah mich an. »Señora Carlos«, murmelte er und rieb sich das Kinn.

Während seiner Kindheit war die spätere Señora Carlos schon eine Frau, selbstbewusst und unabhängig. Sie war die jüngere von zwei Schwestern, hatte im Gegensatz zur Älteren die Schule abgeschlossen, dachte aber nicht daran, sich zu verheiraten. Ihre Mutter war gestorben. Der Vater zahlte den Töchtern eine kleine Leibrente, von der sie sich gemeinsam ein Zimmer in der Nähe des Strandes mieteten. Sie müssen schon zu dieser Zeit unzertrennlich gewesen sein. Gerüchte deuteten an, ihre Liebe gehe über ein übliches familiäres Maß hinaus: Nachbarn wollten gesehen haben, wie die beiden sich am Strand an den Händen hielten, einander über die Schultern strichen, sich küssten. Ein Fischer behauptete, sie träfen sich nachts mit einem Mann, mit dem sie weit hinausschwämmen und dann am Strand schliefen. Tagsüber bewegten sie sich so frei, als gehöre ihnen das Dorf. Nur der Vater lebte seit dem Tod seiner Frau abgesondert, seine Töchter versorgten ihn mit Lebensmitteln. Es hieß, er sei krank, er verließe das Haus kaum mehr.

Während einer *fiesta* auf dem Marktplatz sprach Señor Morata, damals noch ein Junge, die Frau an. Ein Fischer hatte ihm Schnaps gegeben, er war zum ersten Mal in seinem Leben betrunken. Ob sie ihm die Liebe erklären könne.

»*¿Cómo?*« Die junge Frau sah ihn halb amüsiert, halb entgeistert an.

Ob sie ihm die Liebe erklären könne.

Ihr Blick wurde ernst, das Lächeln verschwand.

Einer seiner Freunde feixte und griff dem Jungen in den Schritt. Dieser krümmte sich zusammen, hielt ihrem Blick aber stand.

Ob sie ihm die Liebe erklären könne.

Ihr Blick streifte seine Hose.

»Kannst du dich an den großen Sturm erinnern?«, fragte sie. »Das Wasser schäumte, als schlügen alle Fische gleichzeitig mit den Flossen. Das Meer war weiß wie Papier. Auf der Oberfläche trieben tote Vögel.«

Sie wandte sich ab und verschwand zwischen den Festgästen.

Señor Morata ließ seine Hand auf den Tresen sinken. »Merkwürdig, woran man sich nach Jahrzehnten noch erinnert … Ich glaube, es war ihr Blick, der sich mir eingeprägt hat. Sie nickte mir zu, als spreche sie nicht einmal mehr mit mir, sondern mit dem Mann, der ich in ferner Zukunft sein würde. Vielleicht wandte sie sich durch mich ohnehin an einen anderen. Heute erzähle ich Ihnen davon.« Mit seiner heiseren knarrenden Stimme lachte er.

Über Jahre lebte die Frau als schillernde Außenseiterin. Männer sahen ihr hinterdrein, Frauen bekreuzigten sich in ihrem Rücken. Obwohl sie regelmäßig zur Beichte ging, war ihr Leben sündig: Ohne erkennbaren Grund fing sie auf der Strandpromenade zu weinen an. Sie ließ ihren Korb fallen, presste die Hände vors Gesicht. Was mit ihr los sei?, wurde sie gefragt. Sie stieß die Umstehenden von sich. Nur ihre ältere Schwester durfte sie stützen, ihr allein murmelte die Frau jetzt etwas zu. Die Sonne schien so strahlend, der Himmel war so grenzenlos, als könne es Geheimnisse in diesem Licht, an diesem Ort nicht geben.

Wenig später verstarb der Vater, die Schwestern zogen in das Haus ihrer Kindheit zurück. Selbst die Nachbarn hatten den Kranken über Monate nicht gesehen – auf dem Totenbett wirkte sein wächsernes Gesicht wie das eines jungen Mannes. Für eine Zeit schien es, als lebten die Frauen ihre Vergangenheit neu, ihr Lachen schallte bis in die Nacht auf die Gasse, manchmal sangen sie oder klimperten auf dem alten Flügel. Sie hatten auf dem Dachboden Bilder und Dokumente entdeckt: Jetzt entfernten sie das Dekor ihrer Kindheit und schmückten das Haus nach eigenen Vorstellungen. Die Jüngere gab dem Werben des Zimmermanns Carlos nach. Er konnte etwas Klavier spielen. Er vermittelte wohl auch ihr einige Grundkenntnisse; in späteren Jahren konnte Señora Carlos zumindest einfachere Melodien ihres Vorfahren Coimbra vom Blatt spielen. Dass der Zimmermann wenig später auszog und die Insel bald darauf ganz verließ, störte die Schwestern nicht. Sie wurden ruhiger. Das Bild der beiden Frauen, wie sie Arm in Arm durch die Gassen schritten, die Köpfe einander halb zugewandt, als nähmen sie ihre Umwelt nur am Rande wahr, war aus dem Dorf bald kaum mehr wegzudenken. Was in ihrer Jugend provokativ gewirkt hatte, wendete sich ins Kontemplative – man hielt sie für gottgefällige alte Jungfern. Dass Señora Carlos einmal verheiratet gewesen war, verstärkte den Eindruck sogar noch, machte sie zum Opfer: Die Schuld lag bei ihm. Jüngere Leute suchten den Rat der beiden, die alternden Frauen hatten Verständnis für sie und schienen sich doch selbst von allen Sorgen gleichermaßen weit entfernt zu haben. Sie galten als weise. Erst mit dem Tod der Schwester zog Señora Carlos sich zurück. Man war gewöhnt, die beiden miteinander am Meer spazieren zu sehen, in ruhiges Gespräch vertieft. Señora Carlos huschte grußlos an ihren Nachbarn vorbei und verschwand in der Tür ihres Elternhauses. Ihr Wohnsitz glich mehr und mehr einem Anwesen aus dem 19. Jahrhundert. Wenn man in späteren Jahren sagte, sie lebe in der Vergangenheit, meinte man damit nicht ihre eigene Vergangenheit – man meinte eine Zeit, die ihrem Leben um Generationen vorausgegangen war.

Im Coimbrahaus ist die wunderliche Alte, die mit sich selbst sprach und Nachmittage lang am Flügel einen einzigen Akkord anschlug, schließlich gestorben.

Am Nebentisch saßen zwei Amerikaner. Einer der beiden stand auf und stellte sich neben uns. »Zwei Bier!«

Maria nickte und nahm aus dem Schrank zwei Gläser.

Der Amerikaner musterte zuerst Señor Morata, dann mich, als versuche er sich zu erinnern. Er strich sich mit der Hand durchs Haar. »Sind die Gewitter hier immer so heftig?«

»Manchmal regnet es über Wochen auf Mondariz.« Señor Morata führte sein Glas zum Mund. »Spätestens im Laufe der Nacht wird es aber wieder aufklaren.«

Der Amerikaner sprach holpriges Spanisch. Als ich ihm zunickte, wechselte er ins Englische. Er wirkte erleichtert. »Mein Freund und ich sind mit der Fähre aus Buenos Aires gekommen. Ein Rettungsboot hat uns die letzte Strecke von der Fähre übergesetzt. Große Schiffe können den kleinen Hafen offenbar nicht ansteuern.«

Señor Morata nickte.

»Ist das so üblich?«, wollte ich wissen.

»Wir sind eine kleine Reisegruppe. Unser Abstecher nach Mondariz war gebucht. Die Fähre hat für uns nicht einmal vollständig angehalten.«

»Wohnen Sie im Hotel de Hostos?«, erkundigte ich mich.

Der Amerikaner nickte. »Eigentlich wollte meine Frau die Insel besuchen, unser Freund Tom hatte uns davon erzählt. Tom ist Dokumentarfilmer, er wollte hier drehen. Inzwischen hat mich meine Frau verlassen. Sie ist mit Tom nach Feuerland gefahren, die beiden bereiten einen Film über Geheimkulte vor.« Er hob sein Glas. »Ich hätte nicht gedacht, dass ich Mondariz einmal alleine besuchen würde.«

Der Amerikaner heißt Steve.

Sein Begleiter Johnny gesellte sich zu uns, die beiden prosteten einander zu.

»Auf die Neue Welt!«, sagte Steve.

Sie sind etwa Mitte dreißig, braungebrannt, ihre T-Shirts waren durchnässt. Johnny trug eine Kette um den Hals, an der eine Armeeplakette baumelte. Steve nahm seine Hornbrille ab und wischte sie an seiner Hose ab.

»Haben Sie die Höhle besucht?«, fragte mich Johnny.

Ich nickte. »Sie sieht heute anders aus als zum Zeitpunkt ihrer Entdeckung.«

Die beiden hatten von den Skeletten und dem Opferstein in der Grabkammer gehört; ich schilderte ihnen das Graffiti an der Wand. »Die historischen Fundstücke sind allesamt verschollen.« Ich erwähnte Doktor Álvarez und die Fotos, die er damals gemacht hat.

»Ich habe Toms Probeaufnahmen gesehen«, erwiderte Steve. »Tom war eine Zeit lang wie besessen von der kleinen Insel im Atlantik. Wir waren fast jeden Abend bei ihm zu Besuch, die Spuren der Ureinwohnerkultur seien bis heute überall auf der Insel zu spüren. ›Die ganze Kolonialgeschichte Amerikas wie unter einem Brennglas!‹, schwärmte er. Damals verdrehte Linda hinter seinem Rücken noch die Augen, wenn er wieder davon anfing. Wir machten uns über ihn lustig. Seit er bei Filmfestivals Preise gewinnt, denkt sie anders darüber.«

Johnny winkte ab. »Vergiss sie.«

»Er hat die Idee aufgegeben, über Mondariz zu arbeiten?«, fragte ich.

»Ich weiß es nicht«, antwortete Steve. »Ich hab lang nicht mehr mit ihm gesprochen.«

Johnny legte ihm die Hand auf die Schulter. »Vergiss sie einfach.«

Es entstand eine Pause, in der Steve etwas konsterniert abwechselnd auf die eigenen Hände und dann durch die Gaststube blickte.

»Irgendwie hatte ich mir Mondariz anders vorgestellt«, sagte er nach einer Weile.

»Wie denn?«, wollte ich wissen.

»Nach dem, was Tom geschildert hat« – er suchte nach einem Wort – »exotischer. Geheimnisvoller. Das Hotel ist gepflegt, die Gänge sind mit Teppichen ausgelegt. Lichter schalten sich automatisch an. Es ist wie bei uns zu Hause. Die Menschen sind höflich und zuvorkommend. Sie sehen aus wie Europäer.«

Señor Morata hatte mitgehört. »Was hatten Sie erwartet?«, fragte er. »Krieger mit Pfeil und Bogen?«

»Immerhin war die kleine Gemeinschaft über Generationen isoliert …«, murmelte Steve. »Stimmt es, dass seit der Evakuierung viele Häuser leerstehen?«

Señor Morata nickte. »Finden Sie das romantisch?«, fragte er schnippisch.

»Vergiss sie, ein für alle Mal«, warf Johnny ein.

Ausgangspunkt für Toms Dokumentarfilm sollten die Fackelzüge zum *cima* sein. Nach Toms Angaben versammeln sich bis heute bei Vollmond im Dorf Fackelträger, die in einer Reihe vom Marktplatz aus den Hang hinauf, durch den Wald und bis zur Hochebene des Vulkans ziehen. Obwohl die Kirche früh gegen die Umzüge vorgegangen sei und die Administration sie zeitweilig mit Waffengewalt unterdrückt hätte, sei der Brauch immer wieder aufgelebt. Die Führer der Umzüge, die *Iniciados*, bildeten bis heute eine eingeschworene Gemeinschaft, die das dunkle Wissen der Vorfahren bewahre.

»Gehen die Umzüge nicht überhaupt auf diesen Schmied zurück?« Steve blickte zum Fenster. Über der Eingangstür baumelte im schwachen Lichtschein das Wappen einer Kneipe. »Chirinos? Ich hätte gedacht, dass dieser Name auf Mondariz nur hinter vorgehaltener Hand gemurmelt wird …«

Señor Morata schüttelte nur noch den Kopf.

Laut Toms Schilderungen heben sich die Führer der Umzüge von der Masse der Fackelträger deutlich ab; während Letztere durch ihre Teilnahme nur Schaden von sich selbst abwenden wollen, streben die *Iniciados* Kontrolle über das Schicksal ihrer Mitmenschen, ja von Mondariz aus über die ganze Menschheit an. Der Priester, der den Aberglauben in einer Predigt verurteilt hatte, erwacht in einem Zimmer, dessen vier Wände sich um ihn drehen. Er wird nie mehr aufrecht gehen können – der Schwindel kostet ihn den Verstand. Eine Frau gebiert ein dreiarmiges Kind. Während die *Iniciados* ganze Nächte hindurch wie Vögel über der Insel kreisen, legen sich ihre Bannsprüche wie Spinnweben über die Menschen. Krankheiten brechen über das Dorf herein; Fischzüge bleiben erfolglos; Unwetter bedrohen das einsam aus dem Meer aufragende Felsmassiv. In New York brechen die Aktienkurse ein. Die *Iniciados* wissen seit Jahrhunderten um das Geheimnis des *cima*: Ihre Beschwörungen schließen an jenen Fluch an, mit dem die Ureinwohner in ihren letzten verzweifelten Opferhandlungen die Spanier belegten. Mit der Freilegung der Grabkammer durch einen Felsrutsch schließt sich ein Kreis: Nach Jahrhunderten steigen die *Iniciados* in den Berg, kehrt die Magie der Getöteten an den Ort ihres Todes zurück; der Vulkan stößt Rauch aus.

Die Insel wird evakuiert.

»Hat nicht Tom selbst die Grabkammer entdeckt?«, warf Johnny ein.

Steve ging über die Frage hinweg. »Sie können sich denken, dass wir uns die letzten Einwohner der Insel anders vorgestellt haben?«, fragte er mich.

Um uns herum hatte sich eine Gruppe von Zuhörern gebildet.

Ein Fischer begann zu applaudieren. »Kein Wunder, dass Ihre Frau mit diesem Teufelskerl durchgebrannt ist ...«

Johnny schüttelte den Kopf. Er legte seinem Freund die Hand auf die Schulter. »Vergiss sie«, sagte er.

Die Kirchenglocken läuteten Mitternacht, als ich den Heimweg antrat. Es hatte aufgehört zu regnen, die ganze Insel roch nach Meer, als sei sie erst vor Stunden aus dem Ozean aufgetaucht.

In einigen Häusern war noch Licht; eine Frau öffnete genau in dem Moment das Fenster, als ich vorüberging. Sie nickte entschuldigend. Dann zog sie das Fenster wieder zu.

In der Nacht klingelte das Telefon. Ich stand aus dem Bett auf. Stufen flirrten um meine Füße. Das Telefon lag auf dem Küchentisch im Erdgeschoss, zweimal griff ich danach, zweimal hörte das Klingeln genau in diesem Moment auf. Endlich ergab sich ein Gespräch, das aber nicht mehr um unsere Beziehung kreiste, ich empfand undeutlich, dass gerade unser gemeinsames Erzählen uns miteinander verband, dann verging selbst die Freude darüber in einer lebhaften Vorstellung von Zugfahrt und vorüberziehender Herbstlandschaft. Du warst allein unterwegs. Als ich das Telefon beiseitelegte und die Stufen wieder erklomm, war mir wohl. Ich dachte an den Traum in der Grotte, in dem ich mit den Menschen von Mondariz auf dem Marktplatz getanzt hatte, das Bild, so flüchtig es war, behauptete sich mit einer Lebhaftigkeit, die mich bis in den Schlaf begleitete. Ich sah Miguel, sah Maria, sah mich selbst in der traditionellen Tracht der Insel, wir drehten uns im Kreis. Ich spürte den sanften Rhythmus der Musik, während die Spieler, in schwarzen Fräcken und weißen Hemden, mit gemessenen Bewegungen ihre Instrumente strichen. Es war, als genüge eine Geste, ein Wort, ein Blick, um sich – jenseits deines Lebens, jenseits des meinen – in einem Niemandsland zu treffen: wie damals.

Wie von Señor Morata vorausgesagt, hatte sich der Himmel über Nacht aufgeklart. Ich verließ das Haus, sah die Gipfel der Insel von ersten Strahlen erfasst, sah das Blockhaus am Waldrand in scharfen Konturen und hell ausgeleuchtet aus der Dämmerung auftauchen, Miguel stand von seiner Bank auf und reckte sich. Das Licht wanderte den Abhang hinab, wenig später durchbrach die Sonne die Wasseroberfläche, das Meer leuchtete entlang einer Schneise kleiner Wellen vom Horizont bis zum Strand rot auf. Die Fassaden der Häuser waren feucht. Über dem Marktplatz lag feiner Dunst.

Señora Batanis Kramladen hatte schon geöffnet, mit läutendem Glöckchen fiel die Tür hinter mir ins Schloss.

»Sie sind das.« Señora Batani saß an der Kasse im Hintergrund des Raumes und las eine Zeitschrift. »Was kann ich für Sie tun, Señor?«

Ich schritt die Reihe der Borde ab.

Nach einer Weile fragte ich: »Haben Sie von den *Iniciados* schon einmal gehört?«

»¿Cómo?«

»Die *Iniciados*?«, fragte ich noch einmal.

Die Strahlen der tiefstehenden Sonne erleuchteten die Regalreihen und reichten bis in die Tiefe des Raumes.

»Haben Sie davon bei Ihrem Komponisten gelesen?«

»Die Amerikaner haben davon erzählt.«

»So?« Sie sah mich aufmerksam an.

Ich machte eine wegwerfende Handbewegung.

Wir lachten.

»Haben Sie den Talisman verkauft?«, fragte ich. *»Kaya?«*

Im Schaufenster war die Figur nicht zu sehen.

Sie nickte.

»An wen?«

»Ein Reisender aus Deutschland. Er wohnt im Hotel de Hostos.«

»Der Pianist?«, fragte ich.

Señora Batani zuckte mit den Schultern.

Das Meer lag ruhig und schwer, in verschiedenen Grün- und Blautönen schimmernd, lief träge den Sandstrand hinauf und schwappte mit hellem leisem Schnalzen gegen die Kaimauer. Die Insel hatte gegen den Aufruhr des gestrigen Tages ihre Position behauptet, der Fels hatte dem Ansturm einmal mehr standgehalten; von der Wucht, mit der Wellen und Gischt und peitschender Regen gegen das Dorf angerannt waren, blieben ein paar Pfützen und Algengeruch, der von ihnen ausging.

Ich schlenderte die Promenade zum Hafenbecken hinüber, hob einen toten Krebs vom Boden auf, warf ihn über das Geländer ins Wasser: Die See war so klar, dass ich den roten Panzer bis zum geklinkerten Grund hinabsinken sah, von wo er vom Seegang wie schwebend hinausgesogen wurde.

Eine Hand legte sich mir auf die Schulter. Nach einem Moment, in dem ich die Berührung ganz ruhig in mich eingehen spürte, durchzuckte mich von innen das Erschrecken: Ich fuhr herum.

Penélope lachte. »So früh schon wach?«

Wir schlenderten die Strandpromenade nach Norden, eigentlich hätte sie hinausrudern wollen, erklärte sie. So aber könne sie ebenso gut mit mir spazieren gehen. Am Tag ihrer Abreise, so stelle sie sich vor, müssten alle Einzelheiten, alle kleinen Begegnungen und noch so flüchtigen Eindrücke diese Abreise nicht einmal befördern, nein, beiläufig begleiten, auf sie hindeuten: Ihr neues Leben werde wie mit mühelos ausholender Armbewegung einsetzen. Sie zuckte mit den Schultern: »Dann ein andermal.«

»Ist das Ihr Reiserucksack, den Sie da tragen?«, fragte ich.

»Etwas Proviant«, sagte sie. »Und Wasser.« Südlich von Mondariz sei ein Tanker gekentert: »Vielleicht hätten mich die Hilfskräfte an Bord genommen, vielleicht wäre sogar im Hubschrauber noch Platz für mich gewesen. So male ich mir meinen Aufbruch seit meiner Kindheit aus: als eine lange Kette unwahrscheinlicher Umstände.«

Wir gingen nach Norden bis zu jener Stelle, wo die Täfelung der Promenade von ersten Felsauffaltungen unterbrochen wird, die von unten die Symmetrie durchbrechen. Der Weg macht eine Biegung nach Norden, die Platten, mit denen die Promenade hier nur noch unregelmäßig gepflastert ist, werden von steinernen Kanten und Furchen verdrängt, Adern, die auf den vulkanischen Ursprung der Insel verweisen. Wenig später beginnt das Geröllfeld.

»Wollen Sie mich noch ein Stück begleiten?«, fragte Penélope. »Großvater hat nach Unwettern immer Angst, sein auf Grund liegendes Schiff könne losgerissen und hinausgespült worden sein.«

»Schauen wir nach.«

Wir stiegen über Steine und über Rinnen, die aussahen wie ausgetrocknete Wasserläufe. »Ihr Großvater wollte ohnehin, dass ich mit Ihnen spreche.«

Sie winkte ab. »Sie sind nicht der erste Mann, dem er mich anzudrehen versucht.« Sie sprang leichtfüßig auf einen Felsbrocken. »Wie Sie schauen!« Sie lachte laut auf. »Er macht das ohnehin bloß für sich, wahrscheinlich gibt es ihm ein Gefühl von Macht, von Jugend. Sind Sie sich mit ihm einig geworden?«

»Zwanzig Kamele«, sagte ich. »Jungfräulichkeit vorausgesetzt.«

Ich hob eine Flasche auf, warf sie in weitem Bogen ins Wasser. Vor uns ragte ein langer Felsbrocken wie eine Rampe aus dem Geröll nach vorn.

»Steigen wir hinauf«, sagte Penélope und hatte den Vorsprung noch im Moment erklommen. Sie reichte mir die Hand. »Kommen Sie.«

Wir saßen nebeneinander auf dem Stein und sahen in Richtung des Schiffswracks aufs Meer. Unsere Körper warfen lange Schatten, der Schatten des Felsens sah aus wie ein Kanu, über dessen Bug wir uns nach vorn beugten. »Können Sie etwas erkennen?«, fragte ich.

»Ich bin nicht sicher.«

Ich lehnte mich zurück.

Wellen liefen in großer Bewegung über den Strand, brachen sich am Geröll und drangen als feine Äderchen bis unter den Felsen vor, auf dem wir lagen.

Die Sonne schien mir ins Gesicht.

Ich schloss die Augen und überließ mich dem Gefühl von Licht und Wärme, in das ich hinabzufallen begann.

Ich musste wohl eingeschlafen sein.

Als ich erwachte, lag Penélope nackt neben mir, die Haare nass, sie war geschwommen. »Großvater würde sich freuen«, sagte sie lächelnd und griff nach meiner Hand.

Sand rieselte auf meinen Kopf, ich fuhr mir über die Stirn. Penélope kreischte laut auf. Dann begann sie zu lachen. Weit oben, wo das Geländer über den Abgrund ragt, war ein Mann zu sehen, der in diesem Moment erschrocken zurücktrat. Vielleicht hatte er uns beobachtet, als sich ein Stück des porösen Grundes unter seinem Fuß gelöst und hinabgefallen war. Ich erinnerte mich daran, wie ich selbst auf meinem Weg zum *cima* dort oben gestanden hatte: Weit unter mir hatte ich Penélope mit Juanita erkannt, dem schwarzhaarigen Mädchen, mit der sie im *Chirinos* getanzt hatte.

»Kennst du den Mann?«, fragte ich.

Penélope hatte niemanden gesehen. »Wahrscheinlich ein Mitglied der Reisegruppe, die im Hotel eingezogen ist. Einheimische benutzen den Weg selten.«

Ich sah sie an. Ihr Körper war von Wassertropfen bedeckt, die das Sonnenlicht bündelten und es als kleine Punkte auf ihre Haut sprenkelten. Ihre Haltung zeugte von Unbefangenheit.

»Warst du sehr glücklich mit deiner Frau?«, fragte sie. Vielleicht hatte sie mich schon früher geduzt; mir fiel die Anrede erst in diesem Moment auf.

Ich machte eine unbestimmte Handbewegung.

»Ich habe euch manchmal beobachtet damals, einmal bin ich euch sogar hinterhergegangen. Erinnerst du dich daran?« Sie lachte. »Ihr habt mich ja ohnehin nicht bemerkt. Ich war damals zwölf.«

»Was ist geschehen?«, fragte ich.

»Oh – nichts. Ihr habt geredet, in einer Sprache, die ich nicht verstand. So stellte ich mir die Liebe vor – Hand in Hand durch fremde Landschaften gehen. Durch euch wurde sogar mir Mondariz manchmal etwas fremd – einfach deshalb, weil ihr euch so neugierig umschautet. Ich mochte das.« Sie wischte sich die Tropfen von den Armen, vom Bauch, von den Brüsten. »Einmal seid ihr hier gewesen, erinnerst du dich daran?«

Ich nickte.

»Ihr seid geschwommen und habt auf diesem Stein hier gelegen. Als ihr zum Hotel zurückgekehrt wart, bin ich bis zum Schiffswrack hinausgegangen. Auf dem Rückweg bin ich selbst noch schwimmen gegangen, genau hier.«

»Hast du viel allein unternommen als Kind?«, fragte ich.

Sie nickte.

»Weißt du, dass deine Frau damals ihren Ring hier hat liegen lassen?« Sie sah mich aufmerksam an. »Ihr wart doch verheiratet, oder?«

Ich schüttelte den Kopf.

»Der Ring hat auch mir genau gepasst, allerdings nur, wenn ich ihn am Mittelfinger trug.«

Ich konnte es kaum glauben. »Du hast ihn gefunden?«

Sie nickte.

»Warum hast du ihn uns nicht zurückgegeben? Wir sind später die ganze Strecke noch einmal abgelaufen und haben unter Steinen und Felsritzen geschaut.«

»Ich hatte keine Lust, ihn zurückzugeben«, sagte Penélope. »Ich dachte, sie hätte ihn nicht verdient.«

Ich war mir nicht sicher, ob ich sie richtig verstanden hatte.

»Ich dachte, sie hätte den Ring nicht verdient«, wiederholte Penélope. Sie zuckte mit den Schultern und lächelte mich an. »Ich habe ihn später in eurer Gegenwart getragen.

Auf dem Marktplatz strich ich mir mit der Hand durchs Haar, keine zwei Schritte von euch entfernt: Ihr hättet das Funkeln eigentlich sehen müssen.«

»Hast du den Ring etwa immer noch?«

»Natürlich.«

Damals hatten wir uns mit dem Gedanken getröstet, dass dein Ring zwischen den Felsen bleiben oder vom Meer hinausgespült werden würde; in Touristenstädten werfen Reisende Münzen in Brunnen. Der Ring wäre Teil der Insel, unsere Idee. Als die ersten Spanier die Insel betraten, boten sie den Ureinwohnern Armreife an.

»Möchtest du ihn wiederhaben?«, fragte Penélope.

»Sicher.«

»Was willst du damit tun?«

»Ich muss darüber nachdenken.«

Vielleicht würde ich dir den Ring noch am selben Tag zuschicken, dachte ich. Vielleicht würde ich ihn ins Wasser werfen. Oder ihn behalten, ein Andenken auf meinen Reisen.

»Ihr seid nicht mehr zusammen, nicht wahr? Ich habe mir damals gedacht, dass eure Liebe nicht halten würde, nicht ohne den Ring. Ich habe mir sogar vorgestellt, dass du wiederkommen würdest. Allein. Dann aber würde ich den Ring tragen.«

Sie griff nach ihrem Rucksack, der vor ihr auf dem Stein lag. Im nächsten Moment glänzte der Ring an ihrem Finger. Sie wandte sich in meine Richtung, legte die Hände auf die Brüste. Sie schloss die Augen wie ein Kind, das darauf wartet, dass man ihm den Löffel in den Mund schiebt. »Willst du mich jetzt küssen?«, fragte sie. »Wie du sie damals geküsst hast?« Sie lachte laut auf.

»Kein Wunder, dass dein Großvater dich verheiraten will«, murmelte ich.

Juanita kam von der Strandpromenade her auf uns zu. Sie stolperte mehrfach, an einer Stelle fiel sie der Länge nach hin. Fluchend rappelte sie sich auf. Eine Möwe saß auf einem Felsbrocken und pickte nach einem Stück Fisch. Juanita trat mit dem Fuß nach ihr.

Penélope winkte der Freundin zu. Als diese unsere Höhe erreicht hatte, streifte sie wortlos die Kleider ab und stieg über das Geröll ins Wasser.

Ich packte Penélope am Handgelenk, griff nach dem Ring. Sie kreischte, der Ring fiel, rollte über den Vorsprung. Ich sprang hinab, hob ihn auf. Penélopes Fußtritt traf mich am Ohr, dröhnte in meinem Kopf. Ich hielt mich an einer Kante fest, Wasser drang in meinen Schuh ein.

Das Rauschen des Meeres schwoll an. Juanita schwamm in gerader Linie nach draußen. Penélope saß breitbeinig und nackt auf dem Felsvorsprung.

Ich spürte den Ring in meiner geballten Faust.

Als die beiden miteinander ins Dorf zurückkehrten, saß ich schon seit einer Stunde vor dem Hotel im Sonnenschein.

»Glaubst du etwa, eine Beziehung ließe sich retten,

indem man einen Ring klaut?«, fragte Penélope, als die beiden meinen Tisch erreicht hatten. Ihr höhnisches Lachen hallte über den Platz.

»Der Ring hat dir nie gehört«, gab ich zurück.

»Dir etwa?«

Rafael de Hostos trat aus dem Hotel und kam über die Freitreppe auf uns zu. Wie auf eine gemeinsame Verabredung hin setzten sich die jungen Frauen an meinen Tisch.

Wir tranken schweigend Kaffee, mitunter murmelten Penélope und Juanita einander etwas zu.

Ich zahlte, stand auf und ging.

Gegen Mittag klopfte ich bei Familie Ruiz. Antonio öffnete. »Wollen Sie jetzt die Aufnahme machen?«, fragte er.

»Wenn Sie dazu bereit sind.«

Er nickte.

»Ich werde über längere Zeit aufnehmen – unser Gespräch, Ihr Spiel – und dann später Ausschnitte davon verwenden. Ist Ihnen das recht?«

Antonio nickte. »Werden Sie mir die Radiosendung zuschicken?«

»Sobald ich das Material geschnitten habe, selbstverständlich.«

Wir gingen die Via Umbria hinunter. Antonio interessierte sich für die Arbeit beim Rundfunk. »Ist es nicht großartig für Sie, über Themen arbeiten zu können, die Sie sich selbst ausgesucht haben?«, fragte er. »Vielleicht wird Coimbra durch Sie noch berühmt.«

»Oder durch Sie?«

Antonio senkte den Blick.

»Ich habe gern beim Rundfunk gearbeitet. Trotzdem habe ich gekündigt. Ich möchte reisen.«

»Und Ihre Eindrücke in die Heimat weiterreichen?«

Ich nickte. »Wenn sich jemand dafür interessiert. Die Einschaltquoten der Kultursender sind niedrig, die Vorlieben der Redakteure sehr verschieden. Ich werde ihnen die Sendung über Mondariz anbieten.«

»Wohin wollen Sie als Nächstes reisen?«, fragte Antonio.

»Es gibt ein Festival für Alte Musik in Bolivien. In Südamerika verband sich europäischer Barock mit der Musik der Ureinwohner, wussten Sie das? Von dort reise ich weiter nach Süden. Ich habe die Route nicht geplant; ich lasse mich treiben.«

Auf der Promenade stand die alte Frau, deren Strumpf ich im Flug gefangen hatte, als er ihr beim Abnehmen von der zwischen den Häusern gespannten Leine aus der Hand gefallen war. »Die Alte schon wieder«, murmelte sie, indem sie mich ansah, »und redet immer noch über sich selbst. Findet sie kein anderes Thema mehr? Blickt Passanten hinterdrein und plappert ohne Unterlass …«

Als er zum zweiten Mal abbrach, standen Antonio Tränen in den Augen. »Es hat keinen Sinn«, murmelte er. Antonio hatte sich gewünscht, zuerst die Variationen von Coimbra aufzunehmen; unser Gespräch über den Komponisten sollte folgen.

Ich schaltete das Aufnahmegerät aus.

»Sie kennen den Flügel nicht gut«, sagte ich. »Sie müssen sich auch erst an die Akkustik im Coimbrahaus gewöhnen – und an die Aufnahmesituation. Das ist normal.«

Er blickte auf seine Hände. »Ich kann es nicht«, stammelte er.

»Sie haben den Zyklus wunderbar gespielt in der *Iglesia*. Sie haben schon einen Ruf.«

»Im Dorf ... Die Leute verstehen doch nichts davon hier ...« Er stützte sich am Notenpult ab. Für einen Moment fürchtete ich, er würde vollständig die Fassung verlieren. Er war bleich geworden. Sein Kinn bebte. »Wollen Sie die Variationen nicht selbst spielen?«, fragte er.

Ich winkte ab. »Sie haben mein Spiel doch gehört ...«

Ich saß auf einem Lehnstuhl in der Mitte des Raumes und blickte ihn an. Vielleicht hatte Coimbra selbst einmal so am Flügel gehockt, zusammengesunken, zart, womöglich war seine Art zu komponieren nicht zuletzt auf einen Defekt zurückzuführen, auf ein Gefühl der Unzulänglichkeit, das sich, ausgehend von der eigenen Person, nach und nach ausgeweitet hatte: der Kampf des Geistes gegen die Materie.

»Komponieren Sie auch selbst?«, fragte ich.

»Ich habe kein Talent.« Er klappte den Klavierdeckel zu. »Gehen wir.«

Ob er wisse, wer den Flügel gemacht habe, fragte ich.

Antonio sah mich misstrauisch an. Dann schüttelte er den Kopf. »Er kommt aus Wien.« Er zeigte auf ein Etikett, das im Rahmen des Instrumentes klebte. Der Herstellername auf der Innenseite des Klavierdeckels war mir unbekannt. »Ich kann mir nicht denken, auf welchen Umwegen der Flügel nach Mondariz gelangt ist«, fuhr Antonio fort. »Wahrscheinlich hat Coimbra ihn selbst gestimmt, es gab sicherlich keinen Fachmann dafür.« Er sprach langsam und ausdruckslos.

Ich stand auf und ging zu ihm hinüber.

»Ich habe mich so gefreut, als Sie mich nach der Aufnahme gefragt haben«, wisperte er.

Ich legte ihm die Hand auf die Schulter. »Wir probieren es nachher noch einmal.«

Unter meiner Berührung schien der Oberkörper noch weiter in sich zusammenzusinken.

Ich zog die Hand zurück.

Antonio fuhr mit dem Daumen über das heruntergeklappte Notenpult.

»Ich habe mir immer gewünscht, dass es einmal passieren würde: dass ich mich eines Tages ans Klavier setzen würde, meine Finger wären wie im Traum mit meinen Gedanken verbunden, es gäbe da keine Barriere mehr. Erst dann würde ich verstehen, was Musik überhaupt ist.« Es entstand eine Pause. In der Stille des Mittags konnte ich Antonio atmen hören, unregelmäßig, stockend, endlich holte er tief Luft. »Wissen Sie, was Musik ist? Ich meine, was sie wirklich ist? Wir können Melodien nachsummen und können sie uns vorstellen. Wir können einen Rhythmus dazu schlagen – eine ganze musikalische Architektur aber? Die meisten Menschen hören Musik, wie man eine Landschaft durchs Zugfenster an sich vorbeiziehen sieht, wie Wellen, die auf einen Strand zulaufen. Keinen Moment davon können sie fassen, alles verschwimmt, wird neblig, wird zu einem Gefühl, einem Puls, dem sie sich fraglos anvertrauen. Warum? Sind die Kompositionen der Meister nur Erfindungen, mutwillige Konstruktionen, die sie auch selbst nur behauptet haben, ohne sie zu begreifen? Es ist alles so nutzlos ...«

Er rieb sich mit der Hand über die Augen, langsam, als wolle er das ihn umgebende Bild mit den Fingern beiseiteschieben.

Dann sah er mich an.

»Finden Sie mich lächerlich?«, fragte er. »Schämen Sie sich nicht für mich?«

Ich hatte aus dem Fenster gesehen.

Die Stille, die seiner Frage folgte, dehnte die Zeit: Eine Fliege saß auf meinem Ärmel, auch sie völlig reglos, als sei sie ein Teil des Gewebes geworden.

»Nein«, sagte ich nach einer Weile. »Ich finde Sie nicht lächerlich. Ich frage mich, wie Sie auf diesen Gedanken kommen.«

Ich schaltete das Aufnahmegerät wieder an, das neben dem Flügel auf einem Beistelltischchen stand.

Es entstand eine Pause. Für einen Moment fürchtete ich, er würde verstummen. Seine dunklen Augen waren weit geöffnet, undeutlich erkannte ich den Blick des Jugendlichen, mit dem er dich vor Jahren angeblickt hatte, bevor du mich vor ihm umarmt hattest: ein ungeschützter, selbstvergessener Blick.

»Meine Mutter hat sich so gefreut nach dem Konzert«, sagte er. »Sie war so gerührt und hat auch am nächsten Tag von nichts anderem gesprochen. Sie war so stolz ... Das Interesse der Leute hier lag vor allem an Ihnen, wissen Sie das? Als ich meiner Mutter von der Radiosendung erzählte, hat sie mich lange angesehen. ›Mondariz hat etwas zu geben‹, sagte sie feierlich. ›Ich habe das immer geahnt.‹«

Ein Schauder lief durch den Körper des jungen Mannes.

Ich hob meinen Arm, die Fliege rührte sich nicht. Sie saß auf meinem Ärmel, als hätten sich ihre Beine im Stoff verhakt. Erst als ich mit der Hand nach ihr schnippte, kroch sie ein Stück nach oben.

»Dabei weiß ich nicht einmal, ob mein Beitrag von der Sendeanstalt übernommen wird«, räumte ich ein. »Es war eine spontane Idee. Man hat mich nicht dazu beauftragt.«

»Sehen Sie, was die Leute selbst aus kleinen Aussagen machen? Wir sind alle lächerlich, am lächerlichsten womöglich Coimbra selbst, andere Leute gehen fischen oder arbeiten in der Fabrik, Touristen reisen nach einer Woche wieder ab. Sie waren vor zehn Jahren schon einmal hier: Finden Sie, dass wir uns im Kreis drehen? Vollzieht sich das wirkliche Leben woanders?«

»Nein«, antwortete ich. »Glauben Sie mir. Es vollzieht sich hier.«

»Ich habe nach dem Konzert die Unterlagen abgeschickt: Ich bewerbe mich für einen Studienplatz in Berlin.«

Ich nickte. »Gut. Wenn Sie die weite Reise schon auf sich nehmen, sollten Sie sich aber noch an anderen Hochschulen bewerben. Jede einzelne Prüfung erhöht die Chance auf einen Studienplatz.«

»Ich habe Angst«, murmelte Antonio. »Angst, dass ich selbst herausfinde, dass ich nur hier Musiker sein kann. Hier staunen selbst Touristen über mein Spiel. Außerhalb aber? Manchmal habe ich die Befürchtung, mir nur etwas eingeredet zu haben. Sie können sich nicht vorstellen, wie viel ich in den letzten Jahren geübt habe. Vielleicht war alles nur Selbstbetrug. Manchmal liege ich ganze Nächte über wach und denke über nichts anderes nach. Können Sie sich vorstellen, wie es ist, wenn man keinen Maßstab findet, nach dem man sich selbst einordnen kann? Manchmal habe ich die Befürchtung, die Kontrolle zu verlieren, weil mir alle Bilder, die ich mir von mir selbst gemacht habe, noch im Moment wieder entgleiten.«

Er fuhr auf: Erst jetzt bemerkte er das Blinken des Aufnahmegerätes.

Ich machte eine beschwichtigende Handbewegung. »Wollen Sie jetzt noch einmal spielen?«, fragte ich. »Ich verspreche Ihnen, dass ich nichts verwenden werde, dem Sie nicht ausdrücklich zugestimmt haben.«

Vielleicht war es die Macht der Bilder, von denen er gesprochen hatte: Irgendwo in dieser Fülle einander entgegensetzender Aussagen lebte die trotzige Überzeugung, dass gerade auch sein Zweifel nicht nutzlos war, dass sich irgendwann die Widersprüche auflösen würden, und sei es auch nur für einen Moment. Was bedeuteten schon die Touristen? Was ein Aufnahmegerät? Wenn er lächerlich war, so war dies die Rolle, die ihm angemessen war – mit zitternden Händen öffnete er den Klavierdeckel.

»Nimmt das Gerät jetzt wirklich auf?«, fragte er.

Ich nickte. »Es ist alles, wie es sein muss.«

Zaghaft drückte er die ersten Tasten, das alte Klavier begann zu klingen, leise Melodie im Sopran, gemessenes Schreiten im Bass. Das Einsetzen des Themas klang einfach wie ein Kinderlied.

»Hat es Ihnen wirklich gefallen?«, fragte er, nachdem er die Hände von den Tasten genommen hatte.

»Ich kann mir den Zyklus nicht mehr anders vorstellen. In meinem Kopf verbindet sich die Musik mit Ihrem Spiel und Ihr Spiel mit der Insel. Mein ganzer Aufenthalt ist damit unterlegt.«

Ich schaltete das Aufnahmegerät aus. »Lassen Sie sich das nicht wegnehmen«, sagte ich. »Auch auf dem Festland nicht.«

Der Nachmittag war windig, Bewölkung zog auf, ließ aber auch immer wieder die Sonne durchscheinen, dann schimmerten sich verschiebende Flächen des Meeres, Hausfassaden leuchteten auf, einmal strahlten Hang und

Wald in vollem sattem Grün über dem Dorf, während die Siedlung selbst einer anderen Sphäre anzugehören schien, einer anderen Tageszeit, weit draußen über dem Meer leuchtete ein Regenbogen. Die ganze Insel schien in Bewegung, sortierte sich je nach Lichtverhältnissen neu, während am Himmel vielgestaltige Wolkenformationen vorüberzogen.

Ich hatte das Aufnahmegerät nach Hause gebracht, saß auf dem Marktplatz und las in den Briefen Coimbras. Vielleicht hätte ich an einem anderen Ort Hemmungen gehabt, Manuskripte, die als Dokumente einer Epoche oder sogar als Zeugnisse einer bedeutenden Persönlichkeit gelten konnten, im Freien zu studieren. Wie aber schon an Bord des Frachtkahns, der mich hergebracht und auf dessen Deck ich mich wieder und wieder über die Handschrift der Variationen gebeugt hatte, empfand ich auch jetzt die Umgebung als angemessen: Wind wehte, Möwen kreisten über dem Marktplatz. Die Flüchtigkeit des Augenblicks entsprach der Flüchtigkeit der Vergangenheit, der Fremdheit eines Lebens, über das man kaum anderes würde erfahren können als das, was in ebendiesen Blättern und in den Partituren des Komponisten niedergelegt war.

Über Musik äußert sich Coimbra kaum einmal, vielleicht empfand er schon deshalb Scheu, weil seine Freunde nichts davon verstanden. Wenn er von seiner Beichte berichtet, während der er das Setzen falscher Töne und Akzente dem Padre als eigentliche Sünde darstellte, so wirkt auch diese Äußerung seltsam verschämt: Bereits im nächsten Satz wechselt er das Thema. So entsteht der Eindruck eines Zurückhaltens, das auf merkwürdige Weise mit Äußerungen seiner Nachfahrin korrespondiert, die, ohne erkennbaren Bezug zum Inhalt seiner Schreiben, ankündigt, sie würde sich ihm offenbaren. Vielleicht hat sie in der Zurückgezogenheit des Alters letztlich einen anderen Weg gefunden, ihr offensichtliches Mitteilungsbedürfnis zu befriedigen, vielleicht hat sie die entsprechenden Stellen selbst noch vor ihrem Tod vernichtet. Einige ihrer Eintragungen deuten an, dass sie sich seine Briefe laut vorlas. Womöglich hat sie ihm die letzten Geheimnisse ihres Lebens als Antwort auf diese Lektüre nur mündlich anvertraut.

Der Komponist schildert das Leben der Dorfbewohner, Ausfahrten der Fischer, Verrichtungen der Handwerker, viele der Gebräuche dürften auch Señora Carlos aus der Zeit der eigenen Kindheit noch vertraut gewesen sein. Man lebte abgeschieden, weitgehend autark. Zwar gab es gelegentliche Besuche aus Übersee; derartige Begegnungen aber waren selten, sie wurden als bedeutende Ereignisse wahrgenommen. Coimbra fühlte sich von der Gegenwart Fremder gestört: »Warum haben wir noch immer keine eigene Sprache erfunden«, schreibt er am 20. Mai 1852, »nach all den Jahrhunderten, die wir auf eigenem Boden leben?« Vielleicht träumte er heimlich davon, diese Sprache möge die Musik sein – doch hat gerade er deren Rolle als Kommunikationsmittel ja wie kein zweiter Komponist untergraben.

Einen Brief aus dem Jahr 1854 las ich mehrfach: Er ist das einzige Beispiel dafür, dass Coimbra in seinen Schreiben Korrekturen vornahm. Leider sind die Streichungen so raumgreifend, dass von der darunterliegenden Schrift nur Buchstaben oder Wortfetzen durchscheinen, die sonst so leicht fließende, gut lesbare Handschrift beginnt um sich selbst zu kreisen. Er schildert die Begegnung mit einer Frau, einer Nachbarin, so scheint es, die nach dem Tod ihres Mannes nur in Coimbra einen Gesprächspartner zu finden glaubte. Vielleicht war sie ihm bereits während ihrer Ehe zugetan gewesen. Als Witwe suchte sie seine Nähe ganz offen. Er beschreibt sie einem Freund in Kolumbien als weltoffen und unbeschwert, sie bringe ihn zum Lachen. Er erwähnt sogar den Wunsch, ihr Notenlesen beizubringen; zumindest singen müsse jede Frau doch eigentlich können. Ohne erkennbare Hemmung beginnt er auch eine intime Begegnung zu schildern: Erst nach mehrfacher Lektüre kam mir der Gedanke, die Veränderungen seien nicht von Coimbra selbst, sondern von der Nachfahrin vorgenommen worden. Im Gegensatz zu den sonstigen Entgegnungen, die sie in deutlich abgesetzter blauer Tinte schrieb, sind die Eingriffe hier mit der von Coimbra benutzten schwarzen Tinte vorgenommen und lassen den ursprünglichen Text vollständig verschwinden. Wenn sie tatsächlich selbst die Streichungen durchführte, so war ihr jedenfalls daran gelegen, diese Streichungen – womöglich auch sich selbst – als seine eigenen erscheinen zu lassen.

Ich packte die Papiere erst in dem Moment in meine Tasche, als Rafael de Hostos an den Tisch trat: Ob es mir gut gehe, ob ich mit der Arbeit vorankomme?

Offenbar hatte er Antonio und mich auf dem Weg zum Coimbrahaus beobachtet.

»Sie haben da eine Fliege auf der Jacke«, unterbrach er sich und schnippte das Insekt mit dem Finger von meiner Schulter.

»Haben Sie mit Antonio an Ihrer Sendung gearbeitet?«

»Ich unterschätze immer wieder, wie viel auf der Insel geredet wird«, sagte ich.

Rafael de Hostos lächelte. »Der Junge ist so stolz.«

Ich nickte. »Er hat die Variationen von Coimbra eingespielt. Die Aufnahme ist bestimmt sehr schön geworden.«

»Gut«, sagte Rafael de Hostos und klopfte sich so zufrieden auf den Bauch, als hätte er selbst gespielt. »Gut gut. Darf ich Ihnen etwas zu essen anbieten? Ein Überraschungsmenü vielleicht?«

Ich sah ihn forschend an. Sein Gesicht war die Unschuld selbst.

Ich nickte. »Bitte.«

Ich habe auch Miguel wiedergesehen. Er kam über den Marktplatz auf mich zu. »Ich wollte Sie besuchen«, sagte er und gab mir die Hand. »Ich habe Sie auf dem Weg zu Ihrem Haus gar nicht bemerkt.«

»Ich war in meine Lektüre vertieft«, sagte ich. »Die Briefe von Coimbra lassen einen nicht mehr los.«

Er lächelte. »Ich hatte gehofft, dass Sie mit unserem Komponisten nicht allzu schnell fertig werden.«

Ich lachte. »Wir singen miteinander. Abends im Haus, oder während weiter Wanderungen entlang der Küste …«

Männer in Arbeitskleidung trugen ein Gestell und Bretter über den Platz. »Offenbar haben sich Pedros Angehörige entschlossen, sich öffentlich zu äußern«, erklärte Miguel. »Wollen Sie auch dazukommen? Die Ansprachen finden in der Regel vormittags statt; eine Viertelstunde zuvor läuten die Kirchenglocken.«

»Ich werde kommen«, sagte ich.

»Haben Sie von dem Schiffswrack schon gehört, *El Satélite*?«

Ich machte eine vage Handbewegung. Auch Penélope hatte das Wrack erwähnt; am Strand war davon zwischen uns keine Rede mehr gewesen.

»Es ist hinausgespült worden. Gestern, während des Gewitters. Die Männer wollen versuchen, das Wrack noch heute zu bergen.«

»Ist das möglich?«, fragte ich. »Ist das Wrack nicht viel zu schwer?«

»Für einen einzigen Frachtkahn bestimmt. Ich weiß nicht, wie viele Boote die Männer auftreiben können.«

Miguel wollte wissen, ob ich die Zeit während des Gewitters zu Hause verbracht hätte; ich erzählte ihm von meinem Aufenthalt im Coimbrahaus und von dem Marlin, der sich ins Hafenbecken verirrt hätte.

»Sie haben ihn selbst gesehen?«, fragte Miguel.

»Ich war wie geblendet von Regen und Sturm und Gischt. Señor Calotta leuchtete mit der Taschenlampe auf das aufgewühlte Wasser, das Licht glitt und zuckte über Wellen, die gegen die Kaimauer anliefen.« Ich schüttelte den Kopf. »Ich habe keinen Fisch gesehen.«

Rafael de Hostos trug einen Teller mit Servierglocke in der Hand, den er mit weit ausladender Bewegung auf den Tisch stellte.

Er stand breitbeinig vor uns, sein streng nach hinten gelegtes Haar reflektierte wie ein Spiegel das Sonnenlicht.

Er räusperte sich.

»Das Hotel de Hostos ist seit Jahren – was sage ich? – seit Jahrzehnten dafür bekannt, den Wünschen seiner Gäste nicht nur zu entsprechen, sondern diese geradezu zu erspüren, oft noch bevor sie den Gästen selbst überhaupt zu Bewusstsein gekommen sind. Das ist uns immer wieder passiert: Wir übertreffen Erwartungen, bevor sie geweckt sind.« Er grinste breit und in sichtlicher Vorfreude. »Wie die Insel selbst ist auch das Hotel ein Ort der unvergesslichen Eindrücke, ein Ort, an dem nicht nur der geschulte Gaumen zu träumen glaubt … Sehe ich Zweifel in Ihren Augen? Überzeugen Sie sich selbst! Gerade ein Liebhaber der schönen Künste, ein raffinierter Schöngeist wie Sie wird an dieser außerordentlichen Spezialität seine Freude haben …«

Er nutzte den Griff nach der Servierglocke für eine elegante Verbeugung.

»Voilà!«

Diesmal freilich war das Menü vor allem für den Wirt selbst eine Überraschung: Er hatte den Mund schon für eine Erklärung geöffnet, jetzt verschlug es ihm förmlich den Atem. Die Augen, soeben noch geradezu andächtig zum Himmel gerichtet, verengten sich in ungläubigem Staunen.

Er starrte auf den Teller.

»*¿Qué cojones?*«, stieß er aus.

»Da hat sich die Küche wohl einen Scherz erlaubt«, murmelte er verwirrt. Er tänzelte von einem Bein zum anderen, die Servierglocke vor den runden Bauch haltend. Das Lächeln in seinem Gesicht war erstarrt.

Der Teller war leer.

Rafael de Hostos griff nach dem Geschirr und eilte fluchend die Stufen zum Hotel hinauf.

Den Nachmittag verbrachte ich am Schreibtisch, ich hörte die Aufnahmen an, die ich mit Antonio gemacht hatte, und skizzierte ein Sendemanuskript. Ich tat es für Antonio. Ich stellte mir vor, wie er seine Stimme vom Tonband hören würde, wie stolz er auf die Insel, auf Coimbra, auf sein eigenes Spiel wäre. Es machte mir Freude. Immer wieder zog ich auch die Briefe Coimbras hervor, es schien mir, als müssten sie auf ein Ende zulaufen, auf ein geistiges Zentrum, von dem aus seine Musik, sein Leben und auch sein Verhältnis zu der Nachfahrin erst verständlich würden. Zum ersten Mal kam mir auch der Gedanke, statt einer wissenschaftlichen Arbeit einen Reisebericht zu schreiben, den ich als Brief in einen Umschlag packen und Maria zuschicken würde. Vielleicht verstand ich dich nach all den Jahren jetzt zum ersten Mal ganz. Ich stand auf, wusch mich und kochte mir im Erdgeschoss Tee.

Am Abend verließ ich das Haus. Ich ging die Via Umbria zur Strandpromenade hinunter. Ich wollte Señor Morata noch einmal nach seinen Erinnerungen an Señora Carlos befragen. Ich hoffte auf eine Begegnung mit Maria. Stattdessen öffnete Señora Morata mir die Tür.

»Ich wollte Ihren Mann sehen«, sagte ich.

»Worum geht es denn?«, fragte sie. »Mein Mann schläft im Moment.«

Wir betraten das Wohnzimmer. Señor Morata war in einen Lehnstuhl tief hineingesunken, die Beine standen offen, aus dem Mund rann ein Speichelfaden übers Kinn.

»Sie können sprechen, mein Mann hat einen tiefen Schlaf.«

»Ihr Mann war so nett, mir von seinen Begegnungen mit Señora Carlos zu erzählen – Sie wissen schon: die letzte Nachfahrin des Komponisten Coimbra.«

Wir setzten uns an einen Tisch, keine zehn Meter vom Schlafenden entfernt. Die alte Frau bot mir Limonade an, eine große Karaffe stand in der Mitte des Tisches.

Aus dem Lehnstuhl war ein stark akzentuiertes Schnarchgeräusch zu hören.

Señora Morata strich sich mit der Hand durch das ungewöhnlich volle weiße Haar. »Schmeckt Ihnen die Limonade?«, fragte sie.

»Sehr gut, danke.«

Maria betrat den Raum und ging auf Zehenspitzen an dem alten Mann vorbei. Sie setzte sich neben mich, lächelte mir zu. Sie sah müde aus.

»Hast du geschlafen?«, fragte Señora Morata.

Maria verneinte.

»Armes Kind.« Die alte Frau schüttelte den Kopf. »Seit Pedros Tod kommt sie nicht mehr zur Ruhe. Wie geht es Javier?«

Maria zögerte. »Er ist mit den Männern nach Norden gefahren. Sie wollen versuchen, das Schiffswrack zu bergen.«

»So spät? Es ist doch schon fast dunkel.«

»Sie waren in der Nacht zum ersten Mal draußen. Sie haben geschuftet wie Tiere. Erst am Mittag haben sie die Arbeit unterbrochen.«

Die alte Frau sah mich an. »Sie haben Marias Rede auf dem Trauergerüst nicht gehört, oder?«

Ich schüttelte den Kopf.

»Seien Sie froh, Señor, seien Sie froh! Maria wagt sich kaum mehr aus dem Haus seitdem … Wenn ich jünger wäre – ich hätte die Kerle selbst geohrfeigt.« Sie ballte eine Faust und pochte mit den Fingerknöcheln auf die Tischplatte. »Können Sie sich das vorstellen? Sie wurde bespuckt, buchstäblich bespuckt! *¡Es una vergüenza!* Javier ist auf die beiden losgegangen, das immerhin, die drei Männer haben einander blutig geschlagen. Sind die Kerle jetzt nicht überhaupt auch zur Bergung des Wracks mit aufgebrochen?« Señora Morata lachte sarkastisch auf.

Maria hatte den Kopf abgewandt und blickte auf das Muster auf der Tapete.

»Waren Sie nicht auch in die Auseinandersetzung verwickelt?«, fragte Señora Morata.

Maria standen Tränen in den Augen.

»Es ist für alle offensichtlich, dass die Anschuldigungen gegen dich bösartig und aus der Luft gegriffen waren, Maria. Keine Angst …« Die alte Frau nahm Marias Hand. »Ich habe es im ganzen Leben nur ein einziges Mal erlebt, dass eine Frau aus der Gemeinschaft ausgeschlossen wurde. Die Familie ihres Verlobten beschuldigte sie, für dessen Tod verantwortlich zu sein. Er war zu weit hinausgeschwommen, eine Mutprobe. Man sagte, sie hätte einen Liebesbeweis gefordert. Bald sprach kein Mensch mehr mit ihr. Wir Älteren können uns gut daran erinnern. Früher war es die größte Angst der Menschen, geschasst zu werden. Eltern warnten ihre Kinder, Großeltern erzählten abends von tragischen Liebesgeschichten, von heimlichen Zusammenkünften und der Strafe der öffentlichen Ablehnung, die die Gemeinschaft von einem Tag auf den anderen verhängen könne. Man erzählte sich von Selbstmordversuchen, was den Abscheu der Gemeinschaft noch zusätzlich beförderte. Nach und nach haben Tourismus und auch die Reisetätigkeit der Einheimischen das Dorfgefüge durchlässiger werden lassen; man war an Mondariz nicht mehr gefesselt. Je leichter man sich dem Druck entziehen kann, desto weniger Druck baut sich auf. Erst die Evakuierung hat diese Entwicklung wieder relativiert. Heute wohnen nicht einmal halb so viele Menschen im Dorf wie vor der Jahrtausendwende. Manchmal habe ich den Eindruck, dass niemand mehr recht einschätzen kann, nach welchen Regeln sich unser Zusammenleben vollzieht – das spüren vor allem wir Alten sehr deutlich. Es herrscht eine Ungewissheit, die es schwer macht, über die Gegenwart hinauszudenken. Vielleicht werden ehemalige Bewohner zurückkehren, vielleicht geben wir das Dorf nach und nach ganz auf. Ich möchte in einer solchen Zeit nicht noch einmal jung sein, glauben Sie mir.«

Die Frau strich über Marias Finger.

»Du hast so viele Freunde, Maria. Ich habe nie einen Menschen gekannt, der so beliebt war wie du, in all den Jahren nicht.«

Maria schluchzte laut auf.

Die alte Frau schüttelte besänftigend den Kopf.

Ich war halb von meinem Stuhl aufgestanden.

»Bitte bleiben Sie!«

Maria griff nach meinem Ärmel.

»Wolltest du deshalb nicht, dass ich mich in dich verliebe?«, raunte ich Maria auf Englisch zu.

Señor Morata war im Schlaf zusammengezuckt, für einen Moment sah es aus, als starre er aus seinem Lehnstuhl zu uns herüber. Gleich darauf beruhigte sich sein Atem wieder, der Kopf sank langsam auf die Brust zurück.

»Bist du mit Javier zusammen, seid ihr ein Paar?«, fragte ich.

»Er tat mir so leid. Ich habe ihn noch nie so verzweifelt gesehen.« Sie sah mir in die Augen. »Wir sind doch Freunde, oder?«

Ich musste lachen. Als Maria wieder zu schluchzen begann, zuckte ich zusammen. Ich schluckte. »Ich werde dir schreiben«, beteuerte ich. »Vielleicht komme ich bereits auf meiner Rückreise nach Europa wieder hierher zurück.«

Es entstand eine Pause.

»Komm doch mit«, flüsterte ich ihr auf Englisch zu.

Es war ein spontaner Einfall. Für einen Moment schien alles ganz einfach.

Sie sah mich überrascht an.

»Es ist schön da draußen. Nach Montevideo sind es nur fünf Tage.«

»Ich weiß es«, sagte Maria. »Ich habe in den letzten Tagen viel darüber nachgedacht.«

Señora Morata hatte mich nicht beachtet. Sie schenkte Limonade nach und hielt Marias Hand. Jetzt blickte sie auf. »Sie hatten sich nach Señora Carlos erkundigt …«, sagte sie in meine Richtung.

Ich nickte.

Sie begann zu erzählen, in ruhigem, beinah sachlichem Ton; Maria wurde ruhiger. Von Zeit zu Zeit blickte Señora Morata aus den Augenwinkeln zu der jungen Frau hinüber, dann lächelte sie. Der alte Mann im Lehnstuhl seufzte, als sinke er immer tiefer in die Selbstvergessenheit seines Schlafes.

»Señora Carlos war eine außergewöhnliche Frau, ich kann mich noch gut an sie erinnern.«

Ich nahm einen Schluck Limonade. Minzblätter und Zitronenscheiben schwammen in meinem Glas.

»Waren Sie mit ihr befreundet?«, fragte ich. »Gab es Begegnungen, die Sie besonders beeindruckt haben?«

»Sie hatte keine Freunde außer ihrer Schwester, sie wollte das nicht. Eine Zeit lang empfingen die Schwestern Besucher, vor allem junge Frauen suchten ihren Rat. Señora Carlos war eine unabhängige Frau – das faszinierte die Mädchen in meinem Alter. Einmal nahm sie mich zur Seite, ich kam von der Schule. ›Ist dein Vater gut zu dir?‹, fragte sie und sah mir in die Augen. – Ich wusste nicht, was sie meinte. Ich bekam Angst vor ihr. Ihr eigener Vater war zu dieser Zeit schon krank, die beiden Schwestern waren ausgezogen, versorgten ihn aber mit Lebensmitteln und besuchten ihn von Zeit zu Zeit. Wir sahen uns schweigend an, ich habe mich später oft gefragt, was sie in mir sah. Für einen Moment wirkte ihr Blick fast mitleidig, sie sah mich an, als könne sie durch meine Augen hindurchsehen. – ›Natürlich ist mein Vater gut zu mir‹, brachte ich endlich heraus. ›Nicht so wie Ihr Vater, der sich vor aller Welt im Haus einschließt. *Papá* spielt mit uns am Strand.‹ – Sie nickte, wandte den Blick aber nicht von mir ab. – Ich schämte mich noch im Moment für meine ungerechten Worte: Ich kannte ihren Vater kaum, er war ein zurückhaltender Mann mit sanftem Lächeln, der den Hut zog, wenn er meine Eltern sah. Einmal hatte er mir mit der Hand über den Kopf gestrichen, da war ich vor ihm zurückgezuckt. Er roch nach Pfefferminzpastillen, und das hatte mir in der Nase gestochen. *Papá*, dem ich unter Tränen von dem Wortwechsel erzählte, meinte, man solle sich nicht einmischen, es gehe uns nichts an, wie andere Menschen lebten. Wenn ich Señora Carlos später im Dorf traf, gingen wir wortlos aneinander vorbei ...«

»Haben Sie denn gar nicht mehr mit ihr gesprochen?«, erkundigte ich mich.

»Als sie schon alt war, habe ich sie einmal gefragt, ob ich ihr im Haushalt helfen könne. Vielleicht waren Besorgungen zu erledigen, es mache mir nichts aus. Manchmal sah man sie im Haus ihrer Vorfahren stundenlang auf und ab gehen, sie sprach mit sich selbst. Sie war so allein. Sie legte mir die Hand auf die Schulter. Sie blickte mich an wie damals, ruhig, aus großen vertrauensvollen Augen, als suche sie in meinen Zügen das Kind. Sie wiegte den Kopf. ›Du willst für mich einkaufen?‹ Ihre Stimme zitterte. Früher hatten sie und ihre Schwester ihren Vater versorgt; als Kind hatte ich ihr vorgeworfen, dass der alte Mann im Dorf nie zu sehen sei. Ihre Stimme wurde ausdruckslos: ›Willst du mich einsperren?‹ Sie streckte die Hand nach mir aus, knochige gekrümmte Finger. Ich wich zurück. Sie verschwand im Innern des Hauses. Sie hatte ihr Heim inzwischen vollständig mit alten Möbeln eingerichtet, Sie kennen das Coimbrahaus ja. Da ich kein Geräusch von innen hören konnte, vermutete ich, sie sei an der Innenseite der Tür stehengeblieben. Vielleicht lauschte sie.«

»War das Ihre letzte Begegnung mit Señora Carlos?«, fragte ich.

Die alte Frau nickte. »Danach habe ich das Haus gemieden. Auch zur *Iglesia* bin ich sonntags nicht mehr über die Via Inmaculada, sondern nur noch vom Strand her gegangen. Ich wusste nicht, was ich falsch gemacht hatte, noch immer, noch als verheiratete Frau, kam ich mir Señora Carlos gegenüber ungezogen vor wie ein Kind.« Die alte Frau lächelte gedankenvoll. »Sie hatte diese starke Wirkung auf mich ...« Sie senkte die Stimme, beugte sich zu mir vor. »Nach ihrem Tod hieß es, der Vater der Schwestern hätte sich in deren Kindheit an ihnen vergangen. Niemand wusste, woher das Gerücht stammte, mir kam es undenkbar vor. Vielleicht hatte ein Tourist die Geschichte erfunden. Zu Señora Carlos' Lebzeiten jedenfalls hätte man nicht gewagt, einen solchen Verdacht auszusprechen.«

Sie hielt inne.

Maria sah sie aus großen Augen an.

»Sie haben ihre Briefe gelesen«, sagte die alte Frau. »Was meinen Sie?«

In der Nacht hörte ich von fern die See, Luft strich über die Insel, brach sich an Giebeln und Hauswänden, drang in Gassen und Nischen vor: Mein Fenster stand offen, Vorhänge bauschten sich im Wind. Meeresrauschen verband sich mit dem Sausen des Windes, in meinem Halbschlaf strömte Wasser ins Zimmer, das im nächsten Moment als Luftzug um mein Bett wogte. Ich träumte das eigene Erwachen, den Gang zum Fenster. Eine fast rötlich schimmernde Mondsichel stand über der Gasse. Das Geräusch des Windes dröhnte so laut in meinen Ohren, dass ich den Kopf zurück ins Zimmer zog. Ich lehnte den Oberkörper ins Freie und wollte singen, die Klaviervariationen, die ich in Antonios Mitschnitt unzählige Male am Nachmittag gehört hatte, formten sich wie eine unaussprechliche Idee in meinem Kopf. Jeder Ton wurde noch im Moment fortgerissen, auf der Gasse sah ich Pedro liegen, sah mich selbst, sah dich, wie du vom Strand durchs Dorf gestreift warst, die Bewegung wurde durchscheinend, nur in mir existierten jene Parallelgeschichten noch, die Vergangenheit oder Zukunft waren – ein Rauschen, das in seiner unpersönlichen Größe umfassender war als alles, was ich je gehört hatte. In Wahrheit lag ich noch immer in der Grotte am Einstiegsspalt, Luft strich mir pfeifend übers Gesicht, vor mir baumelte eine Strickleiter, die in unregelmäßigen Zeitabständen von außen gegen den Fels prallte. Während ich noch träumte, dass nur wenige Tage vergangen waren, waren es in Wahrheit Jahrzehnte, Jahrhunderte – die Erkenntnis war so überraschend, so unabweisbar, dass mir von ihr schwindelte. Ein Stein löste sich und fiel vor mir in die Tiefe. Meine Hände waren vom Reiben über das Gestein schrundig geworden.

Ich schlug die Decke zurück.

Meine Stimme hallte laut von den Wänden wider.

Aus dem angrenzenden Haus war das ungeduldige Klopfen eines Nachbarn zu hören.

Ich sortierte meine Papiere und begann zu packen.

In der Küche machte ich Tee und trug die Kanne zum Dachgeschoss hinauf.

Dann legte ich mich wieder schlafen.

Mein Erwachen wurde begleitet von Coimbras Variationen, undeutlich sah ich auch Antonios Silhouette vor mir, den schmalen Oberkörper, die Hände. Bei seinem dritten Versuch war er trotz Aufnahmesituation in einen Zustand der Selbstvergessenheit geraten, schon beim ersten Ton war die unbedingte Entschlossenheit zu spüren gewesen, sich ganz der Musik anzuvertrauen. Alle Störfaktoren – meine Gegenwart; das Aufnahmegerät; die Tatsache, dass Antonio zuvor bereits zwei Versuche abgebrochen hatte – traten zurück, seine Konzentration beherrschte die Situation völlig: Die Musik schwoll an und legte sich endlich wie ein leitender Gedanke über die ganze Szenerie.

Ich öffnete die Augen.

Das Zimmer lag im Halbdunkel.

Die Sonne war noch nicht aufgegangen.

Ich verließ das Haus und ging zum Meer, schlenderte zum Hafenbecken hinüber. Die Gassen waren leer, Türen und Fensterläden der Häuser waren verschlossen. Kleine Wellen liefen über den Strand und schwappten mit leisem Gurgeln gegen die Kaimauer. Vielleicht hat Coimbra seine

Musik tatsächlich nie gehört, ging mir durch den Kopf, vielleicht hat er nicht einmal die Klavierstücke selbst so spielen können, dass sie jene Zwangsläufigkeit, jene Unbedingtheit erhielten, die ihnen unter den Fingern eines Könners zukommen. Nirgends ist in seinen Briefen davon die Rede, dass er Freunden vorgespielt hätte, es gab keine künstlerischen Zusammenkünfte, keine Soiréen. Glück, Schönheit und jene tiefe Trauer, die er in seiner Musik schuf, beschreibt er nie. Vielleicht hatte er tatsächlich keinen einzigen Zeugen für seine Bemühungen, seine Anläufe, seine stummen Triumphe – nicht einmal sich selbst. Beethoven ertaubte als schon gefeierter Komponist. Coimbra mag sich sein ganzes Künstlerleben lang als Schlafwandler gefühlt haben, als Tastender, der seine Entwürfe niemals an der Wirklichkeit messen konnte. Zwar erkundigt er sich mehrfach nach der Orchesterlandschaft Südamerikas, dem Konzertleben Europas. Kontaktaufnahmen zu Dirigenten aber scheint es kaum gegeben zu haben, auch in jener Zeit nicht, als seine ersten Divertimenti durchaus konventionell genug gewesen wären, sie einem Ensemble anzubieten. Der Brief von Brahms aber? Er bleibt ein Unikat, der einzige Hinweis auf einen Kontakt, den Coimbra vermutlich niemals weiter verfolgte. Wie oft habe ich den Brief während meines Aufenthaltes auf Mondariz zwischen den Fingern gehalten, habe ihn gewendet, ihn wieder und wieder gelesen und endlich etwas von jener Atmosphäre zu spüren vermeint, die das Schriftstück über die Zeit hinweg mit jenem Ort, jenem

Tag und jener Stunde verbindet, an dem der deutsche Komponist ihn an seinen unbekannten Kollegen schrieb.

»*The rest is silence*«, murmelte ich lächelnd.

Die Tür des Hotels ging auf, ein Mann trat ins Freie. Er sah sich auf dem Platz um, blickte zum Meer hinüber und schlenderte dann auf mich zu.

Er fragte mich, wer ich sei, ob ich schon lange auf Mondariz sei. Er selbst sei mit einer Reisegruppe aus den USA hergekommen.

Offensichtlich war er es, der oben am Weg gestanden hatte, als Penélope und ich am Vortag auf dem Felsvorsprung im Norden am Strand gesessen hatten. Sand war auf uns gerieselt, Penélope hatte laut aufgelacht.

Ich glaubte die Gestalt wiederzuerkennen, die ich auch weit oben vom Geröllfeld aus schon einmal gesehen hatte: die in den Schultern etwas gebeugte Gestalt, die dunkle Lammfelljacke.

Wir sprachen Englisch miteinander. Erst als der Mann die Sprache wechselte, fiel mir ein, dass er der Deutsche sein müsse, den Rafael de Hostos mir schon angekündigt hatte.

Wir sprachen über Musik.

Ich erwähnte meine Studien über den Inselkomponisten; ob er den Namen Coimbra schon einmal gehört hätte.

Er schüttelte den Kopf.

Ich fragte ihn nach seinem eigenen musikalischen Werdegang.

Er erwähnte seinen ersten Klavierlehrer, der damals

schon an die achtzig Jahre alt gewesen sei. »Er war sehr wichtig für mich, nicht einmal nur als Musiker – als Lehrer, als Mensch.« Manche Äußerungen des alten Mannes hätte er während der Klavierstunden in seine Noten geschrieben.

Ob er mir ein Beispiel nennen könne.

»Musik ist nicht, was notiert ist, sondern das, was klingt«, hätte der alte Mann einmal gesagt. Er selbst hätte längere Zeit darüber nachgedacht und endlich neben diese Worte gekritzelt: »Ich behaupte das Gegenteil.«

»Wie alt waren Sie?«, wollte ich wissen.

Er lachte. »Etwa sechzehn.«

»Was denken Sie heute?«

Er zögerte. »Ich habe lange nicht mehr darüber nachgedacht«, antwortete er.

Er blickte hinaus aufs Meer. Im Osten deutete ein leichter Rotschimmer das Bevorstehen des Sonnenaufgangs an.

»Mein Lehrer entstammte noch der deutschen romantischen Tradition«, sagte er nach einer Weile. »Ich dagegen interessierte mich hauptsächlich für Bach und die Komponisten der Neuen Wiener Schule. Der Notation kommt im Schaffensprozess verschiedener Komponisten unterschiedliche Bedeutung zu. Das Denken Bachs ist selbst in frei assoziierender Musik meist architektonisch geprägt: Umso mehr dürften abstraktere Stücke – die Mehrzahl seiner Fugen, *Das Musikalische Opfer* – am Schreibtisch entstanden sein, reine klare Idee. Chopins Musik oder auch die Musik eines Bill Evans sind ihrem ganzen Wesen nach dem eigenen Erklingen zu verdanken: es sind Klavierimprovisationen. Wann lebte der Komponist der Insel denn, dieser –?«

Sein Gesicht zeugte von wachsendem Interesse.

»Coimbra«, kam ich ihm zu Hilfe. »José Diego Coimbra. Er war Zeitgenosse Chopins. Seine Musik steht zu den Werken der Romantik aber seltsam quer; es gibt anfänglich Parallelen, dann aber wendet er sich von allem ab, was zu der Zeit üblich war. Vielleicht treffen die gängigen Epochebezeichnungen auf einer Insel von einigen hundert Einwohnern ohnehin nicht zu, was meinen Sie?«

Er zog aus der Tasche seiner Jacke eine kleine Holzfigur, die in einer grünen Jacke steckte. Das Gesicht war pausbäckig, mit wulstigen Lippen, Stupsnase und kleinen Schweinsaugen. Von den Händen blätterte Lack ab.

»Fahren Sie nicht mit dem nächsten Postschiff wieder ab?«, fragte er.

Ich nickte.

Er hielt mir die Figur hin. »Kleines Andenken an die Insel«, sagte er. »Ich fand die Geschichte ganz hübsch.«

Zum Abschied gaben wir uns die Hand.

Javier und Maria trugen eine Kiste über den Platz und stiegen die Treppe zum Landungssteg hinab. Ich folgte ihnen. Sie wuchteten die Kiste in ein Boot. Ich fragte, ob ich sie begleiten könne. Javier nickte schweigend. Er wich meinem Blick aus. Maria gab mir die Hand.

Javier ruderte, mit sich beschleunigenden, weit ausholenden Schlägen. Als wir auf der Höhe des Schiffswracks waren, stieg die Sonne aus dem Meer auf, Licht spiegelte sich auf den Wellenkämmen. Der Geröllhang und der Wald hoben sich als düstere Silhouette von der funkelnden Wasseroberfläche ab. Das Boot und wir selbst warfen lange Schatten.

Drei Fischer standen am Ufer, Penélope saß auf einem Stein. Blut rann ihren Unterschenkel hinab, sie weinte. Javier sprang aus dem Boot und watete zum Ufer. Ein dickes, straff gespanntes Tau stieg in leichter Neigung aus dem Wasser auf; die Winde war an einer mächtigen Felszacke befestigt. Ich half Javier, die Kiste aus dem Boot zu wuchten. In ihrem Innern befanden sich Taue, eine zweite Winde und Verbandszeug.

Penélope schüttelte den Kopf. »Lass mich«, sagte sie.

Er sprühte eine Jodtinktur auf ihr Bein.

Sie blickte ihn böse an, sagte aber nichts.

Die Umstehenden hatten die Taue aus der Kiste genommen und befestigten sie an der Felszacke.

»Wird der Stein halten?«, fragte einer der Männer.

»Bestimmt«, gab einer anderer zurück. »Wenn er bisher gehalten hat?«

Da der Strand an dieser Stelle hauptsächlich von Kies und Sand bedeckt ist, sah man keine Möglichkeit, den Zug der Taue zu verteilen. Javier zog das Hemd aus und watete ins Wasser. Nach einer Weile begann er zu tauchen und befestigte die massiven Stränge nach und nach am Bug des Schiffes, an der Reling, am Dach des Führerhäuschens. Bei jedem Auftauchen rief er den am Ufer Stehenden seine Fortschritte zu. Wie er nach Luft schnappte, keuchte, einzelne Worte ausstieß und sich das Gesicht wischte, kam mir der wiederkehrende Traum in den Sinn, von dem er mir erzählt hatte. Für einen Moment wirkte er befreit. Einmal glitt ihm ein Tau aus der Hand, er winkte zum Ufer hinüber und lachte. Die Männer am Ufer nickten, erwiderten die Geste aber nicht.

In der Nacht des Sturms hatten die Männer bald aufgegeben: Die Brandung war zu stark und ihre Boote waren zu klein, um das Gewicht des gesunkenen Schiffes zu tragen. An ein Hinausschwimmen sei ohnehin nicht zu denken gewesen.

Gestern hatten sie das Schiff vergeblich hinaufzuziehen versucht und es endlich mit einem einzigen Tau notdürftig abgesichert.

»Gibt es keine größeren Schiffe, von denen aus man das Wrack anheben könnte?«, fragte ich.

Man hätte sich bei Señor Starobinski erkundigt, antwortete einer der Männer. Dieser sei auch zur Hilfe bereit. Allerdings liege das Wrack so nah an der Küste, dass größere Schiffe nicht herankämen. Vielleicht könne man später versuchen, vom Meer aus Zug aufzubauen, sodass das Wrack sich zwischen den vom Ufer gespannten und den nach draußen ziehenden Tauen vom Grund hebe. Das sei riskant und vielleicht ohnehin nur mit einer Fähre zu bewerkstelligen. Für den Moment gäbe es nichts zu tun, als das Wrack so gut wie möglich zu sichern.

Wir befestigten die Winde und zerrten, bis die Taue gut gespannt waren. Zwei der Männer zogen Bierflaschen aus ihren Arbeitskitteln.

»Wollen Sie mit uns zurückfahren?«, fragte Javier. Sein Gesicht war erhitzt und er atmete schwer.

Ich schüttelte den Kopf.

»Stimmt es, dass Sie heute noch abreisen?«

»Der Kahn müsste gegen Mittag in den Hafen einlaufen«, antwortete ich.

Maria wollte mich begleiten. Wind wehte, der Himmel war tiefblau, an den Rändern des Horizonts spielte die Farbe ins Grünliche.

Sie erkundigte sich nach meinem früheren Leben. »Hast du sie sehr geliebt?«

Es kam mir vor, als würde sich jedes Wort, das ich jetzt äußern würde, wie ein Schleier über meine Erinnerung legen, so stark war die Luft des Meeres, so stark der Eindruck des gegenwärtigen Momentes. Obwohl unsere gemeinsame Zeit doch bis in die jüngste Vergangenheit reichte, schien sie mir in diesem Moment beruhigt, durchscheinend, klar. War alles schon gesagt? Ich dachte an eine gemeinsame Zugfahrt, an meine Müdigkeit, an das helle Licht, als wir ins Bahnhofsgebäude eingefahren waren. Wie lange das her war? Ein paar Tage, eine Woche, einen Monat? Ich dachte daran, wie glücklich wir gewesen waren, und ich dachte an den Text, den ich schreiben würde, in meiner Vorstellung weitete er sich schon jetzt zum Roman, griff aus, wucherte in alle Richtungen. Am Ende stünde der Horizont und die Gewissheit, dass mir nichts mehr zu nehmen wäre, dass alles, was ich erlebt hatte, seinen eigenen Klang, seinen Platz gefunden hatte.

Wir blickten einander an, staunend, traurig, lächelnd.

Wir stiegen schweigend über das Geröll.

Einmal rutschte ich halb ab, Maria reichte mir die Hand. Sie geriet selbst ins Rutschen, wir stützten uns gegenseitig.

»Ich hätte gerne mehr Zeit mit dir verbracht«, sagte sie.

Von der Stelle des Schiffswracks her waren Schreie zu hören.

Penélope hatte die Seilwinde gelöst, zu spät hatten die Fischer bemerkt, wie die Taue sich abspulten. Jetzt war das Wrack in Bewegung geraten, der Untergrund hatte nachgegeben, vergeblich versuchten die Männer, die Taue zurückzuziehen.

»Lass uns umkehren«, sagte ich.

Maria nickte.

»¡Bollera!« Während zwei Männer noch immer vergeblich an den Tauen zerrten, beugte sich ein dritter über Penélope. Seine Ohrfeige war so heftig, dass sie von dem Stein fiel, auf dem sie kauerte. Sie weinte, es war kein Widerstand in ihr. Unter seinen Schlägen rollte sie ein Stück zur Seite, blieb auf dem Bauch liegen.

»Weißt du überhaupt, wie lange wir schon versuchen, das Schiff deines Großvaters zu sichern?« Er holte mit dem Fuß aus.

Die beiden Fischer, die schon bis zu den Knien im Wasser standen, sahen sich um.

Maria kreischte auf, vor wenigen Tagen hatte Javier auf einen am Boden Liegenden eingetreten. Wir waren noch zwanzig Meter von der Stelle entfernt. Penélopes Gesicht war mit Schlick bedeckt. Ein leichtes Zittern ging durch ihren Körper, der kraftlos am Boden lag – vielleicht träumte sie.

Maria drängte den Mann zur Seite, sie schluchzte so heftig, dass sein Zorn nachließ. Endlich wurde er verlegen.

Ich half Penélope auf. »Bist du verletzt? Hast du Schmerzen?«

Sie lächelte wie betrunken.

Sie streckte in zärtlicher Geste die Hand nach mir aus. *»Ratero ...«*, flüsterte sie, »Dieb ...« Ihre Fingernägel streiften mein Gesicht, ich wich zur Seite aus. *»Ratero ...«*, flüsterte sie beinahe liebevoll.

Die beiden Fischer kamen aus dem Wasser.

»Weißt du nicht, was mit Pedro geschehen ist?«, schluchzte Maria. »Hast du nicht davon gehört?«

Der Mann vor ihr sah sie verunsichert an. »Willst du damit sagen, dass Javier ihn getötet hat?«

Vor Señora Batanis Laden sprach ich die Frau an, der ich schon auf meinem Weg zum *cima* begegnet war: Ihr langes blondes Haar wehte im Wind, sie sah durch das Schaufenster auf die Auslage.

»Señora Fuentes?«

Im Innern des Ladens konnte ich Señora Batani erkennen, die sich über eine Palette mit Konservendosen beugte.

Die Frau sah mich an. »Kennen wir uns?« Sie antwortete mir so selbstverständlich in Englisch, als hätte sie noch gar nicht bemerkt, dass auf Mondariz Spanisch gesprochen wurde.

Sie strich sich das Haar hinters Ohr und musterte mich. Ich war mir fast sicher, dass sie auch mich erkannte. War ihr die Erinnerung unangenehm? Einmal hatten wir sie auf der gegenüberliegenden Seite des Stausees gesehen, nackt, scheu, jetzt wandte sie ganz beiläufig wieder den Blick ab.

»Wohnen Sie auf Mondariz?«, fragte sie, während sie durch die Scheibe hindurch Señora Batanis Bewegungen folgte.

»Ich bin zu Besuch – wie vor etwa zehn Jahren schon einmal. Ich war damals in Begleitung einer jungen Frau hier, wir sind an der *Casa Fuentes* oft vorübergegangen. In den letzten Tagen wurde ich mehrfach gefragt, ob ich die *Casa* kaufen wolle.«

»Die *Casa* ist zu verkaufen?« Ihre Stimme klang nicht einmal hart, sondern geschäftsmännisch, kurz und etwas schnippisch.

»Die Leute hier scheinen davon auszugehen.«

»Es stehen viele Häuser leer.«

»Die Insel wurde vor ein paar Jahren evakuiert. Nicht einmal die Hälfte der Familien sind zurückgekehrt.«

Sie betrat vor mir den Laden.

Señora Batani stellte die Palette ab.

Ich fragte sie, wie es ihr gehe: »Sind Sie noch immer ganz bei sich selbst, und das, obwohl Sie die Figur verkauft haben?«

Sie sah mich ausdruckslos an.

Sie wandte sich an die blonde Frau. »Kann ich Ihnen helfen?«

Die Angesprochene zog einen Einkaufszettel aus der Tasche und reichte ihn ihr.

Señora Batani nickte und begann damit, die gewünschten Waren aus den verschiedenen Regalreihen herbeizuschaffen.

Als die Fremde später an mir vorbeiging, kamen mir bereits Zweifel, ob es sich tatsächlich um Señora Fuentes handeln könne: Ihr Gang war selbstbewusst, sie sah mir ins Gesicht, grüßte aber nicht. Ich saß vor dem Hotel an einem Tisch, sie stieg die Freitreppe zum Eingang hinauf. Als ich Señor de Hostos nach ihr fragte, schüttelte er den Kopf: »Sie ist Amerikanerin. Ihr Name ist Crane.«

»War Señor Fuentes nicht selbst Amerikaner?«, fragte ich. »Er sprach am liebsten Englisch.«

»Mir ist die Ähnlichkeit nicht aufgefallen«, sagte er. »Ich werde sie befragen, wenn sich die Gelegenheit dazu ergibt.« Er stellte eine Tasse Kaffee vor mich auf den Tisch. »Ich habe mich in all den Jahren immer wieder gefragt, was wohl aus den beiden geworden ist. Señor Fuentes kam in einer stürmischen Nacht einmal in mein Restaurant, saß am Fenster und blickte schweigend hinaus, stundenlang. Dabei maß er mit den Augen die Höhe der Wellen. ›Unruhige Nacht, nicht wahr?‹, fragte er im Hinausgehen. Meine Einschätzung schien ihm wichtig zu sein. ›Unruhige Nacht, nicht wahr?‹ Ja, entgegnete ich, es sei seit Wochen kein so hoher Wellengang gewesen. Diese Antwort schien ihn zufriedenzustellen. Wenige Tage später verschwanden die beiden. Vielleicht stimmt es, was die Leute sagen. Viele Gerüchte haben einen realen Hintergrund auf Mondariz, das habe ich als Gastwirt immer wieder festgestellt.«

»Was sagen die Leute denn?«, wollte ich wissen.

Der Wirt sah sich auf dem Platz um.

Dann beugte er sich zu mir hinab.

»Dass Fuentes in Mexiko einem Drogenkartell angehört habe, das sagen sie! Er soll der Bande Geld unterschlagen haben und aus Angst vor Vergeltung nach Patagonien geflüchtet sein. Auf seinen Ländereien dort hat er im Suff einen *peon* erschlagen. Er kam als Flüchtling nach Mondariz, als steckbrieflich gesuchter Verbrecher. Womöglich hatte er zuletzt Angst, dass sein Aufenthaltsort entdeckt worden sei. Vielleicht war er gewarnt worden.«

»In diesem Fall hätte seine Tochter natürlich wenig Interesse daran, wiedererkannt zu werden …«

»Seine Tochter?« Er zog die Augenbrauen in die Höhe. »Was auch immer die Frau an seiner Seite war, sie war bestimmt nicht seine Tochter.«

Seine Stimme nahm einen vertraulichen Tonfall an. »Der Padre selbst soll den *Capitán* darum gebeten haben, die Türen der *Casa* aufzubrechen und das gesamte Gebäude untersuchen zu lassen. Es ist bis heute nicht geschehen. Auch Señor Cazares zeigt ein geradezu auffälliges Desinteresse daran. Dabei soll er selbst einmal auf einer Silvesterfeier den Verdacht geäußert haben, die junge Frau sei in Wahrheit ohne den *gringo* abgereist.« Rafael de Hostos schüttelte den Kopf: »Weiß der Himmel, wie sie sich seiner entledigt hat.«

Ich frühstückte und blickte auf den Platz. Auf der kleinen Holzbühne spielten ein Junge und ein Mädchen. Einmal öffnete sich über mir ein Fenster; ein Hotelgast deutete in Richtung der Kinder einen Applaus an. Der Junge verbeugte sich theatralisch. Die beiden tuschelten miteinander, kicherten. Dann rannten sie in Richtung Strand davon.

Doktor Álvarez setzte sich zu mir. Er fragte mich nach meinen Eindrücken in der Grabkammer. »Sie waren doch dort, oder?« – Ich nickte. Am Himmel blinkte ein Flugzeug auf, dessen glatte Oberfläche die Sonne reflektierte. Ein weißer Kondensstreifen wies vom *cima* aus nach Osten, der Himmel war makelloses unergründliches Blau.

»Manchmal habe ich die Vorstellung, noch immer dort zu sein«, sagte ich. »Das Leben fließt an mir vorbei, während mein Körper in Wahrheit noch immer auf dem kahlen Fels liegt. Es ist Nacht.«

»Ich werde nach Ihnen schauen, wenn ich das nächste Mal vom *cima* hinabsteige«, entgegnete er lächelnd.

Er schenkte sich Wasser ein. »Einige Dorfbewohner bringen die Entdeckung der Grotte bis heute mit dem Austreten von Rauch aus dem Vulkan in Verbindung, und somit auch mit der Evakuierung, die kurz darauf folgte. Es ist noch immer wie eine fixe Idee.«

Unwillkürlich wandten wir beide die Gesichter und sahen zu dem Bergmassiv auf. Der Himmel war wolkenlos.

»Noch immer keine Asche zu sehen«, kommentierte der Arzt trocken.

Wir lächelten einander an.

Eine Volkserzählung, die er als Kind gehört hätte, scheine auf die spätere Freilegung der Grabkammer bereits hinzudeuten, erklärte er.

Er lehnte sich zurück und begann zu erzählen.

»Vor langer Zeit, so heißt es, landete ein Floß mit drei Menschen vor der Küste der Insel: Mann, Frau und Kind. Ihre Vorräte waren aufgebraucht, das Kind war halb verhungert. Offenbar waren sie tagelang ziellos im Meer umhergeirrt, bis die Strömung sie zu ihrem Ausgangspunkt zurückgeführt hatte. Sie seien von der Insel, von Mondariz aus, in See gestochen – das jedenfalls schienen die ausladenden Gesten, die Blicke und ihre kehligen Rufe zu bedeuten. Der Mann zeichnete mit einem Stock in den Sand. Er wies auf den Hang, auf die Bergformation. Den Verlauf der gesamten Küstenlinie konnte er ebenso wie den der Vulkanspalte genau darstellen. Nur das Dorf hätte es bei ihrem Aufbruch noch nicht gegeben, stattdessen kahlen Fels, niedrige Sträucher und hier und dort Grasbüschel. Das Kind schluchzte leise, in den Armen der Mutter verlor es das Bewusstsein. Die Frau schilderte die Ankunft der Spanier, ein Schiff hoch wie ein Berg, das im Morgengrauen vor der Insel aufgetaucht sei, die Form der Segel habe der Sichel des Mondes geglichen. Sie baten darum, noch einmal ins Gebirge gehen zu dürfen. Eine ganze Abordnung von Dorfbewohnern stieg mit ihnen hinauf. Das Hochplateau sei der Ort, an dem die Götter vom Himmel gestiegen seien, bedeuteten die Heimkehrer ihren Begleitern. An der Vulkanspalte begannen ihre Augen wie im Fieber zu glühen. Vor Erschöpfung fielen sie zu Boden. Das Wasser, das man ihnen anbot, wiesen sie von sich. An dem Tag, an dem sie aus dem Berg wieder aufsteigen würden, werde ihr Fluch über die Menschen kommen, erklärten sie.

Der Überlieferung nach versanken sie in dem Riss, der in der Mitte des Berges durchs Gestein läuft.«

Doktor Álvarez blickte auf: Neben der Bühne in der Mitte des Platzes sprachen zwei Handwerker aufeinander ein. Einer der beiden machte eine Handbewegung, als rufe er den Himmel um Beistand an.

»Die Geschichte ist mir als Kind erzählt worden«, erklärte er. »Wie sagt man auf Deutsch: *Märchen? Gebrüder Grimm?*«

Ich nickte.

»Man leugnete damals, dass die Insel überhaupt erobert worden sei. Und doch erhielt sich zumindest in der Sage eine leise Ahnung um die historischen Ereignisse; ich musste nach Ihrem Besuch bei mir in der Praxis daran denken.«

Um kurz vor zehn fuhr ein kleiner Frachtkahn in das Hafenbecken ein.

Ich zahlte, stand von meinem Platz auf. Rafael de Hostos trug eine schwarze Binde um den Arm.

»Sie wollen wirklich schon gehen?«, fragte er.

Ich nickte.

Auf dem Platz hatten sich kleine Grüppchen gebildet, man erwartete die Ansprache von Pedros Eltern. Kinder liefen zum Hafenbecken und winkten den Neuankömmlingen zu. Männer aus dem Dorf halfen dabei, den Kahn zu entladen.

»Kommen Sie doch mit einer Frau zurück, wie damals«, sagte der Wirt. »Ich gebe Ihnen das schönste Zimmer. Damals wollten Sie immer an Ihrem Fenster frühstücken, mit Blick aufs Meer. Wissen Sie das noch?«

Ich gab ihm die Hand. »Danke für Ihre Gastfreundschaft. Danke für die Menüs!« Ich musste lachen.

Auch Doktor Álvarez war aufgestanden.

Der Wirt klopfte mir auf die Schulter. »*¡De nada, de nada!* Das nächste Mal werde ich Ihnen die ganze Insel als Gericht anbieten. Ein ehemaliger Gast, ein Künstler aus Italien, hat mir Mondariz als Backform zugeschickt. Man erkennt einzelne Häuser, die *Iglesia de San Nicolás*, das

Hotel. Den Kuchen hätte ich Ihnen gerne noch serviert: Mondariz *en miniature*. Kommen Sie wieder!«

Wie mit Miguel abgesprochen, legte ich die Manuskripte in die Schublade des Schreibtisches. Ich hatte zwei Sätze von Kopien angefertigt, in einer kurzen Notiz bat ich Miguel, einen von ihnen an den Besucher aus Deutschland weiterzugeben – vielleicht könne er das Werk des Außenseiters befördern. Deinen Ring steckte ich in ein Briefkuvert, auf das ich deinen Namen schrieb. Er befindet sich auf den Manuskripten im Schreibtisch, ich bin mir sicher, dass Miguel ihn dort liegen lassen wird.

Ich stand gerade in der Küche, als es an der Tür klopfte. Ich beugte mich vor und zog die Postkarte unter dem Bilderrahmen hervor, die in der Grotte an der Wand gelehnt hatte. Ein letztes Mal hielt ich die fotografische Ansicht der Insel von Westen gegen das düstere Gemälde. Dann steckte ich die Karte in meinen Koffer. *»¡Adelante!«*, rief ich.

Maria kam durch den Flur auf mich zu. »Du brichst wirklich schon auf?«

Sie wollte mir tragen helfen.

Durch die Via Umbria war leises Klavierspiel zu hören, Wäschestücke, die weit oben zwischen den Häusern gespannt waren, flatterten im Wind. Auf der anderen Seite des Dorfes begannen die Kirchglocken zu läuten.

Vor der Haustür der Familie Ruiz blieben wir stehen. »Willst du dich nicht verabschieden?«, raunte Maria mir zu. Antonio spielte das Thema der Variationen von Coimbra. In diesem Moment schien es mir, als fasse die Musik all meine Empfindungen der letzten Zeit zusammen, schlaflose Nächte, einmal gesprochene Sätze, Traumbilder und Erinnerungen, von denen ich wusste, dass sie nur noch mir gehörten. Ich hörte, was nicht einmal der Komponist selbst jemals gehört hatte, dieser eigenbrötlerische Mensch, der sogar seinen Freunden gegenüber zeitlebens stumm geblieben war.

»Ist sein Spiel nicht wunderschön?«, fragte Maria.

Sie wollte klingeln, ich hielt sie zurück.

Ich hatte einen Brief vorbereitet, den ich jetzt durch den Postschlitz ins Innere des Hauses gleiten ließ. »Lass uns sein Spiel nicht unterbrechen«, sagte ich.

Sie lächelte.

Die Klänge wurden leiser, verstummten schließlich ganz.

»Ohne Musik wäre *El Mundo* ein Irrtum«, murmelte ich.

Maria nahm meine Hand.

Wir trugen die Koffer zum Landungssteg hinab, wo der Führer des Kahns sie entgegennahm. Das Glockengeläut war verstummt, die Fenster der den Platz umgebenden Gebäude waren geöffnet, man erwartete das Erscheinen der Familie des Verstorbenen. Kurz war im zweiten Stock des Hotels das Gesicht des Deutschen zu erkennen. »Ich hoffe, er wird Antonio kennenlernen«, sagte ich. »Vielleicht kannst du die beiden miteinander bekannt machen?«

Maria trug Schwarz, sie wirkte angespannt. »Ich muss zum Platz gehen«, flüsterte sie mir zu. Ich konnte sehen, dass sie sich davor fürchtete.

»Javier soll reden«, flüsterte ich ihr zu. »Es ist an ihm, sich auf die Bühne zu stellen.«

Ich hielt ihre Hand.

Die Männer auf dem Kahn drängten zur Eile. »Haben Sie von dem Tankerunglück gehört?«, fragte mich ein Arbeiter, während er Ölkanister im Heck des Bootes verstaute.

Maria huschte die Stufen hinauf.

An der Kaimauer sah ich Penélope, sie winkte mir zu. Ihr Großvater zog sie zur Seite.

Ich verabschiedete mich von Miguel: »Sie haben mir sehr geholfen.«

Ich wollte ihn in den Arm nehmen, der alte Mann erwiderte die Geste. »Wir werden darauf warten, von Ihnen zu hören«, sagte er.

Ich glaube nicht, dass er bei diesen Worten an meine Arbeit dachte.

»Geben Sie auf Coimbras Nachlass acht«, sagte ich. »Er war ein großer Komponist.«

Zwei ältere Männer saßen zurückgelehnt an der Reling, die Beine hochgelegt, die Lider halb geschlossen. Einer von ihnen drehte einen Schraubenschlüssel zwischen den

Fingern. Auf dem Platz meinte ich Maria und Javier zu erkennen, die eng umschlungen vor dem Podest standen. Der Padre führte ein schwarzgekleidetes älteres Paar bis an den Rand der Bühne und half ihnen hinauf. Die Frau breitete die Arme aus, als wolle sie die Versammelten mit dieser Geste segnen.

Penélope hatte sich von ihrem Großvater losgemacht und blickte aufs Meer.

Ich hob den Arm, vielleicht war ich vom Land aus schon nicht mehr zu erkennen.

Ich zog die Kopien der Variationen aus der Tasche, als müsse das veränderte Licht mir Einzelheiten der Partitur offenbaren, die mir bisher entgangen waren. Einmal begann das Papier in einem Windstoß zu flattern, ein Blatt glitt mir aus der Hand. Ein Mann an der Reling fing es im Flug.

Ich war aufgesprungen.

»Sie sollten besser aufpassen«, brummte der Mann.

»Ich weiß«, sagte ich.

Die Insel sah aus wie eine einzige aus dem Meer aufragende Klippe. Inmitten des sie umgebenden Wassers leuchtete der Hang in frühlingshaftem Grün.

Zwei vor Anker liegende Fischerboote schwankten auf der gewellten Oberfläche des Wassers.

Als wir gegen Nachmittag die Stelle erreichten, an der man auf der Hinfahrt den verunglückten Tanker passiert hatte, wandte sich der Bootsführer an die Mitreisenden:

»Offensichtlich hat man das Schiff bergen können«, erklärte er über den kleinen Bordlautsprecher.

Ein leichter Geruch von Benzin lag in der Luft, der von einer aufkommenden Brise noch im Moment verweht wurde.

Auf Deck wurden Freudenschreie laut.

Ich sprang auf. Auf einmal wusste ich, was zu tun war.

Mir war so leicht zumute, als könnten sich meine Gedanken vom Schwanken des Bootes lösen und mühelos in das Blau des Himmels aufsteigen.

Zu diesem Zeitpunkt war der kleine Fleck, zu dem die Insel am Horizont zusammengeschrumpft war, schon seit Stunden nicht mehr zu sehen.

Berlin, 4.10.2019

Zum Autor

Yorck Kronenberg, geboren 1973 in Reutlingen, ist Schriftsteller und Musiker. Er studierte Klavier und Komposition in Lübeck, wurde als Pianist vielfach ausgezeichnet und absolvierte zahlreiche Konzertauftritte im In- und Ausland. Er spielt bei seinen Konzerten auch gern Kompositionen von José Diego Coimbra. 2002 erschien sein Debütroman *Welt unter*, es folgten die Romane *Ex voto* (2011), *Was war* (2012), *Tage der Nacht* (2016) sowie Kurzgeschichten. Er war Stipendiat u.a. des Literarischen Colloquiums Berlin und Stadtschreiber in Vöcklabruck. Yorck Kronenberg lebt in Berlin.

Zum Buch

Mondariz ist eine – nach einem drohenden Vulkanausbruch – weitgehend verlassene Insel im südlichen Atlantik. Ein junger Musikwissenschaftler geht dort von Bord. Er ist auf der Suche nach den Werken des Komponisten José Diego Coimbra, der in der Mitte des 19. Jahrhunderts eine eigene Tonsprache entwickelte und dessen Werk als verschollen gilt. Gleichzeitig spürt er seinen Erinnerungen nach: In Begleitung seiner ehemaligen Freundin hat er Mondariz bereits zehn Jahre zuvor besucht, zu einer Zeit, als die Leichtigkeit einer jungen Liebe sich in der Lebensart der Inselbewohner, im milden Klima und der beeindruckend schönen Landschaft zu spiegeln schien.

Auf Mondariz enthüllt sich dem Ich-Erzähler weit mehr als das Rätsel des Komponisten José Diego Coimbra. Die Auseinandersetzung mit dem Fremden verändert auch ihn selbst: die Sicht auf sein Leben – und das Verhältnis zu seiner vergangenen Liebe.